UN SI JOLI MARIAGE

Né à Brive en 1949, Jean-Paul Malaval a été journaliste, notamment pour *Le Nouvel Observateur*, avant de se consacrer à son œuvre romanesque, forte aujourd'hui de plus d'une quarantaine d'ouvrages. Il a été maire de Vars-sur-Roseix, une petite commune de Corrèze, de 1995 à 2015.

Paru au Livre de Poche :

ADÉLAÏDE AU BORD DE LA FALAISE
LA BASTIDE AUX CHAGRINS
LA BELLE ÉTRANGÈRE
LA FOLIE DES BASSOMPIERRE
LES GENS DE COMBEVAL
1. Les Gens de Combeval
2. La Souveraine en son domaine

LES LARMES DE LA PINÈDE
LES NOCES DE SOIE
1. Les Noces de soie
2. La Villa des térébinthes
3. Rendez-vous à Fontbelair

L'OR DES BORDERIES
LES SŒURS QUERELLE
SOLEIL D'OCTOBRE
UN CŒUR SOLITAIRE DANS UNE MAISON TROP GRANDE

JEAN-PAUL MALAVAL

Un si joli mariage

CALMANN-LÉVY

ISBN : 978-2-253-93469-1 – 1re publication LGF

À Josie, ma libraire préférée.

1

Dans les quartiers chics de Périgueux la nouvelle circulait de salon en salon, de la tour de Vésone au cours Tourny et de la rue Chanzy à la place Leclerc : les Dufournelle épousent les Chanoinet… Un très beau mariage en vue ! « Comment donc, vous ne le saviez pas ? s'exclamait-on. Décidément, vous êtes bien les seuls à l'ignorer !… » Cette annonce était vivement assortie d'un petit sourire narquois. Le fils aîné des Dufournelle aurait donc fini par dénicher la perle rare ? Puis l'on s'autorisait un petit rire, suivi d'un court silence, chacun guettant chez l'autre qui allait médire le premier.

Cependant, la discrétion s'avérait de rigueur, tant elle s'imposait d'elle-même, comme si toute audace se fût vue affligée de quelque disgrâce. Les Dufournelle, en vérité, n'étaient pas des gens dont on se payait la tête sans risque. Et non moins les Chanoinet… Pourtant, M. le président perpétuel du Club des industriels vésonais osa, lui, en fin de séance, au moment des apartés, cet avis perfide qui lui ressemble bien : « Un beau mariage, certes, un très beau mariage même, mais ce sont avant tout les Conserveries

Dufournelle qui épousent les Comptoirs immobiliers Chanoinet. » Et le président Malterre, du haut de sa stature bonhomme et joviale qui lui valait toutes les indulgences de ses hôtes, ironisa : « La raison avant l'amour, comme au bon vieux temps, mais après tout, nous sommes à la fin du siècle, le futur a pris un coup de vieux. »

Dans l'opulent hôtel particulier de la rue Barbecane, avec ses douze pièces, ses six cents mètres carrés, son jardin clos, l'événement imprudemment annoncé ne faisait l'objet, après une formelle injonction du maître de maison, que de chuchotis entre deux portes. M. Dufournelle père trouvait qu'on allait vite en besogne – selon ses propres mots – et qu'un temps de réflexion était sans doute nécessaire.

— Vous et votre fille, ma chère Alice, vous êtes comme des oies qui trompettent et sonnent l'alarme inconsidérément, reprocha Romuald dans son bureau du deuxième étage, une pièce aussi vaste qu'un salon de danse.

Alice tomba aussitôt en larmes. Bien inutilement. M. Romuald était peu sensible aux états d'âme de sa seconde épouse. Il l'avait épousée pour sa jeunesse et sa beauté, et rien d'autre. Il s'était dit en lui offrant le mariage qu'elle lui serait un faire-valoir dans les réceptions. Une belle et somptueuse créature digne de sa position dans la bourgeoisie périgourdine. Et de fait, il s'était empressé de lui faire un enfant, Mariza, avant de la tenir à distance. Trop éthérée à ses yeux. Et au fil des années, elle s'était révélée être plus un handicap qu'une perle rare. Car M. Dufournelle père était de cette génération où l'image qu'on offre à la société est plus précieuse pour le bien des affaires que toute autre considération, tels les plaisirs du sexe et ses frivolités.

— Cessez de pleurer chaque fois que j'émets une opinion. Vous avez donc une telle hâte que mon fils épouse ? Avant toute chose, Geoffroy a besoin de se refaire une santé morale. Ses nuits passées dans les clubs de la rue La Fayette à courir la gueuse, sans mesure, oui dis-je, sans mesure, nuisent à son image. Et cette jeune promise, Mlle Chanoinet, est une trop belle personne pour lui. Je crains, après le consentement des époux, que tout ça, bon Dieu, nous revienne en boomerang. Je ne veux pas que la ville se gausse de moi.

— Vous, toujours vous, s'exclama Alice en se tamponnant le visage avec un petit mouchoir de dentelle délicieusement enroulé sur son index. Vous ne songez qu'à vous. Et les autres ? Ont-ils droit au bonheur ? Peuvent-ils espérer un peu de liberté sans votre consentement ?

Elle allait et venait d'un pas nerveux devant son bureau où l'industriel trônait en manches de chemise relevées et la cravate défaite, le cheveu en bataille. Il avait le tournis de la voir ainsi s'agiter sans frein. Il eût voulu qu'elle se posât un peu dans un de ses fauteuils, qu'elle prît goût au silence, à la réflexion. Mais ses conseils, comme d'habitude, étaient sans effet sur elle. Au contraire, Alice prenait grand plaisir à le contester, comme si chaque gramme de ce fin poison distillé agissait sur elle comme un élixir de jouvence. Elle se sentait jeune et désespérait qu'il pût avancer en âge avec elle. Elle se répétait sans cesse que les années les détachaient l'un de l'autre inexorablement. Parfois, elle regrettait les vingt ans qui les séparaient, mais le mari avait beau jeu de sortir de son tiroir un chéquier en lui disant : « Avez-vous réfléchi, chère Alice, à tout ce que vous pourriez perdre, si d'aventure il vous prenait l'envie de quitter La Barbecane ? »

Il n'était pas d'argument plus cruel et plus vulgaire que celui-ci. Faute de chasser ses préventions, il ne faisait qu'ajouter un peu de haine sur les plaies. Alors, elle courait cours Montaigne faire du shopping jusqu'à plus soif, avec le chauffeur de Monsieur pour transporter ses paquets, la Mercedes garée à deux pas à contre-fil. Il lui semblait que cette débauche d'achats la consolerait largement, comme si 5 000 euros eussent pu embarrasser son mari, lequel, en vérité, n'était pas chiche dans ses dépenses « domestiques » comme il disait négligemment.

Alice quitta le bureau en claquant la porte. Romuald soupira en rejetant la tête en arrière. Il aimait le silence après les joutes incendiaires avec sa femme. Il goûtait sa toute-puissance, lui qui croyait qu'une femme ne pourrait jamais l'aimer pour autre chose que son argent. Sa manière de se plaindre, c'était de convoquer ses vieux rêves, de pleurnicher encore sur sa Delphine, une secrétaire avec laquelle il avait partagé mille aventures avant qu'elle ne se tue sur la route de Bergerac au volant d'une puissante BMW. Et pourtant, Romuald ne l'eût jamais épousée, celle-ci. À la vérité, il ne l'avait jamais considérée, même au plus fort de leur relation, comme une potentielle épouse. Et, s'interrogeant encore sur cette tragique liaison, il en arrivait à la conclusion qu'un mariage avec Delphine

Derocroy n'aurait rien apporté de nouveau à son existence ; elle serait devenue, à l'image de Gisèle, sa première femme, une délicieuse emmerdeuse. Seule la passion désintéressée et délivrée des contingences autorise le pur amour, se disait-il pour se rassurer.

Plus tard, sur les cinq heures de l'après-midi, M. Dufournelle père abandonna son repaire avec sa petite serviette en cuir cognac glissée sous le bras, dans laquelle il avait enfourné le bilan de sa société et l'analyse financière du cabinet Rouby & François. Romuald Dufournelle était comme ces hypocondriaques qu'une IRM tranquillise provisoirement. Les bilans et analyses étaient des plus rassurants sur sa société. Elle dégageait des bénéfices, juste assez pour satisfaire aussi les membres du conseil d'administration. Si sur l'instant Romuald avait jubilé, déjà il commençait à craindre que les nouveaux produits mis en place dans les magasins franchisés restent sur les étagères. Il avait chargé son fils aîné, le futur préposé au mariage, d'interroger les propriétaires des boutiques pour connaître leur sentiment sur la gamme Trésor du goût. On avait beaucoup investi dans la présentation de ces foies gras, un emballage luxueux avec papier de soie couleur velours moiré. Le rouge et le noir, agrémentés de paillettes dorées, étaient une idée de Geoffroy pour les prochaines fêtes. « On n'achète pas seulement la qualité du produit, mais aussi l'apparence », avait affirmé le jeune homme devant les administrateurs à moitié assoupis. Si le père s'était montré sceptique de prime abord devant le coût de ces folies design, il avait fini par se laisser attendrir. Pour une fois que mon garçon s'intéresse à quelque chose, s'était-il dit en donnant le feu vert, ne décourageons pas les bonnes volontés.

D'une chiquenaude, Dufournelle appela son chauffeur et s'engouffra dans sa voiture en grimaçant. Ses vieilles douleurs le rappelaient à l'ordre lorsqu'il voulait jouer au jeune homme : descendre ou monter des escaliers quatre à quatre ou se jeter dans sa berline d'un seul mouvement…

— Ça ne va pas, Monsieur ?

— Tout va bien. Et vous, Joseph ? Je ne vous demande pas si votre femme est revenue à de bons sentiments.

— Les femmes, ça va, ça vient. La difficulté est de les comprendre. Je n'ai pas le don pour ça.

Romuald esquissa un sourire et ajusta sa ceinture de sécurité. Il avait la hantise du coup du lapin. Un rien tue l'homme le plus aimable au monde, pensait-il en s'apitoyant sur son sort.

— Vous aurez une belle prime de fin d'année. De quoi offrir un bijou à votre insupportable Odette. Vous verrez, mon bon Joseph, elle reviendra à de meilleurs sentiments.

Le chauffeur ne répondit pas. Il n'aimait pas que son patron lui donne des leçons sur sa vie privée. Est-ce qu'il en donnait, lui ? Pourtant, il y aurait eu beaucoup à dire sur Mme Dufournelle. À tout bien réfléchir, Mme Alice était bien pire que la sienne…

— Conduisez-moi au cercle des Apostilles, place Mauvard.

Le chauffeur regarda sa montre et se dit qu'à cette heure, en effet, on y trouverait M. Geoffroy, peut-être en galante compagnie. Cette éventualité le fit sourire, car Dufournelle père n'aimait décidément pas les fréquentations médiocres de son rejeton. Qu'est-ce donc qui le poussait vers cet antre à cinq heures de l'après-midi ? Une raison impérieuse, sans nul doute.

Cette fois, l'industriel sortit précautionneusement de la Mercedes. La douleur lui tenait le bas du dos avec insistance. Il ouvrit son sac et en sortit un sachet d'Aspégic. C'était le seul antalgique qui réfrénait sa sciatique. Par précaution, Romuald prit l'ascenseur alors que, d'ordinaire, l'escalier lui donnait des ailes de vingt ans.

Dufournelle dénicha son fils au bar en compagnie d'une jeunette en jupe courte noire et bas cendrés. Elle arborait une belle chevelure couleur de feu, une crinière de jeune lionne. Il hésita à lui serrer la main, car Dufournelle n'avait aucune envie de la connaître. Mais la jeune fille s'effaça aussitôt et il jugea que sa réaction était plutôt élégante.

— Ta dernière conquête ?

— Seriez-vous jaloux, père ?

L'industriel éclata de rire. Puis il lui prit le bras et le conduisit vers le salon bleu. C'était l'endroit le plus discret et le plus confortable du cercle, avec ses fauteuils anglais en gros cuir havane clouté. Ils s'installèrent l'un en face de l'autre, Geoffroy avachi comme à son habitude, le père droit et impérieux. Ils s'observèrent en silence comme s'ils ne s'étaient pas vus depuis des lustres.

— As-tu sondé nos magasins ?

Le jeune homme fronça les sourcils.

— De quoi parlez-vous, père ?

— De nos ventes, idiot. Est-ce qu'il existe un sujet plus important ?

— Non. Je n'ai pas encore eu le temps.

— Que fais-tu de tes journées ? Le cercle l'après-midi et le soir la tournée des grands-ducs. Un peu de bowling. Et du poker.

Geoffroy baissa la tête. Dans ces moments, il redevenait un petit enfant pris la main dans le sac. Il maudissait l'autorité paternelle, les remontrances, les critiques et les piques expédiées comme des banderilles.

— Je ne suis pas comme mon frère. Lui, c'est un bon fils, n'est-ce pas ? Avec des projets plein la tête. Et une petite fiancée logée dans sa garçonnière de la rue Éguillerie. Monsieur a voulu son indépendance. Vous la lui avez accordée sans rechigner. Lui, il jouit de votre confiance, sans limites, et moi, non.

Dufournelle n'appréciait guère le ton saccadé dont Geoffroy usait en écorchant les mots. Il était toujours sur la défensive comme pour devancer les reproches et les désarmer par des assertions pleurnichardes.

— Oui, père, je vous le promets, dès demain je sonderai comme vous dites nos magasins.

L'industriel hocha la tête. Il n'en attendait pas plus, juste un peu d'obéissance.

— Parfait. Et tu me rédigeras un rapport. J'adore les notes. Ça me rassure. Surtout lorsqu'il y a des chiffres, des pourcentages, des ratios, des graphiques. Est-on sur le bon chemin ou en train de perdre la partie en rase campagne ? J'ai engagé 150 000 euros sur ces fameux emballages. Je souhaiterais une remontée encourageante. Sinon, il faudra revoir notre copie.

Dufournelle attendit en vain la réaction de son fils et devant son détachement, il éprouva une sourde colère. Un pied dedans un pied dehors, ainsi pourrait-on le résumer et, au final, décevant en diable, pensa l'industriel en triturant du bout des doigts sa cravate saumon. Pourtant si brillant quelquefois, comme il l'avait été lors de son exposé devant le conseil d'administration, persuasif et convaincant même. Puis plus rien lorsqu'il fallait passer au stade pratique.

— Vos inquiétudes, père, ne se justifient pas.

Le père commanda un Perrier et attendit que son fils se décide.

— Du champagne avec un doigt de porto.

Puis Geoffroy se retourna vers la serveuse pour observer le balancement de ses hanches tandis qu'elle s'éloignait, et avec tant d'insistance que le père s'en émut d'un regard foudroyant.

— Décidément, glissa Dufournelle, il n'y a que les filles qui t'intéressent. Il faudra bien que cela te passe un jour.

— Vous n'avez pas été, père, un parangon de vertu.

La jeune serveuse déposa les boissons sur la table basse. Et Geoffroy détourna les yeux ostensiblement pour ne pas contempler le décolleté pigeonnant, se sachant observé et jugé d'avance.

— Notre condition nous oblige à des devoirs. On nous épie comme le lait sur le feu. Au moindre faux pas, il faut rendre des comptes, prévint le père qui avait eu, en d'autres temps, à subir lui aussi quelques avanies.

Le fils se mit à bâiller d'ennui. Ces leçons de morale et de bonne conduite l'horripilaient fortement. Mais il s'en accommodait en se disant que c'était là le prix à payer pour un fils de bonne famille, l'assujettissement à l'ordre bourgeois.

— Père, pourquoi parlez-vous toujours de l'ancien temps ? Seriez-vous dépassé à ce point ? Aujourd'hui, les mœurs ont changé : on couche et on découche à droite et à gauche. Et puis, rassurez-vous, je ne séduis que celles qui le veulent bien.

L'industriel haussa les épaules.

— Serais-tu stupide à ce point ? Quelle fille pourrait refuser ses faveurs à un fils Dufournelle ? Cette collection de conquêtes fait tache à Périgueux. Si tu savais, mon pauvre Geoffroy, tout ce qu'on me rapporte sur toi. Bref, dit-il d'un geste tranchant de la main, ces médiocres faiblesses dont tu fais montre par bêtise rejaillissent sur nous tous.

Geoffroy avança sa coupe pour trinquer, mais le père ne répondit pas à l'invitation. Sa mauvaise humeur ne pouvait s'exprimer autrement. Et de fait, le jeune homme changea de registre, il se montra affable et même un tantinet mielleux pour promettre quelque changement dans sa manière d'être.

Mille fois le fils avait tenté de tutoyer son père, sans succès. Cette manie du voussoiement faisait trop vieille France à son goût, et ses amis s'amusaient de le voir ainsi confiné dans le rôle du petit garçon obéissant. Mais la question du voussoiement était affaire compliquée chez Romuald. Par exemple, il voussoyait Alice, sa jeune épouse – vingt ans de moins que lui –, et bien qu'elle insistât pour en finir avec cette habitude, il ne parvenait pas à le faire. Cette déférence était assez incompréhensible. Sa première femme, il l'avait tutoyée dès le mariage, mais après leur séparation il lui avait imposé le « vous », comme pour mettre de la distance entre elle et lui.

— J'ai eu vent d'une information qui me chagrine, dit l'industriel, soudain, en se redressant sur son siège.

La douleur qui lui ceignait les reins le fit grimacer. Geoffroy posa les mains sur celles de son père. Ce geste le surprit et l'agaça de toute évidence. Il existait tant de pudeur en lui qu'il rejetait par avance toute manifestation d'affection.

— Vous souffrez ? Je vois bien que vous n'êtes pas dans votre assiette, père.

— On parle de ton mariage dans tous les dîners en ville. Aurais-je manqué un épisode ? Que je sache, les bans n'ont pas été publiés.

Le jeune homme parut flatté d'être au centre des conversations dans le petit monde huppé de la ville. Et à sa réaction, assez surprenante, Dufournelle comprit que son fils en était à l'origine, qu'il avait lâché la nouvelle ainsi au vent qui passe, sans discernement.

— Avec la fille des Chanoinet.

— Avouez, père, que ça aurait de la gueule. Moi épousant Élise. Une belle alliance.

Le père se mit à balancer la tête de droite à gauche vigoureusement.

— Tu prends cette histoire à la légère, mais Aristide est un ami, un ami très proche. Je m'étonne même qu'il ne m'ait pas téléphoné. C'est à croire que la vexation est si forte qu'il n'ose me parler. Te rends-tu compte ? Un tel enfantillage me surprend. Tu ne grandiras jamais, Geoffroy. Tu restes un enfant gâté, pourri par l'argent, suffisant et hautain, méprisant même, comme si l'on pouvait ainsi impunément jouer avec l'honneur d'une famille respectée. J'ai honte à l'idée de devoir réparer cette bêtise. Les effets ne seront pas sans dégâts.

Le sourire du jeune homme se figea soudain sur son visage.

— Je vais régler ça par un démenti. Tant pis. Un démenti sec.

— N'en faites rien, père.

— Comment cela ? Aurais-tu une liaison avec la petite Élise ?

— Non, mais ce ne serait pas une si mauvaise idée de lui forcer un peu la main.

— Lui forcer la main ? reprit Dufournelle. Tu voudrais épouser une Chanoinet ? Je ne vois pas ce que vous pourriez faire ensemble. Ce serait l'alliance de la carpe et du lapin.

Il se mit à réfléchir.

— Charmante, certes, ajouta-t-il, mais dans un genre qui ne doit guère correspondre à ce que tu recherches au *Blue Angel*…

Geoffroy éclata de rire. Et le père lui saisit le bras pour l'attirer vers lui et tordre par quelque autorité cette suffisance qui lui devenait insupportable.

— C'est une délicieuse enfant, la tête bien pleine, alors que toi, navré de te le dire, Geoffroy, tu n'es qu'un vilain garnement, sans un gramme de jugeote. Tu la rendrais malheureuse. Tu l'humilierais avec tes petites maîtresses séduites à droite et à gauche, comme tu le dis si bien.

— Et pourtant, insista le jeune homme, je compte la demander en mariage. J'ai lancé la nouvelle pour voir sa réaction. Ce serait une riche opportunité pour notre famille.

Maintenant, le père tournait autour de son fils d'un air pensif.

— Vous me reprochez sans cesse de n'agir que selon mon bon plaisir, de ne jamais rien sacrifier à la famille, se défendit Geoffroy. Pour une fois, admettez, père, que ce serait une sacrée bonne affaire que d'épouser une Chanoinet. Deux bonnes fortunes qui s'assemblent... De quoi faire jaser dans le pays.

M. Dufournelle paraissait fort sceptique, tant il n'imaginait pas pour l'heure que son fils, avec sa sale réputation de coureur de jupons, pût atteindre son objectif.

*

Alice Dufournelle était l'épouse la plus occupée de tout Périgueux. Au volant de sa petite Austin Cooper rouge, du matin au soir, elle sillonnait la ville de long en large. Entre les maquilleuses et les esthéticiennes de l'institut Perfectis, les coiffeuses de la rue Limogeanne ou de l'allée d'Aquitaine, les boutiques de mode de la place Francheville ou du boulevard Montaigne, Madame ne savait plus où donner de la tête. Et parfois, lorsqu'elle se découvrait un peu de temps, au milieu de l'après-midi de préférence, elle s'autorisait quelques gâteries au salon de thé *Paris-Brest* place du Coderc en compagnie de ses copines, Aurore Paladan et Béatrice Saint-Philippard.

— Je peux engloutir tout ce qui me passe sous les yeux, je ne prends pas un gramme, se réjouit Béatrice dans son jean étroit et son T-shirt Calvin Klein, haut perchée sur ses stilettos.

Aurore l'observait d'un air écœuré, en se comprimant la taille avec les mains, ce fichu endroit où les kilos allaient se loger en priorité.

— Et moi, je prends tout dans les fesses sans y penser, dit-elle, malgré tous mes efforts sur les machines de torture. Ma dernière acquisition, une plateforme de fitness, m'épuise littéralement. Ce sont des vibrations infernales qui mettent tous les muscles à l'épreuve. Ça tue la cellulite en quelques semaines. Mais il faut souffrir, souffrir le martyre, se lamenta-t-elle en s'ébouriffant la chevelure.

— Je ne le crois pas, dit Alice en piochant dans sa coupe la crème glacée vanille-praliné. Il n'y a que le jogging qui vaille. Mais hélas, je n'ai jamais le temps. Mon mari ne me laisse pas en paix.

— Comment cela ? l'interrogea Aurore. Le mien me fiche une paix royale. J'en arrive même à penser qu'il me préfère lorsque je ne suis pas là.

— Romuald me charge de ses dossiers. Je dois rectifier son orthographe. Il écrit comme un cochon.

— Pourtant, s'étonna Béatrice, il a des secrétaires. Un patron comme lui, ça doit avoir des secrétaires, ou alors c'est le monde à l'envers.

Alice ne sut quoi répondre. Si elle mentait avec un aplomb incroyable, sans rougir, sans trembler, on ne la croyait jamais. On devinait d'instinct que Mme Dufournelle aimait à se raconter des histoires à dormir debout. Néanmoins, son côté fantasque plaisait fort dans le milieu des luronnes. Ainsi s'étaient-elles baptisées pour faire les quatre cents coups entre femmes de la bonne société, une sorte d'amicale féminine ou de société savante où l'on discutait chiffons, fitness et pommades amaigrissantes.

— Et ce mariage ? interrogea Béatrice. On est impatientes. Se fera-t-il au château de Mémise ? Oui, bien sûr. Il n'est que cet endroit pour célébrer un très beau mariage, n'est-ce pas ?

Alice posa la main sur son visage, comme pour s'interdire de répondre. Son mari lui avait fait toutes les recommandations utiles. Ne rien dire, ni affirmer ni infirmer. Rien. Silence complet.

— Oh, je ne sais pas, avança Alice du bout des lèvres, presque en chuchotant. Ce ne sont que des bruits qui courent. Quelqu'un a lancé cette histoire et…

— Ton beau-fils, bien sûr, dit Aurore. Le premier concerné. C'est bien dans son style, ce cher Geoffroy, délicieux et imprévisible. Il adore qu'on parle de lui. En bien ou en mal, qu'importe. Et avec sa belle prestance, on lui pardonne tout.

Les femmes éclatèrent de rire, même Alice se rangea de ce côté-ci, ce qui fit une curieuse impression. Mme Saint-Philippard éprouva soudain de la pitié à l'observer dans ce jeu, et chaque fois elle se demandait si elle était stupide, l'épouse de Dufournelle, ou si elle le faisait exprès.

Alice prit un air attristé pour annoncer qu'elle allait prendre congé à cause de tâches urgentes. Par exemple, faire passer un examen d'embauche.

— Tu es chargée de cela aussi, ma pauvre Alice. Ton mari est un tortionnaire. Il n'a pas de DRH. C'est un scandale.

— Oh non, se défendit Alice en baissant la tête. C'est une embauche domestique. Je dois trouver la perle rare pour notre ménage.

Béatrice et Aurore se regardèrent avec un petit sourire de connivence.

— On ne manque pas de prétendantes, dit Mme Saint-Philippard. Ça se bouscule au portillon. Il suffit de passer une annonce, et l'on a l'embarras du choix.

En s'installant dans sa petite Austin, sans prendre le temps de récupérer sur le pare-brise la contravention, Alice se sentait au bord des larmes. Pour le coup, se dit-elle, je n'ai pas assuré. Pourquoi fais-je donc l'intéressante avec les luronnes ? Elles sont toutes bardées de diplômes, tandis que moi, j'ai juste un petit baccalauréat économique et social. Elle frappa son volant avec rage. Puis avant de démarrer, elle jeta un regard dans le rétroviseur. Elle se trouvait laide et stupide. Mais son psy, qu'elle visitait une fois par mois, lui eût dit que cette lucidité dont elle faisait preuve sur elle-même était déjà un grand pas en avant. Elle se rassura ainsi. Car elle consultait le professeur Labowitz seulement dans les périodes de déprime intense, de burn-out. C'était un mot qui lui paraissait chic et distingué, au point qu'elle envisageait de l'inscrire un jour sur son CV : *Alice Dufournelle-Rézani, épouse d'industriel, bachelière, principale qualité : la disponibilité, principal défaut : syndrome du burn-out juste aux périodes équinoxiales.*

Alice rentra au bercail par le chemin des écoliers, un ample détour par la rive de l'Isle. Elle s'arrêta à hauteur du stade municipal pour regarder les garçons jouer à la balle. Le rugby la fascinait, les mêlées surtout et leurs viriles empoignades, et les courses effrénées des joueurs partout où le ballon se dirigeait, le plus souvent avec des rebonds aléatoires. Un vieux bonhomme en survêtement lui révéla quelques secrets sur les règles. Elle l'écouta avec attention, en se disant que sa journée n'était pas tout à fait fichue puisqu'elle avait appris quelque chose. Son mari était un des sponsors du club, ce qui l'obligeait parfois à perdre ses soirées dans des réunions insipides et des fêtes arrosées. Mme Dufournelle se promit que la prochaine fois, elle l'accompagnerait et elle montrerait à tous ces fanas de rugby qu'elle connaissait quelques règles.

— Combien notre société attribue-t-elle au club de rugby ? questionna Alice.

Romuald la regarda, incrédule, puis bougonna quelques mots. Elle lui fit répéter la somme qui paraissait astronomique à ses yeux.

— Quand je pense que vous me reprochez de dépenser trop en toilettes…

— Ce n'est pas la même chose, se défendit l'industriel.

Mme Dufournelle inscrivit la somme dans son calepin rouge. Elle sentait confusément qu'un jour ou l'autre elle en aurait besoin pour la lui resservir, sa prodigieuse générosité.

Puis Mariza traversa le hall d'entrée de La Barbecane, suivie par son demi-frère.

— Tiens, voilà le futur marié, ricana Romuald devant son plateau-repas.

— Je croyais que c'était une conversation interdite, soupira Alice.

Mariza s'avança pour embrasser sa mère, négligeant de saluer son père, comme d'habitude. Il y avait une incompatibilité d'humeur entre eux, depuis que la jeune fille avait décidé de quitter la prépa de Bordeaux en cours d'année pour rallier hypothétiquement une fac de lettres. Le père lui avait dit que son choix était sans avenir, sinon dans le professorat, « une misérable activité médiocrement rétribuée » selon ses propres mots. La réflexion avait été si mal accueillie que Mariza avait décidé d'un coup de ne plus adresser la parole à son père tant qu'il n'aurait pas changé d'avis. Et de ce point de vue, Alice donnait raison à sa fille. C'était de sa vie qu'il était question et de rien d'autre. Et de surcroît, elle admirait sa détermination. Ne rien céder. Peut-être la mère découvrait-elle là, pour une fois, un acte héroïque qu'elle-même n'aurait jamais eu l'audace d'engager.

Mariza passa par la cuisine avant de disparaître dans ses quartiers, emmenant avec elle quelques crudités sur un plateau. Elle mangeait exclusivement vegan, pour garder la ligne certes, mais surtout pour protester contre le génocide animal.

Geoffroy s'assit en face de son père, sur le tapis persan, tournant le dos à la télévision qui diffusait en boucle les reportages du jour. Romuald pouvait regarder BFM TV des heures durant sans se lasser, distraitement, avec une mémoire de poisson rouge qui chassait au fur et à mesure les séquences de son esprit. Néanmoins, il lui semblait que quelque chose d'important, toujours, pourrait lui échapper. Mais à la vérité, il ne regardait pas, perdu dans ses pensées, ressassant les conflits du jour avec ses subordonnées. Lui aussi, il devait réitérer sans fin ses ordres pour qu'ils devinssent opérationnels. Toute la marche de son entreprise paraissait régie par ces machines pensantes, les ordis, les iPads, les iPhones... Et lui, il était nu comme un ver. Rien dans les mains, rien dans les poches. Sinon un dictaphone pour enregistrer ses projets. Et les réunions du conseil d'administration ne pouvaient plus se dérouler sans l'agression de signaux en tout genre, comme si les tumultes du monde entier étaient versés à toute heure jusque dans les replis les plus secrets et les plus feutrés de la société. Ainsi n'arrivait-on plus à obtenir un peu de concentration, de réflexion, de silence créatif. « Est-ce qu'Instagram ou Facebook ont une solution pour accroître notre productivité ? » clama-t-il un jour devant ses collaborateurs médusés.

— J'ai une idée, dit Geoffroy. Consentiriez-vous à l'écouter, père ?

Assise sur le canapé en velours rouge, Alice fumait une cigarette mentholée, par petites aspirations crapotées. Elle regardait alternativement son mari et son beau-fils avec un air lointain. Les idées, pensait-elle, c'est la plaie des Dufournelle. Elles jaillissent à toute heure du jour et de la nuit, à croire que la famille est soumise à ce diktat, avoir des idées ou périr.

— Je consens à écouter ce que tu as à me dire, fit le père en ingurgitant une goulée de médoc.

— Nous devrions changer le nom de notre société. Conserveries Dufournelle, ça fait vieux. Trop vieux.

— Oui, dit Alice, un coup de Ripolin, ça ne ferait pas de mal.

L'industriel se mit à hocher la tête, comme il le faisait chaque fois qu'on lui présentait une potion magique pour résoudre d'un coup tous les problèmes de son entreprise.

— Je verrais bien…

Le jeune homme s'accorda un instant de silence, un suspense. Une pose ridicule, selon Romuald. Car, déjà, son attention s'évaporait vers l'écran de télévision où des consultants s'emplâtraient sur l'état de la France.

— Canning Factory Dufournelle, énonça le jeune homme avec un accent pitoyable.

L'industriel passait et repassait sa main sur son front dégarni. Il se forçait à ne pas répondre, pourtant ce n'était pas l'envie qui lui manquait. Néanmoins, c'eût été cruel de remballer Geoffroy à la seconde même où il paraissait s'intéresser au devenir de l'entreprise, même si la suggestion était cornecul en diable. Romuald demeura stoïque, sans voix, sans souffle, comme il l'eût fait en présence d'un vieil administrateur atteint de gâtisme. Puis il risqua un sourire contrit en direction d'Alice. De ce côté-ci, il espérait obtenir à tout le moins un semblant de connivence, mais à sa mine indifférente il réalisa que toute la famille Dufournelle, hormis Huguet, son second fils, marchait sur la tête. Et désormais, posé comme un équilibriste sur le fil de sa solitude, l'industriel craignait que son Geoffroy s'entêtât jusqu'à semer la confusion dans la direction de la société avec ses idées audacieuses.

D'agacement, Dufournelle éteignit la télévision et balança la télécommande sur les genoux de sa femme. Il se leva, traversa le salon, jusqu'aux orchidées qui poussaient derrière les vitres embuées de la serre. Puis il rangea machinalement des magazines de mode éparpillés sur un guéridon. Toute forme de désordre le désemparait, cet homme, qui avait les plus grandes difficultés à assembler les idées dans son cerveau. Puis il revint vers son plateau-repas et d'une chiquenaude ordonna à Louisette, la gouvernante, de le faire disparaître. Il fit signe à son fils de se lever. On ne peut réfléchir, pensait-il, ainsi avachi sur les tapis et les coussins.

— Qu'espères-tu donc en anglicisant la raison sociale de notre société ? Séduire les Amerloques ? On n'arrive pas à exporter aux *States*. Il y a une campagne forcenée contre nos foies gras, sur la prétendue barbarie des gavages. Du protectionnisme déguisé, en vérité. Et ce petit artifice, *Canning Factory*, ne convaincra personne. Peut-être nous faudra-t-il un jour faire du foie gras vegan ? Mais là, bon Dieu, non, qu'on ne compte pas sur moi. Je suis pour le terroir pur et dur et la tradition. Le reste, je m'en fous.

— Dommage, déplora Geoffroy. On se prive d'un argument commercial.

— D'ailleurs, reprit l'industriel, notre conseil d'administration ne suivrait pas. Et une telle initiative ne pourrait se concrétiser qu'avec l'unanimité des voix.

— Normal, releva le jeune homme, lorsque la moyenne d'âge de notre assemblée se situe autour des soixante-dix ans. Des vieilles barbes rétrogrades. Sans imagination. Pourquoi changer, puisque jusque-là tout nous a réussi, n'est-ce pas ?

Dufournelle alla aussitôt s'enfermer dans son cabinet de travail. Il avait besoin de silence et de quiétude. Il les trouva en actionnant sa platine disques, des écouteurs sur les oreilles.

2

Alice programma la sonnerie de son téléphone pour sept heures trente. Le jour à venir exigerait d'elle de la concentration et de la lucidité. Il lui fallait donc mettre toutes les chances de son côté avec un bon bain chaud, une huile hydratante d'argan pour le corps, et une longue séance de maquillage. Puis un petit déjeuner copieux avec des céréales et des graines, quelques fruits passés au blender. Elle avait calculé tout le temps nécessaire pour bien se préparer, une heure de salle de bains, une heure de maquillage et une demi-heure pour le reste. Bref, elle serait fin prête sur les coups de dix heures du matin. Parfait.

D'ordinaire, Mme Dufournelle avait un réveil laborieux, surtout lorsque rien n'était inscrit sur son emploi du temps. Elle s'abandonnait voluptueusement à la grasse matinée, mesurant dans ses étirements combien la vie l'avait gâtée en définitive, même si son existence avec Romuald était d'une fadeur déconcertante. Elle dépensait sans compter, s'absentait plus que de raison sans qu'il lui posât jamais la moindre question et pour le reste, les obligations conjugales, c'était une affaire vite bâclée à raison de deux fois par mois au grand maximum.

— Je suis prête et je n'en reviens pas. Comment ai-je fait ? dit-elle à sa gouvernante.

Louisette Fontemps était trop prudente pour risquer la moindre opinion. Elle montra seulement un peu d'étonnement, puis finit par repérer sur le blazer Uta Raasch rose bonbon de sa maîtresse un galon décousu. Elle remonta se changer illico, ce qui fit sourire Louisette. Puis à son retour, la gouvernante osa tout de même une petite remarque flatteuse : « Croyez-vous que la future femme de ménage que vous allez choisir remarquerait ce détail ? » Alice haussa les épaules. Question de principes.

Mme Dufournelle opta pour le petit bureau du bas, celui où l'on ne travaillait jamais. D'ordinaire, il servait de vestiaire pour les visiteurs et de débarras à journaux, à dossiers ou à cartons. Pour cette fois, Alice avait recommandé au factotum Andréo d'y mettre de l'ordre. Elle y entra en claquant des talons, essaya le fauteuil derrière le bureau et le jugea à sa convenance.

— Vous ferez attendre les prétendantes dans le couloir. Pas de chaise, évidemment. On ne doit pas se sentir trop à l'aise pour un entretien d'embauche, n'est-ce pas ?

À chaque mot prononcé, Louisette opinait de la tête. C'était agaçant, cette servilité, et Mme Dufournelle eut pour elle, une fraction de seconde, l'œil le plus méprisant qui soit au monde. Depuis que son mari lui avait promis une augmentation en fin d'année, la gouvernante redoublait de complaisance.

Alice avait posé devant elle une feuille de papier sur laquelle était inscrite la liste des futures tâches à accomplir pour l'emploi proposé, les horaires, le salaire consenti avec une petite marge pour la négociation – c'était une recommandation de Romuald. «On ne jette pas l'argent par les fenêtres», disait-il comme un leitmotiv. Et cette exigence la turlupinait, car elle ne se sentait pas à l'aise dans ce genre de discussion. Et pour se débarrasser de sa boule de contrariété dans l'estomac, elle s'autorisa à admettre que le salaire ne ferait l'objet d'aucune discussion. Tant pis, tant pis pour les chers principes de mon petit mari, se dit-elle en suçotant le capuchon de son stylo Bic.

Les trois premières prétendantes furent vite expédiées. Il n'y avait aucune recommandation fiable pour elles et leurs têtes, en vérité, ne lui revenaient pas. «Une triste, une souillon et une camée, voilà ce que l'agence nous propose», maugréa-t-elle.

Pour la suite, elle s'autorisa à sortir pour vérifier son maquillage. Il lui semblait que le rimmel avait charbonné ses paupières. Elle rectifia ces détails. Puis s'en revint aussitôt en faisant entrer une jeune fille qui lui parut de prime abord bien faite de sa personne, jeune, élégamment vêtue, sans excès, la chevelure tirée en arrière. Son maquillage était discret et sans excentricité, comme il convient, pensa Alice, pour une femme de ménage qui ne dépare pas la qualité d'une maison comme la nôtre. Aux questions posées, Joëlle Coline répondait laconiquement, d'une voix calme. L'interrogatrice nota aussi sur sa feuille qu'elle ne rajoutait rien de plus à ce qu'on lui demandait. Elle sera discrète et disponible. Et surtout, sans l'oreille qui traîne, comme nous en avons connu ici, des filles à papotages, à médisances. Alice posa une croix devant son nom, puis une autre avec quelque hésitation.

— Vos diplômes ? Avez-vous des diplômes significatifs ?

— Un bac littéraire et une maîtrise en littérature comparée.

— Vous pourriez enseigner. Pourquoi chercher un emploi de maison ?

Joëlle ne répondit pas. Seul un long sourire éclaira son visage. À vrai dire, Alice se sentait un peu chagrinée de découvrir que cette jeune fille avait plus de diplômes qu'elle.

— Avez-vous conscience, mademoiselle Coline, que vos titres ne vous serviront à rien, ici ?

Elle énuméra les tâches avec insistance. La prétendante écoutait sans un cillement. Elle paraissait peu intéressée par les considérations personnelles de Mme Dufournelle. Puis celle-ci ajouta, non sans quelque hésitation, que le salaire proposé ici était supérieur à ce qu'on lui accorderait dans un établissement de la banlieue parisienne.

— Je ne me sens pas armée pour ce genre de responsabilités, ajouta-t-elle du bout des lèvres.

Alice ne sut quoi répondre. Il y eut un long silence avant qu'elle ne se décidât à poser ou non la troisième croix devant son nom, ce qui signifierait enfin que la jeune fille serait embauchée. Peut-être fais-je une bêtise…, se demandait-elle anxieusement. Trop de diplômes pour ce travail. Est-ce une bonne ou une mauvaise chose ? Elle sortit le téléphone de son sac et composa le numéro de son mari. Mais elle se ravisa.

Elle n'avait pas envie d'entendre encore ce reproche selon lequel elle ne saurait décidément jamais prendre une décision sans lui.

— Vous avez un regard doux et apaisant, dit Alice.

Joëlle fronça les sourcils. Elle se demandait si on allait l'employer pour un casting de mannequinat ou pour le ménage.

— Des yeux verts, n'est-ce pas ? insista Alice en la dévisageant.

La jeune fille fut surprise par l'incongruité de cette remarque.

— C'est fort bien, dit Alice qui avait toujours rêvé d'avoir les yeux verts.

— Je ne sais pas, Madame. Peut-être est-ce une richesse ? Mais si c'est une richesse, c'est bien la seule que je possède.

Et d'un geste décidé, Mme Dufournelle posa sur sa feuille de papier la troisième croix devant le nom de la prétendante.

— Parfait, vous commencerez lundi à huit heures.

*

Après que Louisette Fontemps eut renvoyé les dernières prétendantes, elle alla à grands pas féliciter sa maîtresse pour le choix qu'elle venait de faire. Pourtant, elle avait à peine entrevu Joëlle Coline, la fille aux yeux verts. Alice se dandina devant sa gouvernante avec suffisance. Néanmoins, elle se voulut modeste en ménageant l'avenir. « Nous verrons bien, ma petite Louisette, si nous avons fait le bon choix. Et si cette jeune fille ne fait pas l'affaire, il sera toujours temps de la renvoyer.» Mais ensuite, elle se mit à réfléchir avec tristesse à ce qu'elle venait de dire avec tant de légèreté et d'inconscience. Si par malheur je me vois contrainte à cette fâcheuse extrémité, il me faudra faire appel à Romuald. Ah ça non, jamais je n'aurai assez de courage. Mais en allant se servir directement dans la cuisine un grand verre de Coca, elle se dit : Mon Dieu, suis-je bête. Il suffit d'une lettre recommandée pour congédier, et de rien d'autre. Ainsi ne voit-on pas la réaction de sa victime. Quelle aubaine.

Elle partit d'un grand rire jusque dans sa salle de bains où elle se badigeonna de ses huiles essentielles. La peau sèche, c'était son enfer personnel. Elle avait acquis la certitude en lisant les articles des magazines de mode que la peau sèche est un signe précurseur du vieillissement. La beauté fiche le camp, sans qu'on y prenne garde. Et un jour les hommes ne vous regardent plus dans la rue, ne vous tiennent pas la porte à l'entrée des magasins, et ainsi de suite, parmi tant d'autres désagréments qui pourrissent l'image de soi.

À midi, Huguet, le second fils de Romuald qu'il avait eu avec sa première femme, arriva, la chevelure ébouriffée, avec sa petite copine. Sur ses paumes il y avait encore quelques traces de peinture acrylique, rouges et bleues. Et sur le dessus de la main, des touches dorées de feutre. Il créait des planches pour une agence de publicité de Bordeaux en s'inspirant fortement du pop art des années 80. Ses projets mêlaient tout aussi bien des photos d'actualité des événements majeurs de la dernière décennie, que des slogans politiques détournés, le tout peint, colorié et redessiné à l'usage d'une société consumériste, ce qui en soi constituait un paradoxe. Aussi, ses ébauches d'affiches et de clips n'étaient pas toujours du goût des grandes firmes. Difficile de faire mieux que Benetton…

Huguet alla piocher dans le réfrigérateur de quoi dévorer un peu de viande froide à la va-vite. Il mangeait avec ses doigts, sans prendre le soin de s'asseoir à une table, ce qui faisait enrager Louisette. Il allait et venait, excité comme une puce, et à chacun de ses pas, la petite Thaïs faisait de même, mais elle, sans toucher à la nourriture. Elle tirait sur une cigarette frénétiquement. Ses cheveux, tout aussi ébouriffés que ceux de Huguet, étaient violets et elle avait autour des yeux des amas de strass doré. Son visage, fort amaigri et pâle, était orné de piercings : sur les joues, le nez, les sourcils. Après chaque dépression, elle se soignait ainsi, en ajoutant un bijou supplémentaire.

Lorsque la gouvernante proposa à Thaïs un verre de lait de soja – c'était sa boisson favorite –, elle refusa en jetant son mégot sur le carrelage puis l'écrasa du pied.

— Qu'est-ce qu'elle a, celle-là, à me chercher ? Tu t'crois où ? Larbine en chef !

Le jeune homme voulut excuser la réaction de sa copine en bredouillant des mots sans suite. Mais la gouvernante les poussa tous deux hors de sa cuisine. C'était là qu'elle régnait, Louisette, et nulle part ailleurs. Un territoire sacré.

Ils allèrent sur le canapé, Huguet tripotant son smartphone et Thaïs, les pattes en l'air, provocante. À l'arrivée de Romuald, la Belette Violette – comme Dufournelle l'avait nommée – rectifia sa position.

— Voilà le daron, fit-elle.

— Fais-la taire, supplia Romuald. Tu devrais la laisser dans ta garçonnière. Pour faire le ménage, par exemple, ou arroser les plantes, ces fameux papyrus qui se fument.

Il éclata de rire.

— J'ai une idée, papa ! s'écria soudain Huguet en bondissant de son siège.

— Encore ! Hier c'était ton frère. Aujourd'hui, c'est toi. C'est pas Dieu possible, vous vous êtes passé le mot... Arrêtez d'avoir des idées.

Huguet se mit à frictionner sa chevelure nerveusement, comme s'il ne pouvait concevoir sa tête, sa vie, que dans un état de désordre permanent.

— J'aurais besoin d'un peu de flouze pour la monter, mon affaire supergéniale.

— Ton vieux, j'l'savais bien qu'y t'aiderait macache. Vu sa tête. Tu peux deviner.

Thaïs éclata de rire, un hennissement un peu forcé, avec une voix grave sortie de sa poitrine, éraillée par les clopes et le reste. Romuald fit signe à son fils de le suivre dans son bureau.

— Thaïs, tu restes là. Sans bouger et sans rien casser. Surtout pas comme la dernière fois où tu m'as bousillé une théière Fürstenberg.

Ils s'assirent l'un en face de l'autre, sans parler, un long moment, goûtant ce silence qui était rare entre eux depuis que Thaïs était entrée dans la vie du cadet.

— Combien de temps tu vas la traîner, cette Belette ?

— J'sais pas, p'pa. Je l'aime bien. Elle me fait rire. Mais tu ne la connais pas assez pour bien la juger.

Faudrait que tu prennes le temps d'écouter les gens, quelquefois, plutôt que de te comporter comme un Dufournelle. Tu méprises le monde. Ta réussite te sert de paravent. Et tu ne rends pas les gens heureux autour de toi. Par exemple, je viendrais à cette minute te demander quatre ou cinq petits millions que tu pousserais des cris d'orfraie…

— Pour quoi faire ?

— Des tombes connectées…

— Comment ça, des tombes connectées ?

— Je voudrais vendre des monuments funéraires qu'on pourrait interroger avec un portable sur l'histoire des défunts. Biographies, photos, films, musiques… Les morts ont une histoire. Et leur histoire, me dis-je, ne s'arrête pas avec l'inhumation. On devrait pouvoir leur parler, leur envoyer des SMS, leur dire qu'on les a aimés, qu'on les regrette, qu'on pense à eux. Ce serait un logiciel extraordinaire. Leurs archives à la disposition des gens qui passent. Ça nous rendrait les cimetières intelligents. J'ai prospecté. Y a de quoi gagner des tunes avec mon process.

Pour une fois, Romuald l'écoutait avec attention. Il hochait la tête quelquefois. Il paraissait intrigué.

— Les gens qui vont mourir devraient avoir cette ultime consolation de laisser une trace derrière eux.

— Pas si bête, dit M. Dufournelle. Les cimetières connectés. Bon Dieu, oui, ça me paraît plus sérieux que la cryogénisation.

Romuald lui assura qu'il y réfléchirait. Et franchissant la porte de son bureau, il passa le bras autour de la taille de son fils.

— Faut me tartiner une étude détaillée, mon petit. Quant à l'argent, on verra ce qu'on peut faire. Mais avant toute chose, débarrasse-toi de ta sauterelle. Tu me le promets ?

La fille d'Alice n'émergeait de sa chambre qu'en fin de soirée avec tout son attirail sur la tête, écouteurs, baladeur, lecteur MP3, en faisant des gesticulations sur le rythme de la musique qu'elle écoutait en boucle, sans jamais se lasser. Pour lui parler, sa mère ou Huguet la plupart du temps, son père rarement, sinon pour la tancer sur son projet d'avenir, et encore moins Geoffroy qui la méprisait souverainement, il fallait soulever un côté du casque ou tirer sur l'oreillette. Mariza fit un tour dans la cuisine, emplit une assiette de légumes crus : carottes, pointes de céleri en branches, feuilles d'endive et une poignée de fruits secs.

Et elle s'écria :

— Bonsoir la compagnie !…

— Tu devrais aller embrasser ton père, lui conseilla Alice.

Elle s'arrêta net, soumise soudain à une réflexion intense.

— D'accord, j'y vais.

Mais lorsque Mariza tapa à la porte du bureau paternel, Huguet en sortit aussitôt. Il ne prit pas le temps de regarder sa demi-sœur tellement il était absorbé par son projet sinistre, les columbariums connectés.

Romuald se rassit derrière ses dossiers empilés devant lui.

— La semaine prochaine, je pars un mois, peut-être deux, chez une copine.

— Crois-tu que ce soit le moment alors qu'il y a tant de décisions à prendre sur ton avenir ?

— Mais papa, tu te prends la tête pour rien. Moi, je n'ai pas de projet. Sinon aller voir ma copine à Toronto.

— Toronto ! s'exclama Romuald. Bigre, ce n'est pas la porte à côté.

— C'est comme ça. J'aurai besoin de 5 000 euros au moins.

Mariza crut que son père allait les lui donner illico. Elle attendit donc qu'il ouvrît le petit coffre derrière lui dissimulé par une mauvaise reproduction de *La Petite Fille à l'arrosoir* de Renoir. Il resta les bras croisés.

— Je m'en fous ! s'exclama-t-elle. Maman me les filera. Rien que pour t'embêter.

Romuald resta de marbre. Puis comme il vit qu'elle allait disparaître aussi vite, il lui fit signe de s'approcher pour déposer un gentil petit baiser sur son front.

— Je voudrais te poser une question, papa.

— Oui, je t'écoute.

— Quand est-ce que vous avez cessé de vous aimer, maman et toi ?

L'industriel fronça les sourcils.

— Mais, Mariza, nous nous aimons. Que crois-tu ? Il ne faut pas se fier aux apparences.

Il la regarda s'éloigner avec une sorte de tendresse. Dans ces rares instants, il ne regrettait pas de l'avoir fabriquée, cette enfant.

*

Souvent, Romuald n'avait pas de mots assez durs pour se juger. Il avait la passion des injustices, de toutes celles que son action quotidienne générait autour de lui. Dans l'entreprise, il prenait plaisir à accorder des avantages à quelques collaborateurs qui ne les méritaient pas. Ainsi désespérait-il les belles ambitions de quelques autres. Mais elle était plus forte que lui, sa volonté de briser les esprits libres. Et de même avec ses fils. L'aîné, il l'obligeait au voussoiement, tandis que son second pouvait le tutoyer sans vergogne et aussi parfois l'insulter ou le rudoyer en exhibant sous ses yeux le côté ringard du vieux chef d'entreprise, tortueux et vindicatif Geoffroy devait bien se tenir sinon il risquait de perdre d'un coup tous ses avantages.

« Le pouvoir, disait-il, c'est le droit d'appliquer selon son bon vouloir l'injuste sentence des sentiments. » Parfois, il s'interrogeait sur les raisons qui motivaient ce complexe. Les souffrances qu'il provoquait autour de lui paraissaient le ravir, lui qui voyait en elles le style du vrai manager, tout en se jurant néanmoins de s'améliorer et de devenir juste et bon.

Sur ma future tombe connectée, pensa-t-il en triturant des trombones sur le cuir de son bureau, le visiteur n'y trouvera qu'une bien mauvaise histoire d'homme. Je n'aurai qu'une postérité à problèmes, comme le fut mon existence, vouée à l'expérimentation de principes douteux.

Il s'accorda deux ou trois whiskies dans sa bibliothèque. Il n'aimait pas boire en compagnie, s'enivrer dans la joie. Il préférait sa haine qui lui tenait au corps, son mépris pour tout ce qui représentait à ses yeux le monde inférieur : les cadres, les ouvriers, les employés... Il se disait : Je ne leur dois rien et je n'attends rien en retour. Sans moi, certains d'entre eux ne pourraient pas subvenir à leurs besoins. Peut-être était-ce une bonté de trop que de leur mesurer des gratifications de fin d'année ou de leur accorder des cadeaux minables. Mais la tranquillité sociale était à ce prix, quelques mensonges distillés à l'envi, et des mots rassurants pour donner le change. « Peut-être que M. Dufournelle n'est pas aussi dur et malveillant qu'on le dit », murmurait-on dans son dos entre deux portes.

Pour une fois, Alice entra sans frapper.

— Vous buvez seul. C'est triste, dit-elle.

Il lui servit un whisky alors qu'elle détestait ça. Elle s'obligea à en boire une gorgée en grimaçant.

— Je n'aime que le japonais, le Nikka. Ça emporte la gueule.

Elle contempla avec tristesse l'univers de Romuald fait d'entassements de dossiers. Un château branlant que le moindre geste eût pu effondrer. Ici, on n'avait pas le droit d'aspirer les meubles et les tapis, ni de vider la corbeille au cas où un document important s'y trouverait. C'était un espace interdit où elle n'avait le droit d'entrer qu'en présence de son mari.

— Ça fait combien de jours qu'on n'a pas fait l'amour, Romuald ? Vous ne m'aimez plus ? Me trouveriez-vous trop vieille ? J'ai la peau qui se dessèche.

Elle releva sa jupe et se mit à caresser ses cuisses, à pincer les chairs.

— Je fais tant d'efforts pour vous. Mais je ne vous intéresse plus. Avez-vous des problèmes ?

— Non.

— Une maîtresse, alors ?

— À qui pensez-vous ?

— Votre secrétaire ? Ce serait d'une banalité. Un patron qui baise sa secrétaire. Je vois ça d'ici. D'ailleurs vous avez toujours culbuté vos secrétaires, et surtout celle qui s'est tuée en voiture. Celle-là vous l'avez aimée plus que toutes les autres, sans doute. Et je devine le moment où les histoires s'achèvent. Vous les congédiez. C'est un signal d'alarme. À la suivante. Comment faites-vous pour les choisir ? Vous avez sûrement un truc pour distinguer au premier coup d'œil, à l'entretien d'embauche, que celle-ci plus que toutes les autres prétendantes au poste sera conciliante. Me le direz-vous un jour, Romuald ? Cela enrichirait mes connaissances sur vous.

Il l'écoutait distraitement. Elle l'ennuyait assez souvent avec ses considérations sur les maris, les amants et les épouses, que ce fût dans sa propre existence ou dans celle des autres. Périgueux était une petite ville de l'intérieur de la France, où il faisait bon vivre à l'ombre des châtelets et des vieilles pierres, chaque famille d'importance, de petite notabilité ou de noble extraction, voyait sa vie exposée en pleine lumière, sans échappatoire possible. Pour l'heure, songeait-il, nous sommes sur la sellette avec le « très beau mariage ».

— Mes questions vous insupportent ? Mais je suis votre épouse tout de même. J'ai le droit de savoir ce qui vous attire chez ces secrétaires… J'en ai connu une douzaine au moins, qu'ont-elles de plus que moi ?

Romuald soupira profondément et tendit sa main vers Alice. Mais elle ne répondit pas à son geste. Elle sentait trop bien qu'il voulait l'amadouer avec sa pitié de mâle dominant.

— Vous ne vous voyez pas telle que vous êtes, ma chère Alice, dit-il.

— Comment suis-je ?

— Belle et désirable. Je ne peux espérer posséder une plus belle femme.

Sur le coup elle se sentit émue ; il y avait dans ses yeux un brin de sincérité. Alors elle s'approcha de lui, se glissa derrière son siège et posa les mains sur ses épaules. Puis il attendit patiemment que les cajoleries s'interrompent. Enfin, elle se retira, sentant que ses caresses étaient inefficaces. Maintenant, elle le toisait de haut, les bras croisés sur sa poitrine.

— J'ai engagé une femme de ménage, dit-elle. Elle s'appelle Joëlle Coline. Une jeune fille agréable et douce. Avec des diplômes, précisa-t-elle. Je lui ai dit que ça ne lui servirait à rien. La pauvre fille ! Si elle savait où elle est tombée... Je la plains un peu. Je me dis que j'aurais pu, moi aussi, connaître le même sort.

M. Dufournelle se mit à sourire en imaginant que son Alice n'était pas aussi loin de la vérité qu'elle ne le pensait ; d'un certain point de vue, elle connaissait un sort comparable. Épouse d'un Dufournelle ou femme de ménage, quelle différence ?

Pour l'heure, l'industriel ne trouvait plus aucune utilité à demeurer dans son bureau, puisque Alice se refusait à en partir, malgré les quelques signaux de lassitude qu'il lui avait adressés. Il sortit, elle le suivit, pas à pas. Elle parlait de son exploit du matin, de la rapidité avec laquelle son choix s'était imposé.

Elle estimait ne s'être point trompée sur le profil de la future employée.

— Vous verrez, Romuald, vous la trouverez à votre goût, cette petite. J'espère seulement que vous ne me la chiperez pas.

Il se retourna, interrogatif.

— Elle a du bagage. Vous pourriez en faire une secrétaire. Mais sachez par avance, mon cher, que je ne me laisserai pas faire. Ah non. Celle-ci, je la garderai pour notre commodité.

M. Dufournelle retrouva son fils aîné à la conserverie de Trélissac. L'établissement occupait cinq mille mètres carrés, avec un bâtiment administratif en pierres de taille jaunes, fort imposant en façade avec ses verrières à l'ancienne. Le reste des installations n'offrait guère de surprises avec ses toitures en accordéon, sa haute cheminée en briques rouges et ses murs blancs percés d'une succession d'ouvertures. À l'arrière, vers La Croix-Ferrade, se situait le quai d'embarquement pour les camions, puis deux parkings, le plus vaste pour les employés, et un autre, minuscule, cerné et dissimulé par des haies de charmes taillées au cordeau, pour la direction.

Geoffroy attendait, les pieds jetés sur le bureau, en lisant une bande dessinée. Quand l'industriel entra, suivi de Mathilde, la secrétaire, le jeune homme replia ses jambes en hâte.

— J'attends le rapport sur nos ventes.

— Je n'ai pas encore eu le temps de m'en occuper, reconnut le jeune homme d'un air penaud.

— Qu'importe, répondit Dufournelle en prenant le bras de Mathilde. Le travail est déjà fait.

La secrétaire ouvrit le dossier et le tendit à Geoffroy. Ce dernier prit le temps de le consulter.

— Ce n'est pas si mal.

— On peut faire mieux, le coupa Romuald. C'est un bon début, mais il va falloir monter en puissance sur ces produits.

— Trésor du goût. Aucun problème. Nous ferons un malheur aux fêtes de fin d'année.

— À la condition que la marchandise soit dans les magasins. Et que, surtout, continua Dufournelle, nous maîtrisions les fournitures. Je vais envoyer les représentants sur zone. Ils savent, eux, où il faut insister. Les grandes surfaces, les échoppes de luxe. Pour l'export, Mathilde s'en chargera. Je n'ai confiance qu'en elle.

Il lui prit la main en formulant cette gentillesse qui avait valeur d'adoubement. Car Mathilde était souvent critiquée par Geoffroy. Ce dernier jugeait, à la légère, qu'elle occupait trop de responsabilités dans la maison. Peut-être Geoffroy ne supportait-il pas la liaison de son père avec cette petite brune piquante ?

— Et toi, Geoffroy, à quoi sers-tu ici ? lui demanda Dufournelle après qu'elle fut partie.

Le jeune homme rajusta son veston, renoua sa cravate et sortit aussitôt. Le père l'accompagna du regard jusqu'à sa voiture. Il démarra le cabriolet en faisant crisser les pneus sur la castine. Toute sa colère et ses frustrations s'exprimaient sur la pédale de l'accélérateur.

3

Depuis que Joëlle était revenue vivre chez son père – à peine une semaine – chemin du Puyrousseau, le temps lui paraissait arrêté. Avec anxiété, la jeune fille se demandait quand il reprendrait son cours normal, ce qui signifiait : se remettre à rêver enfin à des jours meilleurs… Les Coline vivaient dans une ancienne maison de cheminot en briques rouges, datant de la loi Loucheur, de la fin des années 1920, où le législateur avait favorisé l'éclosion dans certains quartiers du logement social. Ces maisonnettes étaient toutes façonnées sur le même modèle, un cube à deux étages, coiffé d'une toiture en V inversé.

Comme chaque après-midi, Joe alla s'installer dans la remise, sur le siège en cuir usagé d'une vieille Ford Sierra. C'était le seul endroit où on ne risquait pas de la débusquer pour lui chanter pouilles. Sa belle-mère surtout, Alberte, qui avait l'allure d'une rude matrone, avec sa voix grave de fumeuse de cigarettes, et la main leste aussi bien contre sa belle-fille que contre le père de celle-ci, le malheureux Pampuche. Elle passait des heures à lire le *Journal* de Virginia Woolf dans sa version intégrale (huit volumes), à la lumière d'une lampe d'architecte. Ici, le jour n'entrait pas. Mais cela lui importait peu qu'elle manquât d'éclairage, qu'elle se tînt ainsi des heures entières hors du jour, comme une recluse dans sa cellule. La priorité, c'était la tranquillité d'esprit, la solitude armée. Et porte fermée, dans la remise, on n'entendait guère les conversations du dehors, les criailleries d'Alberte, les sifflets stridents de la meuleuse, les pétarades des moteurs thermiques. Dès lors, Joe pouvait rejoindre Virginia W. en toute quiétude.

Sa plus vive angoisse, c'était que quelqu'un ouvrît la porte de l'antre secret et se mît à la rudoyer, comme Alberte en avait l'habitude à tout propos. La terrible belle-mère ne pouvait concevoir que Joe fût introuvable des heures durant. Elle n'imaginait pas un seul instant que «la Cossarde», comme elle la nommait couramment, et quelquefois aussi «la Loche», pût se planquer dans un réduit empuanti par les huiles de moteur, les vapeurs d'essence ou de vernis. À vrai dire, l'endroit n'était guère hospitalier, à première vue, avec ses rongeurs batifolant dans les vieux matelas, les rouleaux de laine de verre ou les sacs de grains éventrés. Comme elle demeurait ainsi, immobile, même sous le pâle halo jaune de la lampe, les bêtes ne se privaient pas de courir autour d'elle, de conduire impunément leur sarabande. À bien des égards, ce monde n'était pas plus terrifiant que les crises du père, l'écume blanche sur ses lèvres, et cette étrange danse d'épileptique qui le prenait quelquefois.

À la fin du jour, Joe sortit précautionneusement de sa tanière. L'opulente haie de lauriers cachait la remise suffisamment pour qu'on ne la vît pas aller et venir.

Car c'était sa seule crainte, la découverte du lieu où elle se cachait. Sinon, finie la retraite paisible qu'elle s'accordait, jour après jour, depuis son retour à Périgueux. Elle se rendit dans l'atelier du père, situé au bout d'une allée mal entretenue et pavée de pierrailles concassées. Pampuche était occupé à réparer une tondeuse à gazon. Il avait promis à son propriétaire de la remettre en état pour le lendemain. Aussi s'acharnait-il fébrilement sur la vieille machine dont il ne tirerait qu'un court sursis.

— Toujours là-dessus ?

Paul se retourna vers sa fille et son visage s'éclaira d'un sourire.

— Est-ce vrai, ce qu'on dit ?

— Quoi donc ? Que dit-on encore de moi ?

— Ta mère, c'est ta mère qui dit que tu es revenue ici, chez nous, pour un long moment.

Elle le toisa avec un air d'agacement. Il baissa d'un ton, se fit confidentiel, soudain, secret, comme saisi par une étrange peur.

— Pourquoi tu écoutes tout ce qu'elle raconte ? Sur moi, moi, et encore moi, bien sûr. Je suis son souffre-douleur. Y aurait-il une possibilité qu'elle m'oublie, cette garce ?

Le père lui fit les gros yeux. Quand il s'agissait de sa femme, il n'y avait plus de bonhomme, plus rien dans le pantalon. Ça débandait sec, la peur au ventre.

— Tu aurais dû rester à Pessac sur ton campus. Pourquoi es-tu revenue ici ? J'espérais tellement que tu ne reviennes jamais plus.

Joe prit une clé anglaise sur l'établi et se mit à ouvrir et à refermer les mâchoires en actionnant fébrilement la molette. L'outil était graisseux. Elle chercha après coup un chiffon. Mais le père n'avait rien de semblable à portée de main. Lui, il avait l'habitude, en vieux mécano, de s'essuyer sur son bleu de chauffe. C'était son univers, la saleté, le cambouis. Il passait ses journées dans cet inconfort. Et, surprenant le regard de pitié de sa fille, il se mit à soupirer.

— Crois-tu que je turbine pour le plaisir, ma petite ? Je me fais des sous à réparer ces machines à bout de course, à rafistoler ces ordures. Ma pension d'invalidité ne suffirait pas.

— Et avec ça, papa, tu t'achètes de la bibine. Tu te soûles du matin au soir. Regarde tes mains. Elles tremblent. Bientôt, tu n'arriveras plus à maîtriser tes gestes. Même serrer ou desserrer un boulon, tu ne pourras plus le faire.

Joe voulut lui prendre les mains pour qu'il pût de lui-même constater les dégâts. Il la repoussa vivement.

— Les leçons de ta mère me suffisent. Tais-toi donc !

— Ce n'est pas ma mère. C'est juste la femme que tu as choisie pour la remplacer. Et ce jour-là, papa, tu aurais mieux fait de te casser une jambe.

Pampuche, malgré tous ses efforts, n'arrivait pas à décoincer l'axe de la lame. Pourtant, il n'avait pas été avare de lubrifiant. Joe voulut l'aider, mais le père la repoussa de nouveau d'un geste brutal.

— T'y arriveras pas mieux que moi. Tout est bouffé. En forçant, j'risque de péter l'axe. Putain, ça serait le bouquet. La machine serait foutue. Moi qui ai promis à Pierrot de la réparer… C'est chaque fois pareil, maugréa-t-il. Quand on me confie un boulot, c'est une affaire merdique. Ferait mieux, Pierrot, d'en acheter une toute neuve à Marsac.

Il se mit à arpenter son atelier en fichant des coups de pied dans les objets qui encombraient son passage. Ça faisait tant de bruit qu'Alberte accourut.

— Encore en crise ? s'écria-t-elle. Tu vas pas me faire encore le coup. J'en ai marre d'appeler les pompiers.

Elle se mit à gesticuler, à grimacer pour singer les convulsions dont il était coutumier. Pampuche éclata de rire en la regardant. Et Joe détourna le regard, les larmes aux yeux. Parfois, elle disait d'une voix à peine audible : « Je t'aime, papa. Si tu savais combien je t'aime... » Mais cette fois, Joe se tut. Elle ne voulait pas dire ses sentiments devant la matrone. Du reste, la matrone en eût ri, si fort, à gorge déployée. Car pour Alberte, les mots d'amour étaient des pensées obscènes, des réactions de poule mouillée.

Au fond de son atelier, sous des cartons écartés avec rage, Paul dénicha enfin ce qu'il était venu chercher, son litron de rouge. Il prit un verre qu'il essuya de ses doigts graisseux et but coup sur coup avec frénésie.

— Y a que ça qui me tient, dit-il dans un grognement de satisfaction.

Et de fait, Pampuche parut soudain apaisé, le sourire aux lèvres. Il faisait des simagrées à son Alberte, comme s'il voulait l'embarquer dans un pas de danse au milieu du capharnaüm. La femme opposait sa force brute. C'était un roc dans ces moments, lorsqu'elle posait ses mains sur ses hanches, gonflant ses plumes comme une vieille chouette.

— Ousque t'étais, toi ?

— Je n'ai pas de comptes à vous rendre, répliqua Joe.

— Pourtant tu vas bien taper ton père pour avoir un peu de sous. Pas vrai ?

Pampuche fit non de la main. Il hoquetait, il éructait, il ne pouvait pas prononcer un seul mot, la bouche close. Les aigreurs lui remontaient le long de l'œsophage. Et soudain, il sortit à grands pas, se heurtant au passage à un placard à outils, et dans l'allée, plié en deux, il se mit à dégobiller. Joe le rejoignit pour lui venir en aide. Mais il la tint à distance d'un mouvement des bras. Il avait honte de la situation, honte de s'être souillé le pantalon.

La matrone se tenait à l'entrée de l'atelier, les mains sur l'encadrement de la porte.

— Où vas-tu chercher l'argent ? Ça ne vient pas tout seul. Y a des types qui te payent ?

Joëlle la fixait avec la haine dans le regard. Elle insistait avec l'espoir, peut-être, que sa belle-mère baisserait les yeux la première.

— Petite insolente. Tu es revenue au Toulon pour mettre la pagaille, influencer ton père. Un faible, cet homme-là, mais moi, je le tiens par où je pense.

Elle se mit à serrer les poings en prenant le ciel à témoin. Joe s'approcha d'elle et lui dit qu'elle avait travaillé pendant ses études au McDo de Pessac, avenue de la Tuileranne, et qu'elle n'avait jamais reçu aucune aide de son père.

— Je me respecte, moi, se défendit-elle avec colère. Je suis propre et nette de ma personne.

Et quand la jeune fille fut à sa hauteur, Alberte lui flanqua une gifle en plein visage, bien ajustée comme elle en avait l'habitude. Le père détourna la tête. Il ne voulait pas voir. D'ailleurs, Joe savait qu'il ne lui serait d'aucun secours et que jamais il ne désavouerait sa femme.

Joe ne réagit pas, bien qu'elle eût une forte envie de lui retourner la politesse. Mais c'était une manière de s'abaisser à son niveau. Et sans doute eût-ce été une victoire pour Alberte de pouvoir ensuite clamer à Paul, triomphante : « Tu vois, elle n'est pas meilleure que nous, ta fille. Elle qui voulait devenir une grande dame, la voilà bien partie pour le caniveau… »

Plus tard, dans la cuisine, tandis qu'Alberte promenait le chien, Paul demanda à sa fille pourquoi elle était revenue à Périgueux.

— Je profite de l'absence d'Alberte. Sinon, ce ne serait pas Dieu possible de tenir une conversation sérieuse, entre quat'z'yeux. Tu comprends ?

Elle regarda son père avec un sentiment de pitié.

— Qu'attends-tu pour la mettre dehors ? Cette femme te pourrit l'existence. Il n'y a rien en elle qui puisse t'apporter un peu de bonheur, papa.

Joe posa la main sur celle de son père. Il prit la bouteille, mais sa fille l'écarta d'un geste hésitant. C'était sa manière de fuir, la boisson, le vin, les Ricard, les gnoles du pays. Tout était matière à boire, sans frein. Et surtout à ce moment-là, pour échapper au regard pesant de sa fille.

— As-tu des nouvelles de maman ?

— Non, dit-il en baissant la tête. C'est elle que tu aurais dû rejoindre, à Béthune. Martha t'aime bien plus que moi.

La jeune fille se mit à soupirer. Elle n'avait pas envie de répéter une fois encore ce qu'elle lui avait dit cent fois, que son compagnon, Paulin Amond, ne la supportait pas.

— Maman a vite choisi, mon pauvre papa, entre sa fille et son amant, je ne fais pas le poids.

Joe eût voulu ajouter qu'elle détestait surtout la manière dont il la traitait, avec ses sales pattes posées sur elle et ses sous-entendus graveleux, mais elle se retint une fois encore.

— Ta mère t'envoie de l'argent. Elle en a, elle, des sous. Surtout Amond.

— Je ne veux pas de cet argent-là, répliqua-t-elle. Rien n'est gratuit dans la vie, même l'amour maternel.

Pampuche hocha la tête. Il se sentait perdu dans le silence de la maison, sous le regard oppressant de sa fille. Il avait envie qu'elle parte, sans délai, avant qu'Alberte revienne. Il savait d'avance ce qu'elle allait dire, qu'il valait mieux nourrir des chiots que des marmots. « Et si elle reste trop longtemps à Puyrousseau, ça finira par mettre la zizanie entre nous deux, mon pauvre Pampuche, ajouterait-elle. Ouvre les yeux. Elle ne rêve que de ça, nous séparer. Mais toi, tu es trop faible et trop bête, un counifle, un sacré counifle, même », répéterait-elle.

Il alla chercher des glaçons dans le réfrigérateur pour le Pernod. C'était son heure pour boire du jaune. Un moment qu'il attendait fébrilement, les mains tremblantes, la suée au visage. Et il but en poussant un « ah » de satisfaction.

— Je vais te donner quelques sous. Et tu partiras. N'est-ce pas, Joe ? Après cette gifle, tu ne peux pas rester. Ça me fait de la peine de te voir ici avec cet air de chien battu. Tu mérites mieux que des gens comme nous.

— Je sais, dit-elle. Tu as raison. J'ai vingt-deux ans. Il est temps que je disparaisse de votre horizon.

Paul parut rassuré. Et pour fêter la bonne nouvelle, il reprit une dose.

— Peut-être que je ne te reverrai plus. Au train où tu bois, ça finira mal. Et je ne pourrai rien pour toi, papa. Sache que je t'aime.

Le père releva la tête, la regarda d'un œil torve.

— Ne dis pas ça. Ça me fait mal. Je n'ai pas besoin qu'on m'aime.

— Ta fille, tout de même, insista-t-elle, ce n'est pas n'importe qui. Tu étais si gentil, si doux et si attentionné lorsque j'étais petite. Tu te souviens ? Nous allions nous promener vers Champcevinel.

Il lui tendit quelques billets. Mais elle les repoussa. C'était inapproprié après qu'elle eut dit qu'elle l'aimait, ce père, malgré ses faiblesses, ses lâchetés.

— J'ai abandonné mes études à la fac de Bordeaux.

— C'est une erreur, releva le père en dodelinant de la tête. Une faute, insista-t-il. Tu t'en mordras les doigts, ma petite.

— J'ai besoin de gagner ma vie comme tout le monde. Tu pourrais comprendre, papa ?

— Oui. Oui, mais oui, répéta-t-il, excédé.

— Aucune aide, aucun secours. Ni de toi ni de maman…

Le père alla à la porte pour vérifier dans l'ombre du passage qu'Alberte n'était pas encore revenue. Il craignait ses violences, ses colères. Et la gifle qu'elle avait administrée à Joëlle était le signe que l'affaire s'aggravait.

— Tu n'as qu'à prendre une chambre à l'Ibis pour ce soir. Je préfère que tu ne restes pas là. Ce sera encore des disputes, des prises de bec à n'en plus finir. Ça m'épuise, tout ce vacarme.

Il se mit à réfléchir et ajouta :

— L'Ibis de la rue Wilson. Ça coûte 45 euros la nuit. Tiens, v'là 50. Prends-les donc.

De nouveau, elle repoussa l'argent qu'on lui tendait. Je ne veux plus rien te coûter, eut-elle envie de dire, mais elle n'en fit rien. Peut-être que l'amour qu'elle éprouvait encore pour son père finirait à la longue par s'estomper. Et ce serait enfin une délivrance, se dit-elle, que de ne plus penser à ses attaches avec le passé.

Joe enfourna quelques affaires dans une valise, dont le journal de Virginia W. Le père ne l'accompagna point au bout de l'allée alors que la nuit tombait sur la ville. Elle se retourna pour contempler la maison. Joe se demanda si elle y avait été heureuse à quelque moment. Mais il y avait trop de rage en elle pour réfléchir.

*

Avant de se décider à prendre une chambre à l'hôtel Ibis de la rue Wilson, comme son père le lui avait recommandé, elle compta ses sous. 300 euros tout juste : ce qui représentait les deux tiers de la paye du McDo de Pessac. La nuitée coûtant 50 euros, elle avait de quoi tenir à peine une semaine. Et ensuite, il lui faudrait trouver un toit à bas prix en attendant que la première paye tombe.

Mais je ne peux tout de même pas coucher n'importe où. J'ai besoin d'une douche le matin, de passer des vêtements propres. Sinon, je perdrai mon travail, pensa-t-elle.

Quand Joe fut dans sa chambre, allongée sur le lit, elle imagina que Mme Dufournelle, peut-être, lui accorderait une petite avance sur son salaire. Ce serait assurément risqué de demander, se dit-elle, mais sans audace, on n'obtient rien dans l'existence. Cependant, lors de l'entretien d'embauche, la patronne lui avait fait bonne impression. Une femme élégante, très classe, mais sans doute grandement insoucieuse des difficultés d'une jeune fille comme elle, abandonnée par sa propre famille, sans argent, sans rien…

Joe jugea qu'il lui faudrait user d'un argument plus subtil pour obtenir gain de cause. Il y aurait tout à perdre à vouloir l'attendrir sur son sort, cette Mme Dufournelle avec ses chaussures à 700 euros. D'ordinaire, le spectacle de la pauvreté excite le mépris chez les gens aisés, songea-t-elle, donc ce n'est pas de cette condescendance dont j'ai besoin en débutant à La Barbecane, mais d'un préjugé flatteur à l'endroit de ma petite personne.

Cette réflexion réveilla enfin chez Joëlle Coline quelques bonnes raisons d'espérer dans les lendemains. J'ai un travail, se dit-elle, et si je m'y tiens, je le garderai. Et au bout du compte, je finirai par faire ma pelote, dégoter un meublé et m'y installer douillettement.

La jeune fille défit sa valise, rangea sommairement ses affaires sur des étagères minuscules. Peu importait que cette chambre à bas prix fût inconfortable ou non. Elle possédait si peu d'affaires, juste trois ou quatre tenues de rechange. Elle installa sur le coin du bureau six ou sept livres, une chemise rouge dans laquelle étaient rangés ses documents personnels : relevés de notes de l'université Bordeaux-Montaigne, diplômes et attestations, fiches de paye d'un emploi intérimaire occupé épisodiquement entre 2011 et 2015. S'ajoutaient à ces pièces administratives des cartes postales, des lettres de Yénala Forsite, Laurent Boudet ou Primo Edgar, des amis, des amants, des gens perdus de vue, par la force du destin. Enfin, un carnet où elle avait consigné, parmi quelques pensées personnelles, son répertoire d'adresses. C'est au nombre de celles-ci qu'on mesure la dimension d'une vie. Et la sienne tenait en quelques pages. Autant dire, insignifiante. Les seuls garçons auxquels elle s'était attachée n'avaient pas jugé utile de lui promettre quoi que ce fût au-delà de trois ou quatre nuits passées à la sauvette. Du reste, Joe s'était toujours éloignée d'eux, sur la pointe des pieds, avant qu'on ne la congédiât.

L'eau brûlante de la douche éteignit en elle, soudainement, le spleen qui avait commencé à l'envahir. À cause de la chemise rouge. Toute la médiocrité de son existence tenait dans cette chose. Parfois, il lui était arrivé de croire que sa vie commencerait vraiment lorsqu'elle pourrait s'en défaire. Tout jeter dans un sac-poubelle, sans regret.

Ensuite, Joëlle entreprit quelques essayages pour décider enfin ce qu'elle mettrait pour sa première journée de travail à La Barbecane. Les vêtements étaient usagés, pas moins que le jean ouvert aux genoux qu'elle aimait bien porter. Elle se décida pour son unique ensemble gris, une jupe courte, des bas noirs non filés – par chance –, et un corsage blanc avec des petites fleurs bleues ridicules. La veste de l'ensemble était décousue sous l'aisselle droite. Elle essaya de réparer tant bien que mal. En se regardant dans le miroir, elle se trouva laide et terne avec ses cheveux noirs aplatis. Elle décida de les maintenir en arrière en queue-de-cheval. Cet aspect sérieux lui irait mieux que sa chevelure livrée au vent. Ainsi opterait-elle pour la sobriété. Cette évidence la fit hurler de rire. Pour l'heure, elle n'avait pas les moyens de se mettre en valeur et encore moins de cultiver quelque sophistication.

Elle regretta alors d'avoir laissé à Puyrousseau les magazines, les derniers qu'elle avait achetés au kiosque à journaux de la gare Saint-Jean, un *Cosmopolitan*, un *Elle* et un *Grazia*. Elle s'était autorisé cette folie en pensant que, une fois arrivée à Périgueux, chez son père, elle obtiendrait quelque argent de poche sans avoir à quémander. Elle eût aimé à ce moment, allongée sur le lit, feuilleter les gravures de mode, observer le visage des mannequins, la beauté insolente des regards, et leurs longues jambes négligemment impudiques.

Joëlle eut envie de pleurer sur son sort, mais elle y résista bien que personne ne pût la voir ainsi désemparée. C'était une question d'honneur personnel qu'elle voulait préserver envers et contre tout, seule ou entourée d'une foule, qu'importait. Il s'agissait de la même solitude.

Plus tard, entre deux sommeils, Joe sentit de nouveau la gifle d'Alberte. Elle n'en finissait plus de porter la main sur elle. Pourtant, ce dernier geste l'avait réveillée à elle-même. Elle avait enfin compris le peu d'importance de sa petite personne, l'insignifiance de sa vie. Si son père ne l'avait pas défendue, c'était donc qu'elle ne représentait plus rien pour lui, bien moins de choses que le braque allemand qui passait ses nuits à aboyer lorsqu'on oubliait de le promener le long de la rivière. Du reste, Alberte ne disait-elle pas le plus sérieusement du monde, sans rougir de honte, qu'il valait mieux élever un chien qu'un enfant ?

4

— Tiens, ma petite, tu vas porter le plateau à M. Romuald ? dit la gouvernante dans un ensemble anthracite protégé par un tablier blanc à franges dentelées.

Louisette vérifia que rien ne manquait, le thé, le café, les croissants, l'orange pressée, les quatre sortes de confitures, plus le miel, et la motte de beurre. Celle-ci avait été passée au moule pour qu'elle eût une forme présentable.

Soudain, la vieille servante sursauta en découvrant qu'il y manquait les journaux du matin, *Le Figaro*, *Le Monde* et *Les Échos*. Elle alla les chercher dans le vestibule où le chauffeur les avait déposés. C'était le premier travail de Joseph, se procurer la presse au grand kiosque de la place Francheville. Louisette les déposa sur le bord du plateau, bien en évidence, en prenant soin que dans le transport, le thé ou le café ne vinssent les tacher. Car Monsieur était maniaque. Et de même, on ne devait pas les ouvrir avant Dufournelle. Un journal déjà déplié, il le faisait repartir illico. C'était aussi gravissime à ses yeux qu'une chemise mal repassée ou qu'un pantalon propre qui n'aurait pas l'estampille du teinturier. Louisette apporta d'une voix pointue ces mille et une recommandations, s'étonnant au passage que la nouvelle arrivée à La Barbecane ne prît quelques notes sur un pense-bête.

— Tu t'en souviendras, petite ?

Louisette insista.

— Oui, madame, je m'en souviendrai. Croyez-vous que je n'entende pas ce que vous me dites ? fit la nouvelle avec un sourire.

— À la bonne heure. Je vois que le métier rentre.

Elle examina de nouveau le plateau.

— Peut-être pourrions-nous ajouter sur une soucoupe deux ou trois petites tranches de pain bis ? Monsieur adore le pain bis.

— Grillé, madame ?

— Non, ce ne sera pas nécessaire. Déjà que Monsieur déteste les biscottes... Le pain grillé, ce ne serait pas bien vu. Comprends-tu ? Notre service ici consiste à connaître les goûts de chacun et à les satisfaire. Madame, par exemple, adore le lait légèrement vanillé. Marraine, notre cuisinière, le prépare avec une petite gousse, juste de quoi le parfumer. Et ensuite, Mme Alice y ajoute des flocons d'avoine que nous lui présentons dans une coupelle avec une cuillère à sucre, puis un yaourt et des graines de chia. Pourquoi des graines de chia me diras-tu, petite ? Mais c'est l'habitude. De même les fruits secs, les fèves de cacao... Et que sais-je encore. Il te faudra apprendre tout ceci, te familiariser avec les habitudes de nos maîtres.

Louisette, qui aimait à jouer les pédagogues, à montrer son savoir, assura à la jeune fille qu'il lui faudrait bien une semaine au moins avant d'être autorisée à préparer elle-même les plateaux : celui de M. Romuald à sept heures et demie et celui de Madame une heure plus tard, sauf instruction particulière. Il arrivait que Mme Alice fît la grasse matinée, mais rarement au-delà de dix heures.

— Tu la connais, Mme Alice ?

— Oui, c'est elle qui a décidé de mon embauche. Vous le savez bien, Louisette…

— Tu as l'air un peu moins godiche que la moyenne, dit la gouvernante en souriant. Nous en avons vu passer plusieurs, ici, qui ne faisaient vraiment pas l'affaire. Peu attentionnées, maladroites, insolentes. Mon Dieu, oui, nous avons tout connu.

Enfin, Joe se décida à rectifier les plis de son tablier, avant de s'emparer du plateau.

— La chambre de M. Romuald est au premier étage, la deuxième porte à droite. Tu toques et tu attends que le maître puisse te recevoir. Jamais, ô grand jamais, on entre sans son autorisation, n'est-ce pas ?

Joëlle se contentait juste de hocher la tête devant les avalanches de conseils.

— Je veux garder ce travail, madame Louisette. Je serai attentive. N'ayez crainte.

— Trois mois d'essai. Et ensuite un CDI, avec une augmentation de 200 euros. C'est l'usage chez les Dufournelle. La maison paye bien si elle obtient ce qu'elle désire. C'est la moindre des choses.

— Bien entendu, madame Louisette.

Puis la gouvernante se rendit dans les cuisines. Elle avait besoin de programmer les menus du jour avec Marraine.

M. Dufournelle fut long à répondre. Aussi, la nouvelle servante insista trois fois, avec un temps entre chaque rappel. Enfin, elle entendit une voix grave, un toussotement, puis de nouveau distinctement un « 'trez ! » qui la décida.

Cette fois, elle tremblait de tout son être, autant qu'à son premier entretien avec Denis Rousseleau, le doyen de la faculté des lettres. Joëlle s'était convaincue que son destin chez les Dufournelle serait joué dès sa première entrée en scène. Alors elle inspira un grand coup et poussa la porte délicatement. Elle fit trois pas en maintenant le large plateau en équilibre, veillant à ce que la porcelaine ne s'entrechoquât pas. C'était un tintement que la gouvernante lui avait conseillé d'éviter.

M. Dufournelle était assis au bord du lit, lui tournant le dos et fixant la fenêtre. Heureusement que Louisette lui avait décrit la chambre du maître, vaste et spacieuse avec le lit à gauche et de l'autre côté deux grands fauteuils cabriolets capitonnés de velours rouge et un guéridon Louis XV aux pieds arqués.

Le maître se retourna vivement, puis se leva aussitôt en ajustant sa robe de chambre en soie noire moirée, avec sur l'encolure des galons dorés kitsch.

Elle posa le plateau sur la table ronde en se demandant s'il lui fallait l'installer tournant le dos au lit ou face à celui-ci. Elle opta pour cette solution. Dufournelle l'observait attentivement.

— C'est donc vous que ma chère épouse a engagée ?

Mais il n'attendit pas qu'elle parlât, puisque la réponse, à bien des égards, tombait sous le sens. Tout juste s'agissait-il pour lui d'une entrée en matière. D'ordinaire, il procédait ainsi avec les nouvelles recrues : les mettre en confiance avant de leur rappeler en termes autoritaires ce qu'il attendait d'elles. Il s'approcha, l'examinant de pied en cap avec insistance, comme s'il s'agissait d'un objet humain que la maison s'était offert, bien qu'on n'en eût guère l'utilité.

— Vous devez ce travail à un caprice de mon épouse. Autant que vous le sachiez tout de suite, car moi je ne vous aurais pas engagée. Nous avons déjà une cuisinière, une gouvernante, un factotum, un chauffeur… Tout ce monde pour s'occuper en tout et pour tout de trois personnes. Nous sommes quatre en vérité, mais mon jeune fils a pris son indépendance. Qu'en pensez-vous ? N'ai-je pas raison ?

— Je ne sais pas, Monsieur.

— Bien sûr. Vous n'allez pas critiquer ce choix, ce serait vous faire hara-kiri.

Il éclata de rire. Mais Joëlle tourna la tête de côté.

— J'ai examiné votre CV. C'est bien trop pour une si petite affaire. Ma chère Alice a sans doute bon goût. Car vous êtes charmante et certainement intelligente, ce qui ne gâte rien. Alors, je crains que vous ne vous ennuyiez vite à La Barbecane, à briquer les meubles, nettoyer les lavabos et les baignoires, astiquer les parquets… Il faut être dépourvu d'esprit et posséder un petit QI pour prendre plaisir à ce travail fastidieux. Est-ce un job provisoire ou comptez-vous rester longtemps ?

La jeune fille se retourna vers Dufournelle, droite comme un I, les mains jointes et le port de tête soutenu. En effet, c'eût été lui donner raison que de montrer quelque affliction. Il n'attendait que cela, que la jeune fille se montrât accablée par ses propos.

— J'ai besoin de gagner ma vie, dit-elle.

Il se mit à hocher la tête.

— C'est pour cela que vous avez décidé de sacrifier vos études ? Vous sembliez bien partie. Dommage.

Un sourire étrange s'imprima sur le visage de Joe et y demeura un long instant sans en fausser les traits. Si bien que M. Dufournelle en fut troublé. Car il avait chargé au passage son service des ressources humaines de procéder à une enquête sur la famille Coline. Il savait tout sur le père, la mère, et il comprenait aisément que dans un tel environnement familial cette jeune fille fût grandement handicapée par le destin. En revanche il n'éprouvait aucun apitoiement. D'expérience, cette sorte de sentiment se paye au centuple ; la pitié, aussi généreuse soit-elle, est pernicieuse pour un employeur. Il en voulait à sa femme d'avoir négligé cette question, bien qu'il n'en fût pas surpris, connaissant l'histoire personnelle d'Alice…

M. Dufournelle posa enfin les yeux sur son plateau et jugea comme à l'ordinaire que la gouvernante en faisait des tonnes. Le matin, il avait un appétit d'oiseau et sa première réaction devant une grande tasse de café noir était de griller une cigarette. Il sortit sur son balcon, huma l'air et commença à réfléchir à toutes les affaires qui l'attendaient. Il consulta sa montre, et pensa que le premier appel téléphonique allait intervenir dans les cinq ou dix minutes. Mathilde, sa secrétaire, était fort ponctuelle. Elle savait qu'à huit heures trente on pouvait déranger le grand maître sans qu'il fît montre d'une humeur massacrante. Alors,

M. Dufournelle se décida enfin à se débarrasser de la jeune Coline. Celle-ci n'attendait qu'un geste pour se retirer. Elle l'eût fait depuis longtemps si la gouvernante ne lui avait recommandé de ne partir que sur l'ordre du maître.

Romuald avala une tasse de café et prit un croissant.

— Vous pouvez emporter tout le reste. Vous direz à Louisette que son zèle, comme d'habitude, me touche profondément.

Puis il se mit à rire, posa la main sur le poignet de la servante, et ajouta :

— À la vérité, son zèle m'emmerde prodigieusement. Essayez de le lui faire comprendre… Mais je doute que vous y parveniez.

*

Contrairement à M. Dufournelle qui se complaisait à expédier ses serviteurs, Alice se montra plus exigeante lorsque Joëlle entra dans sa chambre. La présentation du plateau fut critiquée. Elle nota qu'on avait oublié l'œuf à la coque. La servante se montra confuse. Elle plaida l'inexpérience, sans mettre en cause pour autant Louisette.

— Allez me faire couler un bain. Tiède, précisa Alice, à vingt degrés. Avec des sels de bain. Deux généreuses poignées, ajouta-t-elle.

Tandis que Mlle Coline s'activait, la maîtresse de maison vint la surveiller avec un air soupçonneux. Alice avait dû encaisser les récriminations de son mari sur l'inutilité d'un tel emploi. Elle se disait donc qu'à la moindre incartade, on la licencierait dans l'heure.

Et ainsi recouvrerait-elle auprès de Romuald toute son autorité féminine.

— Je ne suis pas si mal pour mon âge, dit-elle. Vous ne trouvez pas ?

Tandis qu'elle s'exhibait nue, Joe préparait les serviettes, les pliait, les dépliait, ne sachant comment les disposer pour que sa maîtresse n'eût pas à tendre le bras.

— Pourquoi ne me répondez-vous pas ?

— Je ne sais pas, Madame.

Et en découvrant le désappointement sur le visage d'Alice, elle lui reconnut assez de qualités pour la rassurer.

— Mes amies du salon de thé *Paris-Brest* trouvent que je ne fais pas tout à fait mon âge. Quarante-deux ans !

— Je le crois aussi, concéda Joëlle.

Mais Alice se rendit compte que son employée n'avait pas osé poser un regard sur elle, qu'elle voulait se tenir strictement à son rôle de femme de ménage.

— Votre prudence vous honore, jeune fille. Timide ? Ou faussement ingénue ? Je ne sais pas encore.

Alice s'allongea dans sa baignoire et agita l'eau teintée de bleu pour se couvrir de mousse voluptueusement.

Puis Joëlle demanda l'autorisation de se retirer si l'on n'avait plus besoin d'elle.

— Allez dans la garde-robe et trouvez-moi une tenue adéquate. Je manque d'imagination. À trop posséder, on ne parvient plus à se faire une opinion. C'est un problème que vous ne connaissez pas, vous, n'est-ce pas ?

— En effet, Madame.

— Peut-être vous faudra-t-il choisir dans ce fouillis de quoi me vêtir. Je vous y autorise, insista-t-elle. Surtout lorsque vous m'accompagnerez en ville. J'ai une cervelle d'oiseau. J'oublie tout sur mon passage. Ainsi veillerez-vous sur moi, tandis que j'aurai tout le loisir de ne penser qu'à des choses nobles.

Joëlle contemplait en silence le carrelage vert-bleu de la salle de bains. Elle se disait que l'opulence finit par rendre stupide l'esprit le mieux tourné. Décidément, se dit-elle, voici un couple étrangement assorti. Vingt ans ou plus de différence d'âge. Une génération les sépare, et rien ne les rapproche à l'évidence, si ce n'est, pour l'épouse Dufournelle, l'argent et ses plaisirs. Mais que de sacrifices pour s'accommoder de cet état sans montrer la moindre mauvaise humeur !

Mlle Coline ouvrit les portes coulissantes de la garde-robe et se mit à faire défiler les cintres supportant les ensembles de ville, les robes de soirée, les manteaux. Elle dénicha un costume tailleur en jersey qui lui parut convenir. Elle le sortit, le posa sur elle, pour en évaluer l'effet devant un miroir. Puis elle hésita en retournant à la salle de bains.

— Que comptez-vous faire aujourd'hui ? Cette information m'aiderait à choisir une toilette adéquate.

— Je veux me rendre à l'usine Dufournelle.

— Un ensemble jersey avec sa jupe beige et noir façonnée à plis. Et une veste dans le même ton.

— Ah je vois. Je n'ai jamais osé le porter, cet ensemble.

— Pourquoi, Madame ? Je trouve qu'il mettrait votre jeunesse en valeur. C'est élégant.

— Flatteuse, fit Alice. Au contraire, je trouvais qu'il était trop classique, qu'il me vieillirait, cet ensemble... Peut-être finirai-je par suivre vos conseils. Malgré tout, j'aime les jeans étroits et les chemisiers de soie.

— Si je puis me permettre, Madame, vous ne risqueriez rien à tenter quelques audaces classiques. Les jeans et les chemisiers colorés, c'est assez habituel.

— Je doute que les chemisiers Lempicka que je porte soient aussi galvaudés que vous le dites, mademoiselle. Et mes chemises en soie naturelle Dolce & Gabbana aussi.

À son retour, la gouvernante jugea que Joëlle s'était par trop distraite dans l'appartement de la maîtresse de maison.

— Tu lui donnais des conseils vestimentaires ? Allons donc. Mme Alice n'a point besoin de tes conseils, petite idiote. Tu n'es qu'une employée de maison à l'essai, avec au-dessus de la tête une épée de Damoclès. Du conseil avisé à l'effronterie, il n'y a qu'un pas. Alors prends garde !

Louisette se montrait soucieuse. Cela l'horripilait que cette petite sans expérience fût tombée aussi aisément dans le piège que Mme Alice lui avait tendu. Elle se promit à ce moment de veiller sur elle comme une mère poule. Car de toute évidence, la gouvernante nourrissait déjà une certaine sympathie à son endroit. Elle ne souhaitait point que Joëlle fût à un moment ou à un autre renvoyée, par exemple à la fin de sa période d'essai. En vérité, et quoi qu'en jugeât M. Dufournelle, Joëlle Coline la déchargeait de mille tâches domestiques, tandis que son arrivée la hissait à un grade supérieur dans la maison. Après la signature du contrat d'embauche, Mme Dufournelle lui avait aussi recommandé de la former à la bonne tenue de La Barbecane.

— J'entends que tu me tiennes au courant de tes conversations avec Mme Alice. Étant entendu que les plus brèves seront les meilleures, insista-t-elle.

Mais Mlle Coline ne paraissait guère prendre au sérieux les conseils de Louisette. Elle y voyait quelque signe de jalousie. Elle s'en amusait déjà, en se disant que les rapports humains étaient compliqués, que parfois ils prenaient des tours inattendus. Cette dame s'ennuie dans sa tour d'ivoire, tant l'opulence ne garantit pas le bonheur absolu, se disait-elle. Au-delà des faux-semblants, n'est-ce pas la lassitude qui perle de son enveloppe de soie ?…

— Maintenant, dit la gouvernante, il te faut aller faire le ménage dans la chambre de Monsieur, sans tarder. Et ensuite, n'aie crainte, nous te trouverons de quoi t'occuper, et en silence.

*

Et de fait, Joëlle Coline fut à peine surprise de voir reparaître Alice dans l'ensemble qu'elle lui avait conseillé, le jersey beige et noir. Sur le coup, elle ressentit de la fierté en imaginant le rôle qu'elle pourrait occuper dans la maison Dufournelle, conseillère de Madame en image et en *relooking*. Car voici une bourgeoise qui se cherche dans le regard des autres… Et dans le mien en l'occurrence, même s'il pèse peu dans la maison, se dit-elle en s'éloignant vivement pour qu'Alice ne pût l'interpeler à ce moment en disant par exemple haut et fort : « Voyez ! J'ai suivi vos conseils. »

Joëlle se mit au repassage dans l'alcôve proche du grand salon en prenant soin de laisser la porte entrebâillée. Et quand la jeune fille comprit qu'on parlait d'elle, elle tendit l'oreille. Cette manière d'être lui répugnait, mais elle était trop anxieuse pour ne pas se laisser tenter.

— Que pensez-vous de notre recrue ? demanda Mme Alice.

— Il faut voir, dit Louisette.

Puis elle ajouta à voix basse une réflexion que Joëlle ne comprit pas. Peut-être était-ce une vacherie pour se donner le beau rôle, ou un propos tout à fait anodin et passe-partout. Mais Mme Dufournelle avait le verbe haut, on l'entendait distinctement, sans effort.

— Pour l'instant, cette jeune fille me fait bonne impression. Je voudrais seulement qu'elle soit moins timide, qu'elle ose dire, enfin, ce qu'elle a sur le cœur. Ainsi nous pourrions avoir de vraies conversations, comme vous et moi, Louisette, en toute confiance.

Joe comprit ce que la gouvernante disait à sa patronne : qu'il n'y avait point de souci à se faire tellement Miss Coline s'octroierait vite des libertés, et peut-être même trop.

Comme la suite de la conversation se poursuivait dans le hall d'entrée, Joëlle en perdit le fil. C'était fort agaçant de savoir qu'on parlait d'elle dans son dos, et que se jouait en sourdine son avenir. Quand Louisette la rejoignit dans l'alcôve, devant la planche à repasser, Joëlle se montra froide et distante. Et cet accès de mauvaise humeur ne passa pas inaperçu. La gouvernante révéla enfin son vrai caractère, celui qu'elle dissimulait tant bien que mal dans les profondeurs tourmentées de son âme. Elle prit les vêtements fraîchement repassés, les déplia, les ausculta, montra des taches, des faux plis, et les versa à pleines poignées dans la panière en plastique rouge.

— Tout est à refaire. Et sans amidon, précisa-t-elle. Ça donne au linge une si mauvaise haleine.

Le mot fit sourire Mlle Coline. Et Louisette prit sa réaction en mauvaise part.

— Que crois-tu, petite ? Mme Dufournelle a bien compris ce que tu étais, une orgueilleuse, une hautaine, une effrontée, oui, une effrontée dans ton genre. Mais ce n'est pas étonnant, quand on sait de quel milieu tu viens !... Peut-être n'es-tu qu'à moitié responsable... Mais le résultat est le même. Il te faut corriger ces défauts sans délai, sinon...

Louisette lui montra la porte du hall, la sortie sur la rue Barbecane. Joëlle resta impavide, le regard fixe, presque indifférent, comme si l'avertissement ne pouvait l'atteindre. Car la menace d'une employée telle que Louisette Fontemps, même avec un grade, un petit grade au-dessus d'elle, n'était rien d'autre qu'une bravade, une parole de petite cheffe proférée à la place du Grand Vizir. Mais Joëlle se garda bien d'en sourire, sachant que la gouvernante le prendrait pour une insolence de plus.

— J'attendrai le verdict de notre patronne, dit seulement Mlle Coline, d'une voix douce et pleine d'aménité. Sans crainte. À la vérité, si je ne fais pas l'affaire, alors la messe sera dite.

Qu'y puis-je ? pensa-t-elle. L'ordre est ainsi : celle qui règle le salaire décide de la pluie et du beau temps dans une petite existence comme la mienne, insignifiante.

Pour sa première journée au service des Dufournelle, Joëlle fut baladée d'une pièce à l'autre de la maison sur ordre de sa cheffe. Celle-ci prenait visiblement plaisir à interrompre un chantier pour l'envoyer sur un autre. Puis on vérifiait, l'index sur le carrelage, qu'il ne restait pas dans les recoins quelque trace de poussière. Ainsi l'obligeait-on à recommencer le nettoyage, sans fin, sans limite, jusqu'à l'épuisement. Puis on l'envoya dans les cuisines pour récurer les cuivres selon l'ancienne méthode, au Miror. Joëlle s'acquitta de cet ouvrage méticuleusement, sur la grande table de la cuisine. Marraine lui faisait la conversation. La cuisinière avait une vie compliquée avec deux fils plus crétins l'un que l'autre. L'aîné était d'une innocence rare, ce qui lui valait mille déboires dans cette société livrée aux argousins de tout poil, disait-elle. Quant à l'autre, il était un peu voyou sur les bords, petits vols minables et trafics en tout genre, de téléphones, de cartes bleues et de pièces administratives.

Mais ces confidences n'eurent point l'heur de plaire à Louisette qui vint les interrompre avec rudesse.

— Cesse donc de l'amuser avec tes histoires.

Marraine n'était pas disposée à subir les ordres de la gouvernante ; elle était dans la maison bien avant elle, bien avant le second mariage de M. Dufournelle. Ça lui donnait des droits. Surtout qu'elle se sentait protégée par Romuald. Ce dernier ne cessait en toutes occasions de vanter sa cuisine, surtout lorsque les Dufournelle invitaient à leur table quelques amis précieux. « N'est-ce pas, disait-il devant tout ce beau monde, vous êtes la meilleure cuisinière de Périgueux. Pour rien au monde, je ne voudrais vous perdre. Cela me priverait d'un grand bonheur dans ma vie. Qui nous ferait aussi aisément des terrines de foie gras à la farce de truffe, des vol-au-vent de ris de veau, et surtout le turbot grillé sauce Colbert ? » ajoutait-il en se tournant vers ses invités.

Quand la gouvernante eut le dos tourné, Marraine prit la défense de Joe.

— Louisette ne t'aime pas. Elle juge sans doute que tu es trop jeune, trop bien de ta personne. Ce joli minois la met hors d'elle. Elle te préfèrerait en laideronne, avec un bon tour de taille comme le mien, et surtout quelques années de plus.

La jeune fille préféra ne pas répondre, tant elle se découvrait en milieu hostile, plongée malgré elle dans des querelles anciennes, des règlements de comptes sordides. Aussi par instinct, elle devinait que le moindre de ses propos serait interprété, déformé, amplifié.

— Fais le dos rond, ma petite, insista Marraine. Et surtout, un conseil, fit-elle en s'approchant de Joëlle, jusqu'à venir lui chuchoter à l'oreille : Tiens-toi sur tes gardes concernant le fils aîné des Dufournelle.

— Celui qui se nomme Geoffroy ?

— Parfaitement. C'est un coureur. Un bonimenteur. Il tiendrait du père. Autrefois, M. Romuald collectionnait les conquêtes. Maintenant, il s'est assagi. Avec l'âge, les hommes se rangent, bien contraints et forcés, ajouta-t-elle avec un petit rire. Alors, bien sûr, nous moralisons quand nous ne pouvons plus rien faire. C'est l'aigreur des bonshommes, ça.

Puis la cuisinière repartit vers ses fourneaux. Les menus des Dufournelle ne lui posaient guère de problèmes : crudités, cuisson à la vapeur, sauces légères. De quoi flemmarder à son aise en lisant les gazettes et en remplissant des grilles de loto. Parfois le chauffeur en disponibilité venait lui tenir compagnie. C'était lui qui allait faire valider les grilles au bar PMU de la place Francheville.

— Il a la main, cet homme-là, ce bon Joseph. Tu devrais parier, toi aussi. À moins que tu n'aies peur de devenir riche ? dit Marraine.

Joëlle haussa les épaules. Ce petit monde qu'elle découvrait, après les clans de la fac Montaigne, ne l'intéressait guère. Elle se disait que ce voisinage, à la longue, finirait par l'abêtir. Je suis tombée au fond du bocal, et je vais y tourner en rond comme un poisson rouge, pensa-t-elle avec tristesse.

Puis elle jugea que les cuivres étaient assez rutilants et lâcha la besogne sans demander l'avis de la cheffe. Marraine trouvait du reste que ces vieilleries méritaient de finir à la brocante et qu'on s'épuisait en vain à vouloir les briquer comme une punition.

5

Le lendemain, Geoffroy ne rata pas l'occasion de venir voir la nouvelle employée. « Une perle », avait dit sa belle-mère. À quoi ressemble une perle selon Alice ? C'était une question qui le taraudait. Il avait toujours estimé que la dernière épouse de son père n'avait qu'une cervelle d'oiseau, alors qu'espérer d'elle ? Il la méprisait tellement qu'il disait à ses amis que le seul titre de gloire de sa belle-mère, c'était d'avoir épousé un Dufournelle.

Geoffroy avait mal vécu ce remariage, l'arrivée de cette seconde mère qui ne ressemblait pas à la véritable, ou du moins à l'idée qu'il s'en faisait, protectrice, gardienne de l'ordre familial. Cette jeune femme, venue lui voler son père et effacer l'image de celle qui l'avait mis au monde, était apparue telle une menace. Et pour tout arranger, le père avait exigé que Gisèle se tînt désormais éloignée de La Barbecane, avec juste des droits de visite pour ses deux fils.

— Où est-elle, la perle d'Alice ? demanda Geoffroy à la gouvernante.

Louisette lui montra les étages d'un petit geste, sans paroles. Il alla déposer son trench-coat dans le vestibule, sans prendre garde aux gouttes d'eau qui dégoulinaient sur le carrelage. La Vieille Pie, comme il l'appelait affectueusement, lui fit les gros yeux. Mais c'était comme un coup d'épée dans l'eau. Si M. Romuald se montrait plus précautionneux, même devant un domestique, l'aîné des Dufournelle appartenait à la dernière génération, celle des enfants gâtés, sans principes ni égards.

— En tout cas, monsieur Geoffroy, ce n'est pas vous qui lui donnez du travail en ce moment.

— Comment cela ?

— Ça fait une semaine que vous n'êtes pas entré dans votre chambre.

— Ça lui fait une pièce de moins à faire, lui répondit-il par un sourire vague.

Il se sentait flatté que la gouvernante eût saisi qu'il découchait ces temps derniers pour une jolie pigiste de *Sud Ouest*. C'était semi-professionnel à ses yeux ; il espérait obtenir d'elle un reportage sur ses activités dans l'entreprise de papa : *Un jeune manager dynamique placé à l'international*... Ça ne voulait pas dire grand-chose, mais qu'importe, c'était l'époque qui voulait ça, où tout n'était que communication et tape-à-l'œil.

Le manager dynamique escalada les marches quatre à quatre, et courut d'une pièce à l'autre pour dénicher la perle. Il la trouva dans la chambre d'amis. On avait demandé à la jeune fille de la dépoussiérer une fois par semaine au moins, même lorsqu'elle ne servait pas.

Il arriva derrière elle à pas de loup, l'épaisse moquette vieux rose étouffant les bruits. Au dernier moment, Joëlle se retourna vivement en poussant un cri de surprise. À la manière dont il s'était approché d'elle, la jeune femme avait cru qu'il voulait la saisir dans ses bras. Elle se recula précipitamment. Il se mit à rire.

— Je vous ai fait peur ? Mon Dieu, c'est bien mon genre.

Elle se présenta sans tendre la main. Il la dévisageait avec une insistance qui ne laissait guère planer de mystère quant à ses intentions. Les petites stagiaires de l'entreprise, les soubrettes de papa, les serveuses du cercle des Apostilles, c'était sa basse-cour. Il lui suffisait de se servir, selon son bon plaisir. Voici un coquelet séduisant, mais sans doute ennuyeux au possible, pensa Joëlle en soutenant son regard, sans désemparer. Car le jeune homme avait l'habitude que les demoiselles se pâment devant lui. Il lui suffisait de faire la roue, croyait-il, mais à la vérité, le jeune manager de la maison Dufournelle essuyait plus de refus qu'il ne voulait l'avouer. Et cette fois, il comprit que la perle d'Alice ne se laisserait pas prendre aisément dans son filet. Il en ressentit un vague à l'âme en tourniquant dans la pièce, les mains enfoncées dans les poches de son pantalon. Ça l'intimidait presque de se voir ainsi négligé, tandis que l'employée poursuivait son ouvrage.

— Vous ne me demandez pas qui je suis ? C'est curieux. On vous a coupé la langue ?

Joëlle se retourna pour le toiser à son tour.

— Je sais qui vous êtes. Et je vous salue, monsieur Geoffroy Dufournelle. Je suis au service de votre maison. Je le dois à votre mère.

Il la reprit. La nuance avait son importance à ses yeux.

— Ma belle-mère. La jeune épouse de papa, précisa-t-il non sans maladresse.

— Oui, c'est bien possible. Mais je n'ai pas d'avis sur la question.

— Alice a eu raison de vous engager. Ça apporte un peu de charme dans ces vieux murs.

— Si vous le dites…

— Je le dis parce que je le pense.

Elle alluma l'aspirateur avec la pointe de sa chaussure, mais le jeune homme l'éteignit aussitôt. Il avait compris que l'employée voulait mettre un terme à la conversation par ce vrombissement. Et sur le coup il jugea que c'était là un geste insolent, mais imparable. Qui pourrait en vouloir à une employée de maison de poursuivre son travail malgré l'intrusion d'un petit-maître ?

— Vous paraissez manquer d'ambition, dit-il. Vous pourriez viser plus haut. J'ai lu vos références. C'est assez impressionnant. Serait-ce par masochisme que vous prenez plaisir, ainsi, à vous dévaluer ?

— Je n'entends rien à ce que vous dites.

— Oh si, bien sûr que si, vous m'avez compris, mademoiselle Coline.

Geoffroy descendit aussitôt dans le salon où il se fit servir un café. Marraine voulut lui réchauffer une tasse au micro-ondes, mais il ordonna qu'on lui en préparât une sur une mouture fraîche de Moka Sidamo, cent pour cent arabica. Devant cette exigence soudaine et peu habituelle, Marraine soupçonna que M. Geoffroy était de fort mauvaise humeur. Elle s'interrogea alors : Était-ce la petite Joëlle Coline qui le mettait dans cet état ? Celle-là, se dit-elle en se frottant les mains avec jubilation, il ne la cueillera pas comme une fleur.

*

Souvent, le matin, Alice allait flemmarder dans la serre, au milieu des orchidées. Elle s'asseyait sur le banc, face à la petite fontaine. Le bruissement de l'eau sur le dallage en calcaire lui apaisait l'esprit. Invariablement, elle y emportait un roman qu'elle ne lisait jamais, ou plutôt elle relisait les mêmes pages dix fois sans avancer, parce que son esprit s'évaporait vite loin du récit tendu sous ses yeux. Elle s'en était déjà expliquée à son amie Béatrice Saint-Philippard qui, elle, en revanche, était une grosse lectrice de tous les genres possibles, thrillers sanguinolents et bluettes à l'eau de rose. « Ma chère Béa, disait-elle, je n'aime pas subir le diktat des figures imposées. Nous devrions avoir notre mot à dire, nous, les lectrices, sur l'intrigue… » Mais d'ordinaire, Alice finissait par reconnaître qu'aucun récit n'était fait pour elle.

C'est là que Geoffroy la dénicha en surgissant derrière elle au milieu des plantes géantes, dans la moiteur lourde. Elle ne fut guère surprise car elle avait reconnu l'odeur des cigarettes qu'il fumait, des Craven A. Alice ne se retourna pas, néanmoins. Elle aimait à jouer les indifférentes, en attendant que son beau-fils vînt poser ses lèvres délicatement sur son front.

— Félicitations pour la nouvelle.

— Ah, fit Alice, je savais qu'elle te plairait. Mais attention, pas touche.

— Chasse gardée ? C'est ta petite protégée ?

Elle se mit à soupirer en posant son roman à ses pieds.

— Il faut t'acheter une conduite. Maintenant que tu vas te marier.

Geoffroy allait et venait au milieu des orchidées, parfois bousculant les pots suspendus d'une main agacée pour se frayer un passage dans ce capharnaüm. Le mot « mariage » avait l'art de lui mettre les nerfs en pelote. Il regrettait désormais d'avoir lancé cette idée.

— Tu lui fais la cour, au moins ?

— Non, dit-il.

— Tu comptes faire ta demande à l'ancienne ? insista Alice qui, visiblement, prenait plaisir à l'aiguillonner. Demander sa main à son papa, et ensuite la mettre devant le fait accompli. Je crois que ce serait une mauvaise méthode. Élise n'est pas une potiche, loin de là. Connais-tu ses antécédents ? École du Louvre… Tu fais pâle figure en face d'elle. Tu n'entends rien à l'histoire de l'art.

— Et toi donc ?

— Moi, je n'ai jamais fait état de diplômes que je ne possède pas. Alors que toi, mon petit, tu ne recules devant rien.

Il écrasa fébrilement son mégot sous la semelle de sa chaussure.

— J'ai voulu épater mon cher papa avec ce mariage. Ce serait l'occasion de mêler nos deux fortunes. Idée séduisante, certes, mais j'hésite désormais. Je ne me sens pas prêt en vérité pour le mariage. Et le vieux Chanoinet a pris au sérieux cette affaire. Autant dire que je suis dans la merde.

Alice éclata de rire. Mais cette réaction fit à Geoffroy l'effet d'un glaive porté dans ses entrailles. Il se mit à éructer en grimaçant. Cette perspective lui causait des aigreurs et il se réveillait la nuit en sursaut. C'était chaque fois le même cauchemar : Élise à son bras sur le parvis de la cathédrale Saint-Front.

— Il nous faut reconnaître que cette petite, tout intelligente qu'elle soit, n'est guère gracieuse. Arriveras-tu à l'honorer, au moins ? Toi qui es accoutumé aux petites dévergondées des clubs de la rue La Fayette… Sans oublier celles que tu vas chasser, mon beau-fils, sur les marches du lycée Bertran-de-Born… Tu devras mettre de l'eau dans ton vin. Car je subodore qu'Élise ne supportera pas la moindre inconduite fâcheuse. Ce sont des juristes, les Chanoinet.

Le jeune Dufournelle parti, au pas de charge et grognon comme de juste, Alice s'abandonna à son ravissement. Elle avait réussi à placer ses piques, là où ça lui ferait le plus mal. Car elle ne l'avait jamais aimé, Geoffroy, jamais apprécié. Et cette aversion remontait à l'époque de son mariage avec Romuald. L'adolescent gâté lui avait mené la vie dure, en allant colporter dans son dos des rumeurs assassines sur de prétendus amants.

Et ce jour-là, contrairement à l'usage, Mme Dufournelle fit ce qu'elle ne faisait jamais, rendre visite à son mari à l'usine de La Croix-Ferrade. Après avoir erré dans les couloirs, elle le dénicha en réunion de travail, au milieu de ses cadres et de ses conseillers. Elle tapota sur la verrière pour attirer son attention. Romuald fit signe à sa secrétaire d'aller voir ce qu'on lui voulait.

Mathilde l'aborda avec des pincettes. Mme Dufournelle avait la réputation d'être une écorchée vive. Elle la conduisit à la cafèt' devant le distributeur de café. L'endroit était sinistre avec ses minuscules tables rondes grèges et ses sièges hauts en métal rouge.

— Que pouvons-nous faire pour vous ?

Alice dévisagea son interlocutrice d'un air hautain. Elle ne comprenait pas que Romuald n'eût point quitté la réunion séance tenante. Après tout, il s'agissait de son épouse.

— Ce que j'ai à lui dire est une affaire trop personnelle pour que je l'évoque devant vous.

— Je comprends. Est-ce urgent ? Grave ?

— J'attendrai, dit-elle. Par exemple dans son bureau… Est-ce trop demander ?

— Oh non, madame. Je vais vous y conduire.

— Je connais le chemin, se défendit-elle.

Elles burent du café en silence. À l'évidence, Mathilde cherchait désespérément un sujet de conversation. Mais elle ne connaissait pas Mme Dufournelle. Elle la trouvait futile et superficielle, comme souvent les épouses d'industriels. Car de l'avis général, dans une ville moyenne telle que Périgueux, on estimait que M. Dufournelle était mal assorti avec sa femme, si jeune et peu aguerrie aux affaires.

— Nous travaillons sur de nouveaux produits pour l'export, dit la secrétaire. C'est compliqué. Chaque pays a ses exigences. Et nous devons nous y conformer pour ne pas passer à côté du marché. Comprenez-vous ?

— Le foie gras, c'est le foie gras. Que d'histoires, bon Dieu, autour de ces pâtés !

— C'est un produit de luxe. Tout de même. Et nous restons parmi les leaders de ce marché. Bien que la concurrence soit féroce.

Alice ne quittait pas du regard les lèvres fardées de Mathilde, un rouge purpurin, si violent et accentué qu'elle en éprouva de la nausée.

Est-ce qu'elle prend le temps au moins de l'ôter, ce rouge pâteux et brillant, avant que mon cher mari lui roule un patin ? se disait-elle. Et cette épaisse couche de fard qui dissimule, sans nul doute, une peau blafarde. Mais qu'importe, mon cher époux n'aime pas le hâle de l'été. Il adore cette carnation à l'ancienne, laiteuse et pâlichonne. Tout le contraire de moi, pensa-t-elle. Et ce parfum boisé, qu'en dire, bon Dieu ? C'est sauvage en diable, comme l'odeur des sous-bois, avec les sueurs mélangées, lorsque les corps nus exultent sur le siège d'une bagnole.

Alice éclata de rire sous le regard perplexe de la secrétaire. Elle lui demanda ce qu'elle pensait de son mari.

— Rien. Je n'ai qu'une opinion professionnelle, se défendit-elle, car elle avait compris le soupçon dont elle était l'objet.

— Est-ce un bon patron, au moins ?

Mathilde se mit à rougir et, surprise, Alice la trouva soudain charmante, ainsi désarmée devant elle. Elle posa la main sur celle de sa voisine.

— Je vous taquine. J'aime mettre les gens dans l'embarras. C'est un petit jeu stupide que je m'autorise quelquefois. Un menu plaisir de femme désœuvrée. C'est un trait de caractère que mon mari apprécie fort chez moi. Car comme vous l'imaginez, nous ne parlons jamais de ces satanés foies gras. Je hais cette mixture mise à toutes les sauces, foies gras entiers, malaxés, truffés, les foies sont une injure à la diététique moderne.

Mathilde éclata de rire.

— Vous êtes drôle, madame Dufournelle. Vous avez un esprit que je ne soupçonnais pas.

— Que vous a-t-il dit de moi, mon cher Romuald ? Que je suis futile, légère, mais divertissante ?

— Rien de tout cela. Votre mari, je crois, est un homme pudique.

— Pudique ! s'exclama-t-elle. Voyons ça. Pudique. Non, je ne le crois pas. Mais les bilans de sa société occupent trop son esprit. Et le fils aîné, Geoffroy...

La secrétaire hocha la tête. Elle n'avait pas envie de contredire cette femme-là, rodée à l'exercice des aveux spontanés.

— C'est un allié précieux, dit Mathilde.

— Ça non, je ne crois pas. Nous n'en ferons pas un successeur de mon mari. C'est un garçon trop imbu de sa personne. Il n'entend rien au monde qui l'entoure. Et les opinions toutes faites sont celles qui le ravissent le plus.

Mathilde baissa le regard. Elle n'avait pas la moindre envie de se laisser prendre à ce jeu qui l'eût conduite sur un terrain scabreux. Elle montra quelques signes d'impatience. Se leva. Attendit.

Mme Dufournelle écrasait le gobelet de carton entre ses doigts. Elle suivit du regard le déhanchement de la secrétaire s'éloignant, dans son tailleur gris, ses longues jambes fines gainées dans des bas de soie à couture. Elle alla se resservir un café et le consomma près de la machine, déambulant d'un pas sur l'autre.

Plus tard, Romuald rejoignit son épouse dans le bureau directorial. Alice s'était assise à sa place et jouait avec la paperasse qui l'encombrait. C'était une question qui l'étonnait toujours, qu'un patron se laissât ainsi submerger par les dossiers alors qu'une armada d'employés, comptables, ingénieurs, agents de maîtrise, cadres supérieurs, était là à sa botte pour les traiter.

Romuald fit le tour de son bureau pour l'embrasser, furtivement. Il se montra heureux et satisfait que son épouse forçât sa porte pour une fois. Il lui avoua même avoir craint qu'elle ne vînt jamais après toutes ces années, comme si son domaine lui avait été interdit à quelque moment.

— Mathilde m'a soufflé au creux de l'oreille que vous êtes une femme de tête. Singulière impression que vous lui avez faite…

Il lui prit les mains et les attira vers lui, les caressa, avec délicatesse.

— Vous pourriez vous impliquer ici ? Je n'y vois aucun inconvénient.

— Certes pas.

Puis il attendit en silence qu'elle abattît ses cartes.

— Je suis venue vous parler de Geoffroy en terrain neutre.

L'expression le fit sourire.

— En terrain neutre ? reprit-il.

— Oui, notre Barbecane est un nid à ragots. Nous y sommes surveillés comme le lait sur le feu.

Elle se leva pour aller fermer la porte. Mais elle reprit aussitôt la place derrière le bureau, comme si elle avait besoin de cette autorité pour accomplir sa besogne.

— Il s'agit du mariage de votre fils. Aux dernières nouvelles, Geoffroy est appelé à épouser la petite Chanoinet. Mais cela me paraît mal parti.

— Comment cela ? J'ai rencontré Aristide. C'est une idée qui fait son chemin. Du reste, j'ai l'âme en repos sur cette question. J'ai conseillé dans un premier temps à Geoffroy de n'en rien faire, ce n'est pas une fille pour lui. À cause de ses fréquentations. Nous aurions tant et tant de problèmes à l'avenir que ça finirait par gâter nos relations avec cette famille. Je n'y tenais pas, pour tout vous dire. Mais j'ai eu une conversation avec mon fils et il m'a assuré tout au contraire qu'il tient à l'épouser.

— Vous faites fausse route. C'est une perspective qui l'horripile, dit Alice. Je sors d'une entrevue avec lui et il m'a avoué que c'est pour lui un cauchemar, ce mariage.

— Il a encore changé d'avis ?

— Non. Il se ferait écarteler en place publique pour vous plaire. En bref, Geoffroy n'éprouve aucun sentiment pour cette jeune fille. Il ne l'aime pas.

Romuald croisait et décroisait les jambes dans son fauteuil. De quoi vient-elle se mêler, se disait-il. Ce n'est pas son fils, après tout !

— Depuis quand faut-il éprouver de l'amour pour se marier ?

Alice éclata de rire, un rire haut et fort. Et M. Dufournelle parut à cette seconde accablé par ce mauvais vaudeville.

— J'ai promis à Aristide que le mariage se ferait. Un point c'est tout ! Je ne me dédirai pas. La parole d'un Dufournelle ne se reprend jamais. Dans la vie et dans les affaires, je n'ai jamais transigé sur cette question.

— Mon cher Romuald, je vous répète la phrase exacte qu'il a formulée devant moi, ce matin même : « Le vieux Chanoinet a pris la plaisanterie au sérieux. Et maintenant, je suis dans la merde… »

La jeune femme ressentit une jubilation intérieure à lire le désarroi sur le visage de son mari. Elle était venue à son usine simplement pour lui mettre sous les yeux la duplicité de son fils bien-aimé.

— Le mariage aura lieu. Et je m'en occupe personnellement. Aristide et moi, nous allons en fixer la date.

— L'épousée est consentante ? Connaît-elle bien Geoffroy ?

— C'est assez ! trancha l'industriel d'un geste vif et direct. Élise a donné son accord. Oui, bien sûr. Que croyez-vous ? Que nous sommes des sauvages ? Que nous voudrions la marier sans son consentement ? C'est ridicule.

— Pourtant, n'est-ce pas ce qui arrive à votre fils ? releva Alice.

— Il s'est fait prendre à son propre piège. Clac ! C'est bien fait. Ça lui apprendra à faire preuve de constance dans la vie.

Un sourire de contentement s'afficha sur le visage d'Alice Dufournelle. Puis elle annonça qu'elle allait se retirer, comme si elle avait besoin de son autorisation. Étant sur le territoire de Romuald, elle s'y sentait comme une étrangère. Cette sensation la troublait fort, et elle s'était accentuée lors de l'entretien avec la secrétaire. Mathilde lui avait insufflé d'un coup, bien involontairement en vérité, cet étrange malaise. Un pan entier de l'existence de son mari s'était découvert devant elle, alors que jusqu'ici elle n'avait fait que l'imaginer, la cour gravitant autour de Romuald, adulateurs et hypocrites faisant la roue. Elle se disait, ils l'encenseront, Dufournelle, tant que les bilans seront au beau fixe. Et elle lui posa un baiser furtif sur les lèvres, lui échappant avant qu'il ne la saisît dans ses bras. Une esquive dont elle avait le secret, avec cet homme-là ; certes puissant et généreux mais qui la négligeait tant. Elle lui en voulait de la tenir éloignée de sa chambre, comme s'il craignait de la décevoir.

— Nous devrions déjeuner ensemble, ce midi.

— Avec Mathilde, je suppose ?

— La secrétaire et John Loridan. Mon conseiller à l'export. C'est un homme charmant. Vous aimez les hommes jeunes, n'est-ce pas ?

Elle haussa les épaules en prenant un air grave. Romuald faisait allusion à une histoire récente avec Philippe Serinet, le secrétaire de la préfecture. L'industriel avait soupçonné son épouse d'entretenir une liaison cachée avec ce jeune fonctionnaire, alors qu'il n'en était rien. Mais le doute subsisterait, toujours et encore, tant l'écume de ces choses incertaines ne finit jamais de remonter à la surface.

Et M. Dufournelle vit partir sa femme avec soulagement. Peut-être vaut-il mieux qu'elle ne rencontre pas John, se dit-il en regagnant son siège derrière le bureau.

6

Sans que Mlle Coline eût à demander, Mme Dufournelle lui remit la moitié de son salaire : 700 euros. Elle hésita à les prendre, lui disant qu'il n'était pas correct d'accepter des émoluments avant que le travail ne soit fait.

— Que me chantez-vous là ? rétorqua Alice. Je connais votre situation. Vous ne pouvez pas rester à l'hôtel indéfiniment. C'est une solution inconfortable. Et avec cet argent, déjà, profitez de votre week-end pour dégoter un studio convenable. Afin de vous faciliter la tâche, je vais rédiger une lettre de recommandation et vous indiquer trois bonnes adresses.

— Tant d'attention pour moi, je n'en reviens pas, dit Joe le visage empourpré. Seriez-vous donc satisfaite de mon travail ?

— Je ne vous répondrai pas, mademoiselle Coline. Car sur ce point, mon opinion n'est pas encore faite.

— Puis-je tout de même espérer ?

— Espérer, on le peut toujours. À la condition de conserver les yeux ouverts.

Elle rédigea le chèque et lui fit signer un reçu.

— Tout cela reste entre nous.

Elle lui fit un clin d'œil de connivence et ajouta d'un ton mystérieux :

— Ne remerciez personne d'autre que moi, conseilla-t-elle. M. Dufournelle ne comprendrait pas mon geste. Et vous rendriez la gouvernante soupçonneuse à votre endroit. Ce monde est petit, lorsqu'il s'agit d'argent. N'est-ce pas toujours la cause des inimitiés ? L'argent, répéta-t-elle, à travers lui les gens se révèlent tels qu'ils sont en réalité.

Joe resta de marbre. Rien de nouveau pour elle. Elle connaissait assez la psychologie humaine, celle des maîtres et des serviteurs et celle des serviteurs privilégiés qui se prennent pour des maîtres.

L'employée sortit du petit bureau discrètement et retourna à son travail. Louisette la chargea de rangements dans les pièces inoccupées, en prévision du mariage.

— Quel mariage ? demanda Joe.

— Tu poses trop de questions, ma petite.

Mais plus tard, elle obtint la réponse de la bouche même de Marraine. Il suffisait de flatter celle-ci pour glaner tous les derniers potins de la maison.

— Donc, M. Geoffroy épouse une Chanoinet ?

— Parfaitement.

— Et le festin aura lieu à La Barbecane ? Voici qui va nous donner du travail.

La cuisinière se garda de répondre. Elle ne tenait pas encore Joëlle pour fiable. Car elle avait tout vu, la petite enveloppe pliée dans la poche de la jeune employée. Un acompte sans doute, subodora-t-elle. Et cette suspicion la froissait, elle qui s'était vu refuser une telle requête. Mais ce que ne savait pas Marraine, c'était que Joe n'avait rien demandé. En recevant l'avance, la jeune fille s'était félicitée justement de son hésitation. En quémandant, j'aurais essuyé un refus, pensait-elle.

— Mme Dufournelle vous a à la bonne. Profitez-en.

— Mais, Marraine, je ne profite de rien. J'obéis, à la patronne, à la gouvernante, à toi. Sans regimber. Je suis la dernière entrée ici, à La Barbecane. Je n'ai aucun droit, que l'on m'apprécie ou non, je suis mon chemin.

— La patronne, comme tu dis, ne cesse de répéter que tu es une perle. Une perle, s'exclama la cuisinière en pouffant. Mais Louisette ne partage pas cet avis. Elle trouve que tu laisses de la poussière derrière toi, des auréoles sur le carrelage des salles de bains. Et lorsque tu changes les draps, il y a des plis fâcheux. Prends donc un fer et corrige ces petits défauts. C'est un conseil.

Depuis son arrivée, Joe s'était fait son opinion sur la cuisinière : le cœur sur la main mais une langue de vipère. Quant à la gouvernante, elle n'était pas aussi hypocrite. Joëlle ne la croyait pas capable de ces piques dans son dos aussi vite. Elle la jugeait assez franche et directe pour faire elle-même ses remarques.

— Et M. Geoffroy, que dit-il de moi, Marraine ? Toi qui sais tout des bruits d'alcôve…

Joe suivit la cuisinière dans son antre, ferma la porte et alla se planter devant elle.

— Je sais ce qu'il pense de la fameuse perle, s'amusa la jeune fille. Que je suis une petite prétentieuse. Que je ne suis pas à ma place dans cette maison.

Un personnage anachronique. Et peut-être serais-je mieux à ma place dans l'entreprise où je pourrais exercer mes talents ?

La cuisinière hocha la tête.

— Il ne faut pas écouter M. Geoffroy. C'est un homme à femmes. Dès qu'une jeune fille lui plaît, il perd tous ses moyens. Et s'il n'obtient pas ses faveurs, alors il l'assassine jusqu'à ce qu'elle demande grâce.

— Oui, mais je me fiche de cela, Marraine. Ce qu'il pense de moi m'importe peu. C'est Mme Alice qui m'a engagée. Et à ce que je vois, le temps n'est pas au beau fixe entre eux deux.

— Tu es plus intelligente que la moyenne. Il t'aura fallu deux semaines de travail à La Barbecane pour juger de la situation. C'est du talent.

— Non. Je ne crois pas. Plutôt de la perspicacité. Et j'ai été à bonne école. Ce que j'ai vécu jusqu'ici m'a armée plus que je ne l'aurais voulu. Au risque de perdre, hélas, un peu d'innocence, cette innocence dont nous avons tant besoin pour rester humains.

Joe se tut soudain. Car elle jugea à la seconde qu'elle en avait trop dit sur elle-même. Tout ce qui est dit pourra être retenu contre vous, pensa-t-elle. La vie étant un tribunal permanent, tous nos actes, nos pensées, nos aveux sont passés à la moulinette. On y décèle des failles sans fond. Et celles-ci tôt ou tard se retournent contre nous. Notre faiblesse dans l'existence est de n'être pas un robot programmé à un usage et à nul autre.

*

Joëlle trouva aisément ce qu'elle cherchait, un studio perché au quatrième étage d'un immeuble de la rue Lamartine, avec balcon et store pour se protéger du soleil et de la pluie. En se laissant choir sur le bord du lit, elle poussa un gros soupir. Enfin, mon existence prend un tour intéressant, pensa-t-elle. Peut-être resterai-je à Périgueux, finalement ? Même si cette ville ne me rappelle que de tristes souvenirs…

Elle fit tinter les clés de son appartement entre ses doigts, les observa en les agitant dans la lumière qui entrait par la porte-fenêtre. Certes, les deux pièces, chambre et salon-cuisine, étaient cher payées, 460 euros. Mais devant l'employée de l'agence Vésone, elle n'avait pourtant pas hésité à la vue du loyer qui amputerait d'un tiers son salaire. À peine la porte franchie, elle avait ressenti un coup de foudre pour ce lieu, si bien exposé, éclairé et gai avec ses murs vert pâle. Certes, le mobilier n'était pas tout à fait du meilleur goût, mais qu'importait, c'était l'espace surtout, cinquante mètres carrés, qui lui paraissait le plus intéressant. Enfin, elle aurait de quoi se retourner, étaler ses affaires, prendre ses aises. Elle commença à installer ses livres le long d'une étagère en surplomb d'un petit bureau avec lampe halogène. Les dix bouquins qu'elle possédait – tout le reste, elle l'avait abandonné à Geneviève Patry, sa meilleure amie de Bordeaux – faisaient un peu riquiqui. Mais elle se promit d'en acheter au plus vite, des poches surtout, dont *Mrs Dalloway* qu'elle relisait une fois ou deux par an sans jamais se lasser, dénichant chaque fois des détails qui lui avaient échappé dans ses lectures précédentes. Les bons livres sont comme certains êtres précieux que nous croisons, pensait-elle. En les retrouvant, même des années après, ils nous offrent un visage différent. Et ceux qui nous déçoivent ne méritent pas notre intérêt. Voilà ce que nous apprennent la littérature et la vie.

Joëlle se fit couler un café et alla s'installer sur le balcon dans une chaise longue. Le tumulte de la ville s'épanchait jusqu'à ces hauteurs. Mais vue d'ici, elle ne paraissait pas aussi ennuyeuse et menaçante qu'à l'ordinaire, lorsque nos états d'âme rampent au ras des trottoirs.

Plus tard, elle sortit acheter de quoi se nourrir, une boîte de sushis bien assortis, et une bouteille de chardonnay. Elle mit le vin blanc dans le bac de congélation, et alla fumer une cigarette sur le balcon. Pour un samedi, la rue Lamartine était assez calme. Le gros de la circulation empruntait plutôt les grandes artères voisines : la rue Victor-Hugo et la rue Gambetta. Elle loua sa chance d'avoir évité une de ces grandes avenues comme l'allée de Tourny ou le boulevard Montaigne. C'était certes plus chic comme quartier que la petite rue Lamartine, mais on y perdait en tranquillité.

Et soudain, contre toute attente, une boule au ventre se manifesta, une angoisse irrépressible, une peur irraisonnée. Elle sentit les larmes l'envahir, mais elle résista, comme devant le doyen de la faculté de Bordeaux lorsqu'il lui avait conseillé d'abandonner de toute urgence ses études, en jetant son dossier en l'air, avec désinvolture. Puis, Denis Rousseleau lui avait ordonné de ramasser les feuilles éparpillées sur la moquette. Elle avait hésité à se mettre à genoux devant le doyen, lui l'observant de sa hauteur, le regard méprisant. Pourtant, Joëlle s'y était employée, malgré une jupe si courte et étroite qu'elle ne parvenait pas à prendre une pose décente. Le doyen tournait autour d'elle, cherchant son angle de vue, avec un regard libidineux.

« Avez-vous songé, mademoiselle Coline, à embrasser une carrière au cinéma ? Vous avez le profil. Et l'âge d'interpréter les petites ingénues, les lolitas, et que sais-je encore. Mais n'espérez pas tenter une thèse quelconque. Vous ne trouveriez personne pour vous aider à la soutenir. »

Joe s'était enfuie au plus vite, sans refermer la porte derrière elle. Il lui semblait encore entendre le rire de Rousseleau, un rire tonitruant qui la poursuivait jusque dans ses cauchemars.

Elle se servit un grand verre de chardonnay et le but par petites rasades. Ce plaisir apaisa un peu sa colère. Elle se répétait incessamment : la vie est belle, la vie est belle... Comme si elle avait quelque difficulté à s'en persuader.

Son père lui avait seriné bien souvent au creux de l'oreille cette réflexion intéressante pour une jeune fille de quinze ans : « Quand on est jeune et encore lucide, on devrait se dire que la chose la plus urgente à faire, avant que le calvaire ne commence, c'est de se suicider. » La dernière fois, Joe lui avait répondu : « Et toi ? Qu'as-tu fait de ta jeunesse ? Visiblement tu ne t'es pas appliqué ton précepte... » Pampuche lui avait filé une gifle, illico. « Ce n'est donc applicable qu'aux jeunes filles », s'était-elle dit avant de consigner la généreuse et pénétrante pensée paternelle dans son petit journal, afin surtout de ne jamais l'oublier, ô grand jamais.

Avant de s'endormir, Joëlle lut quelques pages de Virginia W., mais ne parvint pas néanmoins à trouver le sommeil. Elle avait besoin d'une belle et longue nuit. Mais c'était un luxe qui lui était décidément inaccessible. Par avance, elle savait que les cauchemars l'attendaient dans ce puits sans fond. Et elle en émergerait, de ces eaux noires, comme d'habitude, prise de suffocation, le cœur battant la chamade. Elle irait se mouiller le visage, changer son T-shirt empoissé de sueur.

Joe resta longtemps à réfléchir, adossée contre le mur, les jambes repliées sous elle. Sa mère vint la visiter à cette heure âpre de la nuit. Elle la trouva indifférente, le visage brouillé par des rires inutiles.

Pourquoi ai-je choisi Périgueux, plutôt que Béthune ? Mon père plutôt que ma mère ? Ai-je cru peut-être, espéré sans doute, que mon père serait plus charitable ? À l'écoute de ma détresse ? (Elle éclata de rire.) *Mais je sais pourquoi je n'ai pas choisi ma mère… À cause de Paulin Amond, ce beau-père qui m'a tourmentée. Qu'a-t-il cru, l'ignoble, en voyant pointer mes petits seins sous le corsage ? Que je m'abandonnerais à lui ? Mais maman a fait semblant de ne pas comprendre, de ne rien voir. Ses mots sales. Ses gestes obscènes. Et ses manières obsessionnelles. De quoi nous faire regretter à vie d'être née fille. Je me disais, si c'est cela les hommes, alors je me ferai nonne.*

Elle se releva pour boire un verre de chardonnay. Pourtant, ce n'était point par plaisir. Ça lui donnait des aigreurs. Mais les aigreurs, parfois, elles se manifestaient d'elles-mêmes, sans qu'on y mît la main. L'angoisse, la peur, les griffures du silence, et surtout, l'indifférence, l'étrange indifférence qui vaut soumission. C'était tout ce qu'elle avait connu de sa mère.

Certes, elle n'a jamais été violente, maman, ni attentive, ni rien, indifférente à tout, comme si en dehors de sa petite personne, rien ne revêtait la moindre importance. Au contraire, tout se rapporte à sa suffisance. Une plainte ? Il s'agit d'elle encore. Le moindre inconvénient du quotidien prend des proportions démesurées. Et le reste, alentour, ne paraît pas l'intéresser. Les rires, les larmes, les cris, les appels au secours, rien ne saurait la sortir de sa léthargie, la faire glisser de sa hauteur où elle se tient comme une déesse. Mais pourquoi, alors, m'as-tu mise au monde ? Tu n'étais pas prête à avoir un enfant. Le seras-tu un jour ? Jamais, je crois. C'est un terrible malentendu dont j'ai fait les frais. Au moins aurait-il été sage de te faire avorter…

*

— Va donc t'acheter un téléphone chez Orange, qu'on puisse t'envoyer des SMS. À voir ton étonnement, tu te demandes si ça existe, des téléphones intelligents qui gèrent notre répertoire, qui trient les bons et les mauvais, je veux dire les « indésirables ». C'est comme une porte qui se referme sur quelqu'un qu'on n'a pas envie de fréquenter. Ça arrive à tout le monde. Mais toi, Joe, je te veux. Tu peux me joindre jour et nuit, même pour presque rien, des bêtises qu'on a envie de se dire sur l'instant. Autrefois, on s'écrivait. Après mûre réflexion. Autant dire qu'on ne s'écrivait que des banalités mûrement réfléchies. Alors qu'aujourd'hui, hop, un doigt sur la touche et c'est parti. Parti avant qu'on ait eu le temps de réfléchir. Ça crée des rapports nouveaux entre les gens. Ça tue aussi des amitiés, et parfois ça en renforce d'autres, inattendues celles-ci. Voilà. Je t'en prie, Joe, entre dans le club des connectés.

Malgré la fraîcheur de l'air, les deux filles s'étaient assises au bord du trottoir devant des cappuccinos. Joëlle était avare de paroles. Son histoire tenait en peu de mots. Elle n'en était ni fière ni honteuse. Quitter l'université pour devenir femme de ménage, ce n'était pas une promotion. Mais ça ressemblait à l'époque. On gaspillait les élites. On piétinait les principes. On déclassait les jeunes. Même en envoyant cent, deux cents curriculum vitæ, les portes restaient fermées, barricadées. Trop jeune. Inexpérimentée. Diplômes inutiles. À la vérité, Joëlle n'avait pas envie de vider son fiel, de déverser sa colère.

À côté d'elle sur un siège instable, Florence faisait défiler des images sur son iPhone, avec une attention soutenue. Elle paraissait jouer de cette débauche d'infos déversées comme un torrent et signalées par des pastilles, bannières, sons, puis les rappels incessants du jour : yoga treize heures, rdv Julien vingt heures, téléph. Anna…

— Tu as quelqu'un en ce moment ? demanda la jeune fille coiffée d'une casquette de marin d'où s'échappaient des mèches blondes désordonnées.

— Non, dit Joe en baissant le regard.

— Tu cherches ?

— Je ne veux pas m'enquiquiner la vie. Pour l'instant, ça ne me manque pas. J'ai laissé Primo derrière moi à Bordeaux. Lâchement. Je suis partie comme une voleuse sans rien dire. Après tout, il n'y avait rien entre nous.

— Tu veux dire ? insista Florence.

— C'était la routine. Le genre de type sympa, certes, mais avec qui on ne passera pas sa vie.

Elle se mit à rire et ajouta :

— D'ailleurs je n'ai pas ce genre d'ambition. Le spectacle de ma mère et de mon père m'inciterait à penser que la vie de couple n'est pas faite pour moi. Même sans contrat.

— Moi, dit Florence, j'ai Julien. Il est mignon. Il se débrouille bien pour son âge.

— Tu veux dire au lit ?

— Oui, fit-elle en rougissant.

— Et c'est pour ça seulement que tu le gardes ?

Florence recommanda deux cappuccinos avec plus de crème. Elle avoua qu'elle était gourmande, qu'elle allait souvent dans un salon de thé pour dévorer des glaces. Mais qu'importe, puisqu'elle ne prenait pas de kilos, là, sur les hanches.

— Mais toi ? Ma jolie Joe, tu as perdu… Tu as perdu, n'est-ce pas ?

Nous n'avons rien à nous dire, pensa celle-ci en regardant Florence. Je suis partie trois ans, quatre peut-être, et on se retrouve pour ne rien se dire, que des banalités. Elle envisagea alors de s'en aller, ainsi, sans un mot de plus. Mais elle hésita. Il lui faudrait tout de même conserver quelques amies. Ne pas rester tout le temps seule. À ne rien attendre du temps qui passe.

— Ce soir, vers dix heures, je vais au *Sulky*, rue Éguillerie. Tu peux m'y rejoindre, si tu veux. Je serai avec Julien et deux de ses copains.

Joe parut réfléchir. Elle fut longue à prendre une décision, jusqu'à ce qu'elle comprît qu'elle pourrait répondre n'importe quoi, oui ou non, ça ne changerait rien. Mais elle hocha la tête finalement. Florence parut apprécier sa réaction.

— Ça me fait plaisir. Oui, insista-t-elle, tu me fais plaisir. Je te sens triste et fatiguée, lasse plutôt.

— Qu'est-ce, le *Sulky* ?

— On boit, on fume, on danse. C'est tout. De la musique qui bouge. Techno. Remix. Versus electro ou mashup. On se marre bien. Le DJ est fou à lier. Il dégote des choses qui détonnent. Tu verras.

Puis chacune paya sa tournée. Joe en profita pour dire qu'elle était sans argent, pour l'instant. Et que les boîtes, ça lui faisait peur. Florence haussa les épaules.

— On fera payer les mecs. Faut bien qu'ils nous rincent un peu s'ils veulent profiter de nous.

— J'aime pas trop, se défendit Joe.

— Les copains de Julien sont pleins aux as. Surtout Arnold.

Joe lui demanda qui était Arnold. Florence la regarda, soudain, avec un éclair dans le regard.

— Il te plairait peut-être ? C'est un artiste. Un peintre. Mais moderne. Avec des couleurs partout, des feux d'artifice de couleurs. Des paysages aussi, mais sans en être, de la peinture moitié figurative, moitié abstraite. Et du *digital painting*. Il peint sur ordinateur. C'est avec ça qu'il gagne un peu d'argent. Son réseau est *online*, comme il dit.

Joe l'écoutait distraitement.

— Pourquoi il reste ici, à Périgueux ? Y a rien à faire à Périgueux. C'est la bouffe, les belles pierres, les résidences anglaises. Beaucoup de vieux. Des retraités surtout. Quelques vieilles dames qui s'ennuient en promenant leurs chiens. Elles leur parlent comme à des gosses. C'est pathétique.

— Et toi, Joe ? Pourquoi es-tu revenue à Périgueux ?

— Je ne savais pas où aller. Je croyais que mon père m'accueillerait à bras ouverts. Mais non. J'ai trouvé un job qui me rapporte 1 400 euros par mois. Si j'étais prof, par exemple, je gagnerais à peine plus. À la condition que je passe le concours. Mais là, bernique. Je ne veux pas passer le concours. Je déteste ce milieu de petits-bourgeois qui pleure sans cesse sur son sort. D'autant que je débuterais dans un collège pourri de la banlieue parisienne. Je n'ai pas l'esprit à me sacrifier pour des gamins qui détestent l'école.

Au moment de se séparer, Florence lui avoua qu'elle était vendeuse dans un magasin de nippes. Elle aussi avait quitté la fac de droit au bout de la deuxième année.

— J'ai commencé par distribuer des flyers pour ma patronne de *Miss Fashion*. C'est le nom du magasin, *Miss Fashion* ! s'exclama-t-elle. C'est nul, mais ça marche bien avec la clientèle friquée de la ville. On propose des marques réputées : Caroll, Gucci, Zara,

Burberry… Et même des soutifs classe comme ceux de Victoria's Secret.

Si Joe n'osait l'interroger sur sa situation actuelle, elle l'écouta néanmoins attentivement, et se dit, au bout du compte, que malgré ses grands airs, Florence n'était pas mieux lotie qu'elle.

Au dernier moment, Joe renonça à son invitation. Piétinant devant son miroir, elle dut se rendre à l'évidence qu'elle n'avait rien à se mettre de potable, nulle toilette un tant soit peu excitante, digne d'une soirée au *Sulky*. Un jean moulant à la rigueur, usé et déchiré aux genoux… C'était la mode, le néo-grunge, mais ses deux T-shirts qui composaient sa garde-robe étaient si délavés et trash qu'elle se promit de les remplacer au plus vite : un noir avec le col en V et un bleu et blanc genre marinière.

Depuis que sa patronne lui avait accordé une avance, elle s'arrêtait enfin devant les vitrines pour repérer ce qui se portait en ce moment. Ainsi reprenait-elle courage. Cela l'étonnait, cette fixette sur l'argent et le paraître, et cette complicité subtile entre les deux, le fric et le look. Elle avait tant méprisé ces préoccupations matérialistes, tout au début de ses études, où elle se contentait d'user ses fringues démodées sur les bancs de la fac. Et lorsque les filles se moquaient d'elle, la chambraient perfidement, elle répondait par le mépris. Est-ce si important, notre apparence ? N'est-ce pas ce qu'on a dans la tête qui importe ?

Pourtant, ce soir-là, Joe ne put s'empêcher de passer devant le *Sulky*, à une heure où Florence ne l'attendrait pas. La façade était composée d'une verrière multicolore, derrière laquelle s'agitait une foule des grands soirs, entassée, compressée, excitée, sur un rythme de disco funk. Elle resta sur le trottoir d'en face, un long moment, envahie par un sentiment de tristesse.

À partir de quand a-t-on bousillé mon adolescence ? Elle se mit à réfléchir sur ce qu'il lui faudrait faire pour se débarrasser de ses angoisses. Et mentalement, elle établit une liste de résolutions. Ne plus voir mes parents ? Ne jamais répondre aux lettres, aux rendez-vous, ne jamais faire le moindre pas vers eux. Sinon, retomber dans l'ornière. Car la gifle d'Alberte, la dernière gifle, l'avait convaincue qu'il n'y aurait plus ni pardon ni soumission. Une fuite sans retour. Même le père, se promit-elle, mon pauvre idiot de père, si pitoyable, il me faudra l'enterrer vivant.

Et dès son retour à l'appartement, elle se promit de détruire les dernières traces que sa famille lui avait laissées : lettres, cartes postales, photos…

Sur le balcon, elle alluma une bougie parfumée, attendit que la flamme se fortifie, pour réduire méticuleusement son passé en cendres. Puis elle se mit à taper dans ses mains comme une enfant devant son arbre de Noël. Et soudain, Joe se sentit libérée d'un poids énorme. À vrai dire, non point par le geste lui-même, la purification par le feu, mais par cette brutale décision qui l'avait détachée en quelques minutes de son passé. Il lui semblait que tous ses souvenirs seraient relégués aux oubliettes, jetés dans les profondeurs souterraines de sa mémoire. Et rien ne saurait jamais lui donner la force de soulever le couvercle, d'ouvrir la boîte de Pandore. Le passé nous tue lorsqu'on le conserve suspendu à nos basques, se disait-elle en feuilletant le *Journal* de Virginia W. C'était un voisinage, un apparentement salvateur. Car Virginia W., elle aussi, avait lutté contre ses démons. Sans relâche.

7

Sans même que les intéressés fussent conviés à l'entretien, Romuald Dufournelle et Aristide Chanoinet mirent sur pied le programme des futures épousailles. Une rencontre en terrain neutre par prudence. Les vieux crocodiles ne s'éloignent jamais de leur marigot favori. Et ces deux-là n'avaient plus rien à apprendre de la vie, les embûches, les vicissitudes, et enfin que rien ne se bâtit sans quelques sacrifices. Et parfois lorsque les états d'âme se dressent en paravent, il faut quelques secrètes martingales pour éteindre le feu qui couve sous la cendre.

— S'aiment-ils, nos enfants, ou ne s'aiment-ils pas ? demanda Aristide, le front luisant, le cheveu rare gominé à l'excès pour cacher la calvitie.

— On en apprendrait plus en consultant l'oracle de Delphes, répondit Xavière Chanoinet, installée à l'écart dans un fauteuil crapaud d'un rose flashy.

Le petit homme se leva, passa une main aux doigts fins et courts sur son visage pour chasser quelques sombres présages. Puis il fit le tour du salon des Apostilles. Terrain neutre. C'était là, au cercle de la place Mauvard, que les deux familles avaient convenu de se voir. Pas de témoins, pas d'intrus, ni d'indiscrets. Il s'approcha de son épouse, la frôla d'un geste. Elle se tourna vers son mari, le regard interrogatif.

— Quoi ? On ne peut plus rire ? C'est un triste, mon mari, fit-elle en se tournant vers Romuald. Un bilieux. Un coupeur de cheveux en quatre.

Dufournelle resta de marbre. Il craignait cette belle dame de Périgueux, dont on disait qu'elle faisait la pluie et le beau temps jusque dans les salons de l'hôtel de ville. Une femme de tête. Elle avait appris le grec et le latin, les avait enseignés aussi, un temps assez bref, jusqu'à son mariage. Puis elle avait abandonné les servitudes pour se consacrer à ses loisirs préférés, le golf et le tennis. À quoi bon gagner de l'argent lorsqu'on n'en a nul besoin ?

— Ce n'est pas le genre de notre Élise, les émois sentimentaux. En aurait-elle, qu'avec une délicieuse énergie elle nous les cacherait. C'est pourquoi nous trépignons d'impatience de la voir mariée.

— Allons, Xavière ! Tu exagères. Élise fera une bonne épouse. Notre fille est charmante, tout de même, bien qu'elle ne fasse pas débauche de toilettes. Est-ce un défaut, du reste ? On n'est pas obligé tout de même de singer tous les travers de notre époque.

Mme Chanoinet passa l'ongle de son pouce sur ses lèvres, puis s'attarda à observer M. Dufournelle. Elle ne savait pas comment le prendre, cet homme. S'il était par trop sérieux dans la vie ou cynique à ses heures. Ses amies du golf lui en avaient fait un portrait contrasté. Un homme sans instruction, peu habile au maniement des mots, mais efficace dans les affaires, roué et pugnace. Pour le reste, hors de son entreprise, il paraissait s'ennuyer. Car il n'avait aucun centre d'intérêt, ni la musique, ni la littérature. Peut-être les femmes... La sienne était bien jeune et paraissait peu heureuse. C'était tout ce qu'on en disait. À cette seconde, elle songea qu'Élise se plairait en sa compagnie dans la grande demeure de La Barbecane. D'évidence, une fois l'affaire conclue, son Geoffroy la délaisserait et il lui faudrait trouver quelques compensations. Une petite amitié familiale, de celles qui donnent l'illusion d'exister, en allant de boutique en boutique, en papillonnant dans les salons de thé, en organisant des virées à Bordeaux ou Paris.

— Non, ils ne s'aiment pas. Mais qu'importe, dit Xavière. Un mariage n'a rien à voir avec l'amour. Peut-être notre Élise trouvera-t-elle quelqu'un à aimer, en cachette. Cela pourrait mettre un peu de piment dans sa vie. Mais sans jouer les devineresses, je crois que cette aventure ne lui tombera dessus que tardivement dans sa vie. Lorsque son mari lui aura montré, comme je l'espère, tous les avantages qu'une femme peut obtenir des hommes, de la faiblesse des hommes, de l'inconstance des hommes, répéta-t-elle à loisir.

M. Dufournelle paraissait égaré par les propos de Xavière. C'était une gymnastique mentale qui lui passait largement au-dessus de la tête.

— Tu gloses, ma chère, persifla Aristide. Il est entendu une bonne fois pour toutes que ce ne sera pas un mariage d'amour. Voici une évidence pour nous trois. Nous trois ?

M. Chanoinet releva la tête, son regard myope parcourant l'espace du salon.

— Comment puis-je être si distrait ? dit-il. Il manque une personne ici ! La mère de Geoffroy. Elle est concernée au premier chef, non ? fit-il en se tournant vers Dufournelle.

Xavière attendit la réaction de Romuald d'un air désespéré. Puis devant son silence, elle vola à son secours.

— Tu sais bien que notre ami Dufournelle est remarié avec Alice. Certes, j'ai bien connu votre première épouse, ajouta-t-elle en posant ses grands yeux gris sur Romuald. Gisèle Lacordais, enfin, redevenue Lacordais… N'est-ce pas ? Je ne sache pas qu'elle soit remariée, la mère de Geoffroy ?

— Non, en effet, confirma Dufournelle. Mais bien entendu, nous l'inviterons au mariage. Comment avez-vous pu croire, chère Xavière, que…

— Il eût été souhaitable qu'elle fût présente à cette réunion de famille, insista Aristide.

— Je regrette en effet. Mais s'il est un responsable de cette défaillance, c'est moi, moi évidemment. À vrai dire, j'ai peu de contacts avec Gisèle. Nous sommes restés en froid.

Xavière alla au bar se servir elle-même un remontant. Elle buvait de l'amaretto matin, midi et soir, parfois avec du champagne, ou du citron vert pressé et de la glace pilée. C'était sa manière de voyager : Venise, Florence, Trieste, Naples…

— Mon mari est un homme de principes, dit Xavière. Il craint le qu'en-dira-t-on. Moi, non. Je m'en fiche.

Les deux hommes se consultèrent à voix basse. Et Dufournelle assura que son ex-épouse serait informée de cette rencontre et qu'elle choisirait elle-même la manière d'appréhender l'événement. Mais Xavière resta indifférente devant tant de sagesse.

— Maintenant, repartit Aristide, il nous faut décider de la date. Au printemps, par exemple ? Ce serait parfait. Au joli mois de mai ?

Dufournelle hocha la tête, et proposa le samedi 14. Xavière visita machinalement son calendrier de rendez-vous. Elle confirma d'un hochement de tête. Et son mari aussi fut d'accord. Il était toujours en phase avec son épouse. Il ne faisait rien sans elle, sans son assentiment. C'était peut-être ce détail qui lui faisait prendre la vie conjugale en horreur.

— Nous louerons le château de Mémise, proposa Dufournelle. Ce sera un bel endroit pour un si beau mariage, ajouta-t-il.

— Un peu kitsch, mais passons, admit Xavière.

— Penses-tu à un autre endroit ? interrogea Aristide.

— Non, dit-elle. Je n'ai pas un avis arrêté sur la question.

— Tu t'en moques, au fond ? ajouta M. Chanoinet.

Elle ne répondit pas. Elle se sentait absente, lasse et épuisée par tant de complications. Cent invités pour le lunch. Vingt chambres à disposition des proches familles. Puis le choix des traiteurs avec maints menus sur deux journées au moins, sans compter une armada de serveurs, un orchestre pour mettre de l'ambiance, puis les décorateurs, et le reste.

— Je ne me vois pas diriger cette entreprise toute seule, dit-elle en baissant la tête.

Puis elle alla de nouveau se servir un amaretto.

— Il n'y a pas de champagne ? Vous ne boiriez pas un peu de Mumm ? suggéra-t-elle à Dufournelle. Je n'en propose pas à mon mari. Il n'aime pas boire. C'est un homme soucieux de sa ligne, attentif à sa santé, et plutôt végétarien.

Elle se mit à rire. Aristide rougit de honte. Xavière aimait ainsi le mettre en difficulté. Elle réglait par de savantes piques assassines de vieilles querelles de couple. Le principal reproche, c'était bien qu'il l'eût obligée, jadis, à renoncer à un poste de directrice d'établissement au lycée Montaigne. Il lui eût fallu s'établir à Bordeaux et ne reparaître que les week-ends. M. Chanoinet avait craint alors que son épouse, si séduisante, ne connût quelque amant et ne s'éloignât de lui.

— Allons ! fit-elle. On peut tout se dire. Maintenant que Romuald va faire partie de la famille.

M. Dufournelle se mit à arpenter le salon à pas lents, ses mains courant sur les meubles Louis XV. C'était un lieu où il se sentait à l'aise, où il avait connu bien des bonheurs jadis avec Delphine, sa secrétaire confidente. C'était à cause d'elle qu'il s'était séparé de Gisèle. Mais il avait eu la mauvaise idée de lui offrir une BMW. Elle s'était tuée avec ce puissant roadster à l'entrée de Bergerac. Tout s'était effondré dans sa vie avec en prime les remords, les crises de l'âge, le sentiment que jamais plus il ne rencontrerait une femme comme elle, si aimante et passionnée. Elle l'avait aidé à construire son affaire, lui avait insufflé le courage d'entreprendre, et bien plus encore l'audace, sans laquelle tout est voué à la perdition.

— Nous pourrions confier l'organisation du mariage à une agence de *wedding planner*, par exemple. Vous connaissez ?

— Non, admit Aristide. Mais…

— Voici une belle idée. J'applaudis des deux mains. Mon Dieu, s'écria Xavière, n'avoir plus qu'à mettre les pieds sous la table. Parfait. Et même plus, je propose davantage encore, insista-t-elle. Que cette officine s'occupe d'habiller les mariés, et même de nous habiller aussi. Surtout, n'avoir rien à accomplir. Et ne point réfléchir à ce qu'il convient de faire et de ne pas faire. Pour un si beau mariage…

Xavière fit sauter le bouchon de champagne elle-même en faisant signe à la serveuse de se retirer. Elle emplit deux coupes et en tendit une à Dufournelle. Il n'avait pas le cœur à trinquer. Il se demandait comment agir avec Gisèle et si elle consentirait à venir à la cérémonie de son fils, accompagnée ou non. Tant d'interrogations lui faisaient envisager ce 14 mai 2016 en noir.

*

À peine la porte de La Barbecane franchie, Romuald s'enferma dans son bureau, un verre de whisky à la main. Au préalable, il avait ordonné à la gouvernante de lui envoyer sa femme. Louisette flaira de l'eau dans le gaz. Et la machine à fantasmes se mit à mouliner dans le vide. Tant d'interprétations et de supputations se mirent à courir la maison, entre la cuisinière, le chauffeur, le factotum… Seule Mlle Coline paraissait loin de ce psychodrame avéré ou supposé.

— Qu'a-t-elle fait, Mme Alice, pour se faire convoquer de la sorte ? insista Marraine. Il n'est pas d'usage que Monsieur agisse avec autant d'empressement. Prions pour que nous ne soyons pas, nous aussi, mises sur le gril. Je n'ai rien vu, rien entendu. Rien, rien de rien…, fulminait-elle en s'agitant dans toutes les directions.

— Ça ne nous concerne pas, voyons ! dit Louisette en boutonnant son corsage blanc jusqu'au cou, faisant au passage disparaître le collier d'argent auquel était suspendue une croix huguenote. C'est leur affaire.

Et puis, se raisonna-t-elle, rien ne prouve que le torchon brûle. C'est sa manière bien à lui d'agir. Parfois, mais rarement, j'en conviens, M. Romuald se comporte chez lui comme à son usine. Il se croit encore au milieu de ses cadres. Voilà la raison. Faisons le gros dos.

Alice était dans la serre en train de feuilleter un *Vogue*. Elle cochait les pages là où une toilette l'intéressait, en marmonnant : « À voir, à voir ! » Puis son intérêt se porta longuement sur une chemise à lavallière en voile de coton. Les manches bouffantes lui parurent extrêmement osées, peut-être un brin inconfortables lorsqu'elles viendraient à retomber incessamment sur les poignets. Quant au jean noir denim, il lui parut mal assorti au reste. Néanmoins, elle arracha la page, la plia soigneusement et la glissa dans sa poche. Je demanderai son avis à Joe, se dit-elle. Puis un sentiment de tristesse la gagna aussitôt. Ça l'affolait parfois de devoir consulter cette petite bonniche. Pourquoi ai-je besoin d'un conseil ? Ce qui m'humilie parfois, tout de même, alors que je devrais décider par moi-même, sans aide aucune. Elle caressa du bout des doigts une fleur d'orchidée. Elle y logea l'index jusqu'au pistil, puis d'un coup d'ongle écorcha rageusement un sépale. Ce saccage lui était coutumier, tant elle avait pris en horreur ces affreuses plantes, tels des reptiles dans leur moiteur tropicale.

— Comment cela, Monsieur veut me voir ? Pourquoi ne vient-il pas ici ? s'étonna Alice en jetant sur la pile le magazine de mode.

— Je ne sais pas, Madame.

Alice poussa du pied l'arrosoir dont le contenu servait à engraisser les orchis.

— Enlevez-moi ça ! ordonna-t-elle. Tout traîne ici. À croire que nous nageons dans un désordre permanent.

Elle traversa le couloir d'un pas chancelant dans ses mocassins à demi enfilés. Après deux martinis, elle se sentait un peu pompette. Alors que je devrais boire avec élégance, se reprocha-t-elle. C'est-à-dire sans que cela se voie. Tout en discrétion.

— Alors mon bon mari, quelle mouche vous a piqué ? fit-elle en poussant énergiquement la porte du bureau.

Dufournelle était adossé à sa bibliothèque, le coude en appui près des statuettes de geishas japonaises. C'était un cadeau du peintre Imaï en remerciement d'une exposition que Romuald avait sponsorisée à Bordeaux, quinze ans plus tôt.

— Vous avez bu, mon ami ?

— À quoi voyez-vous ça, Alice ?

— À la rougeur de votre teint. Et à cette manière bien particulière de dodeliner de la tête. Comme si vous essayiez de remettre en ordre l'univers autour de vous. Tout se dérobe, n'est-ce pas ?

— Oui, confessa-t-il. À cause de ce mariage. J'appréhende ce moment. C'est un calvaire pour moi. J'ai tant à faire par ailleurs. Et voici que cette affaire va m'occuper des mois durant bien inutilement, alors qu'une cérémonie simple serait la bienvenue.

Alice le contemplait en souriant à moitié, sans pitié ni compassion. Elle paraissait même se délecter de la situation. Présentement, tout ce qui pouvait entraver la bonne marche de la maison Dufournelle la ravissait, comme si ce désordre la dédommageait de son ennui.

— On veut les marier alors qu'ils ne s'aiment pas. Tel est le constat fait d'un commun accord entre nos deux familles.

— Et alors, s'esclaffa Alice, nous nous sommes bien mariés, nous aussi, alors que nous ne nous aimions pas.

— Ce n'est pas de nous qu'il s'agit.

— Nous donnons l'exemple, Romuald. Votre fils a appris de cette leçon familiale qu'il lui faudrait un jour vous imiter. Il suit votre exemple : on ne se marie pas par amour.

Alice se balançait d'un pied sur l'autre avec des fourmis dans les jambes. Elle se sentait à la fois si vivante et inutile, qu'elle laissait sourdre sa méchanceté naturelle contre ce mari, solide comme un roc.

— Votre Geoffroy, reprit-elle, je l'ai vu se dresser contre moi, dès mon entrée dans la maison. Et vous êtes resté indifférent. Vous vous disiez alors : Qu'ils se débrouillent, ces deux-là. Sauf Huguet qui a montré quelque dignité à mon endroit, cachant si élégamment sa déconvenue.

M. Dufournelle faisait sa moue des mauvais jours.

— Oui, oui, insista Alice, auriez-vous oublié ces épisodes de notre vie ? Moi non.

Elle se frappait la poitrine en cadence. Elle voulait qu'on la plaigne enfin, qu'on lui reconnaisse le courage et la patience dont elle avait fait preuve durant ces années. Les plus belles années de sa vie, se disait-elle chaque fois qu'elle y songeait avec une pointe d'amertume.

Par la porte entrouverte du bureau, elle surprit la gouvernante l'oreille à la traîne. Elle lui fit signe de s'éloigner. Ça paraissait l'amuser, Alice, que les employées de maison fussent ainsi suspendues à leur conversation. Il arrivait parfois que les Dufournelle oublient leur présence, comme si ces témoins dociles étaient devenus sourds et aveugles.

— Enfin un mariage dans la maison Dufournelle. Un très beau mariage, dit-elle. On attend cela avec impatience.

— Dans six mois, le 14 mai.

— Six mois ! s'esclaffa Alice. Ne craignez-vous pas, mon cher, que votre fils se dédise entre-temps ?

Un frisson d'angoisse parcourut l'industriel. Voici un beau sujet de cauchemar, pensa-t-il. Avait-elle besoin de me mettre ça en tête ?

— Le mieux serait de passer devant le maire au plus vite, dit Romuald. Sans cérémonie. Juste deux témoins. Comme le font les petites gens sans le sou. Et ensuite, nous aurions tout le temps de nous atteler à la cérémonie religieuse, les banquets et le tralala. Mais ce serait compter sans les Chanoinet. Aristide surtout. Ils veulent que tout soit fait dans les règles, à l'ancienne, avec faste.

— Comment cela ? s'étonna soudain Alice. Vous vous êtes concertés ?

— Oui, cette après-midi même, au cercle. Une petite réunion discrète, lâcha-t-il d'un ton faussement naturel pour atténuer la crise qu'il sentait poindre dans l'agitation de sa femme.

Et Alice se mit à applaudir.

— Bravo. Bravissimo. De mieux en mieux.

— Quoi donc encore ?

— Il n'y a rien qui vous choque ?

Elle s'approcha pour le tirer par la manche. Mais Dufournelle résistait, appuyé de tout son poids contre les rayonnages. Les petites geishas tombèrent une à une sur le tapis.

— Vous ne m'avez pas conviée à cette rencontre… Vous vous rendez compte de ce que vous faites dans mon dos ?

— C'est vrai. Mais Gisèle non plus.

— Je me fiche de Gisèle. Je suis votre épouse. J'ai mon mot à dire. Que craignez-vous de moi ? Que je gaffe ? Que je ne sois pas assez présentable pour Xavière ? Qu'elle se dise : Mon Dieu ce qu'elle est stupide, la seconde épouse de Romuald, mais au moins il ne s'ennuie pas au lit ?

— Taisez-vous donc. Peut-être est-ce un manque de tact de ma part. Mais votre présence, Alice, n'était pas indispensable. Comme celle de Xavière, du reste, qui n'a cessé d'ironiser sur ce mariage, avec de pénibles sous-entendus.

— Quelle sorte d'allusions ?

— Sur les futurs mariés. Par exemple, Élise aurait été incapable de se trouver un mari si on ne lui avait mis Geoffroy dans les pattes. Quant à mon fils, c'est assez facile à comprendre, avec la réputation qu'il se traîne.

— Élise ? Croyez-vous cela d'Élise ? Mon pauvre Romuald, ce serait bien mal comprendre les femmes, la psychologie féminine. Il faut se méfier des apparences. Peut-être que le mariage, bien au contraire, lui donnera des idées. Et ce serait assez moral, tout compte fait, que la future Élise Dufournelle collectionne les adultères.

— Et vous, Alice, m'avez-vous trompé ?

— C'est bien la première fois que vous vous préoccupez de ma fidélité. Je vais y réfléchir sérieusement, puisque vous me traitez comme une étrangère. Je suis consignée aux petites besognes. Écartée des grandes décisions. Merci. Grand merci.

Elle se remit à frapper dans ses mains, jusqu'à ce qu'il en ressente une vive contrariété.

— Assez. Assez.

— Je ne vous crains pas, mon cher mari. La vérité s'impose sur ce que nous sommes devenus, tous deux, après ces longues années de vie conjugale. Que suis-je pour vous ? Non point une épouse puisque la porte de votre chambre m'est interdite. Une plaisante compagnie dans les soirées de gala ? Une belle créature pour agrémenter votre apparence de grand séducteur ? Cela suffirait-il à établir une réputation ? Vous me montrez, vous m'exhibez dans de belles robes, et vous surveillez au passage le regard des hommes posé sur nous deux. Ça vous flatte de saisir la pensée de ces observateurs. Le vieux Dufournelle, il ne doit pas s'ennuyer avec cette jeune beauté à ses côtés, se disent-ils, n'est-ce pas, tandis que vous entrez dans leur jeu en bombant le torse, en vous haussant du col. Pitoyable ! jura-t-elle.

Puis Alice s'enfuit en claquant la porte, sans que Dufournelle eût le moindre geste pour la retenir. Il y avait trop de fierté en lui et d'orgueil cristallisé par maints camouflets.

*

Cette fois, la souffrance d'Alice était vive, si vive qu'elle ne pouvait l'exprimer à qui que ce fût. Elle n'osait se confier à ses amies du *Paris-Brest* qui croyaient que le couple Dufournelle était irréprochable, sans histoires. C'eût été montrer le vrai visage de la réalité, que le vieux mari qu'elle s'était choisi lui pourrissait l'existence. Et sans doute, Alice en eût ressenti une forte honte, de dévoiler ainsi un pan entier de son existence, en déchirant le masque des apparences. En dehors de Béatrice et d'Aurore, il n'était personne pour l'entendre. Et cette découverte la mit à nu, si violemment, qu'elle comprit enfin combien sa solitude était grande.

Les dernières conversations au *Paris-Brest* furent consacrées à des banalités. Aurore, la première, aborda le sujet du mariage de Geoffroy et Élise. Et sans commentaire, Alice révéla ce qu'elle savait, qu'on louerait le château de Mémise, qu'on confierait l'intendance à une entreprise privée spécialisée dans les mariages clés en main. Elle fut même contrainte de mentir pour sauver les apparences.

— Oui, dit-elle, j'ai discuté avec Xavière Chanoinet. Elle voit ça avec une froide distance. Il est curieux d'imaginer qu'elle ne porte pas sa fille en grande considération. Elle se demande même si Élise acceptera mon beau-fils dans le lit nuptial.

— Parfois, il faut un peu de temps, reconnut Béatrice.

Et d'un éclat de rire, Aurore supputa que le jeune mari, tel qu'on le connaissait et conformément à sa réputation, ne ferait preuve d'aucune patience.

Ainsi s'épuisa la conversation en platitudes et petits commérages. Mais à aucun moment ses deux voisines ne purent déceler la crise qui sévissait dans le couple Dufournelle. Alice retourna à La Barbecane, rompue et blessée. C'était la première fois qu'elle jouait et se jouait ainsi la comédie. Et pour ne point compromettre ses amitiés auxquelles elle tenait tant, elle décida désormais de ne plus se rendre au salon de thé ni au *Watson's Pub* où elles avaient l'habitude de sortir, parfois, au-delà de minuit. Ainsi s'éviterait-elle les mensonges, qui sont des labyrinthes infernaux dans lesquels on se perd, sans jamais trouver une issue honorable.

Pour donner force à son ressentiment, Alice se cloîtra des jours entiers dans sa chambre. Elle avait exigé de Louisette qu'on lui montât ses repas sur un plateau. Et afin que les rumeurs ne s'emballent pas dans la maison Dufournelle, elle avait justifié son isolement par des travaux intellectuels de la plus haute importance, lesquels exigeaient une retraite absolue.

« Quels travaux ? interrogeait Marraine. Je ne comprends pas. S'agirait-il d'un ouvrage mis en chantier ? Un essai, un roman, une pièce de théâtre ?... » M. Dufournelle interdisait que l'on posât des questions.

Mais chaque employé voyait bien que le couple ne se rencontrait jamais. Et même Geoffroy et Huguet n'avaient pas le droit de pénétrer dans son appartement, formé par une chambre, un petit salon, une salle de bains. Seule Joëlle Coline y avait accès pour effectuer le ménage. Du reste, on lui reprochait assez d'y consacrer trop d'heures.

Aussi, Marraine tentait de faire parler l'employée sur ce qui se passait réellement chez Alice. Joe restait évasive, sans doute comme on le lui avait recommandé expressément.

— Mais oui, elle travaille et se porte à merveille.

— Elle travaille sur quoi ?

— Je n'ai pas à le savoir, rétorquait Joëlle d'un sourire espiègle.

— En quoi consiste ce travail ? insistait Marraine.

— Je ne puis rien dire de plus. Elle dispose sur un petit bureau d'un ordinateur portable, d'une imprimante et d'une rame de papier. À partir de là, on peut tout imaginer.

À la vérité, Alice passait le plus clair de son temps à lire des ouvrages que Joëlle allait acheter à la librairie *La Mandragore*, rue Limogeanne. Parfois, elle s'installait à la fenêtre du petit salon donnant sur la rue Barbecane et contemplait la pluie ruisselant sur les vitres. Le mois de novembre était fort pluvieux et Alice s'en félicitait. Ce temps de chien lui convenait à merveille en ce qu'il justifiait ses absences au *Paris-Brest* par exemple. Mais des voix extérieures s'en venaient toujours à la même heure, du jour et de la nuit, pour s'inquiéter de son effacement. Elle répétait sans cesse sur son téléphone qu'elle n'était pas malade, mais qu'elle se sentait bien ainsi, recluse et solitaire.

Joëlle se montrait à la fois distante et attentive ; appliquée à ses besoins personnels : les livres, les DVD, les ouvrages musicaux qu'elle écoutait en boucle, des opéras surtout ; et détachée quand il s'agissait des états d'âme de sa patronne. L'employée avait compris que celle-ci était en crise, qu'elle envisageait d'engager, peut-être, une séparation, ou d'imposer entre elle et son mari, pour sauver les apparences, un statu quo exigeant.

Un jour, Joe demanda à Alice l'autorisation de lui poser une question sur les raisons de sa prostration. Celle-ci se montra fuyante. Il était scabreux de s'épancher ainsi en confidences avec une employée, fût-elle fort prudente à son endroit. Il lui était toujours apparu qu'une cloison étanche se devait d'exister entre les maîtres et les serviteurs, sinon on risquait la confusion des genres. Alice imaginait aisément comment des révélations intimes pourraient se retourner contre elle, et s'effrayait surtout de l'usage que son employée en ferait à la longue.

— Vous ne me connaissez pas et je ne vous connais pas, répondit-elle.

Mlle Coline baissa la tête et se recula ostensiblement. Cette réaction intrigua Alice. Sa réponse était d'une brutalité stupide. Elle tenta de réparer en lui faisant signe d'approcher, Joëlle s'effaça aussitôt.

Cette étrange scène la hanta la nuit durant. Elle dormait peu, et souvent avec un casque sur les oreilles. Parfois, elle se repassait en boucle *L'Avventura* d'Antonioni, mais seulement la première partie, celle qui se déroule sur une île de la mer Tyrrhénienne battue par les vents et la mer déchaînée. Cette musique de la nature hostile, tempête et aridité des mots, des cris, des silences, l'apaisait et l'emportait chaque fois dans un sommeil profond.

Le lendemain, lorsque Joe lui apporta son petit déjeuner, Alice la fit asseoir à côté d'elle sur le lit. Elle dut insister car l'employée jugeait, au vu de ce qu'elle connaissait de sa patronne, que c'était une demande déplacée.

— Que me voulez-vous ?

Alice lui répondit qu'elle avait besoin de parler, que sa solitude implorait quelques conseils. Joe s'y résigna, dans une pose un peu raide, bras collés au corps, jambes serrées, buste droit, visage tourné vers la porte de sortie de la chambre. La jeune fille se promettait qu'à la moindre réflexion désobligeante, comme celle de la veille (« Vous ne me connaissez pas et je ne vous connais pas »), elle partirait sur-le-champ.

— Avez-vous quelqu'un dans votre vie ? Belle et jolie comme vous êtes, précisa Alice.

Joe hésita à répondre.

— Non, dit-elle. Personne.

— Jamais ?

— À Bordeaux, j'avais un ami, Primo. Je l'ai quitté parce que nous n'avions rien à faire ensemble, et du reste, je n'avais plus rien à faire à Bordeaux. Peut-être ai-je voulu, après avoir abandonné la fac, abandonner aussi cette histoire d'amour. J'étais sans argent. On ne peut aimer sans argent. Sinon en étant sous la dépendance de l'autre. Et cet arrangement, si vous me pardonnez le mot, tue l'amour aussi vite qu'il se cristallise. Pour aimer, poursuivit-elle, on a besoin de s'estimer dans le regard de l'autre. Et si la pitié s'en mêle, tout fiche le camp d'un coup.

Des larmes apparurent, soudain, sur le visage d'Alice.

— Je me reconnais dans ce que vous dites, Joëlle. J'envisage de divorcer, mais je ne le peux pas, parce que je suis dépendante de la fortune de Dufournelle.

— L'aimez-vous ?

— Je crois que je ne l'ai jamais aimé.

— Pourquoi vous êtes-vous mariée avec lui, alors ?

— Pour son argent. Pour la sécurité qu'il m'apporterait. Je me disais que cette sécurité matérielle pourrait se combiner avec les sentiments.

— Vous cherchiez donc la réponse dans quelques romans : Stendhal, Maupassant, Flaubert ?

Il y eut un long silence. Alice réfrénait son émotivité car elle la jugeait ridicule devant Mlle Coline. Elle s'était mise sous sa dépendance, comme elle l'avait fait avec Romuald. Je ne puis vivre autrement, que soumise à des dieux ravageurs, se dit-elle, l'argent, l'amitié, l'amour. Et si je m'obstine ainsi à me confesser à Joëlle, je finirai aussi par me soumettre à elle. Tout n'est que perte, absence et reconquête dans la vie. Et ces compromis avec les sentiments nous aident à vivre mais nous écrasent aussi. Je désirerais tellement être forte, sans devoir m'appuyer sur qui que ce soit.

Alice se tenait la tête dans les mains, s'ébouriffait la chevelure.

— Vous ne comprenez pas, mademoiselle Coline, pourquoi je viens vous enquiquiner avec mes histoires. Je cherche conseil. Tellement seule, tellement seule, répéta-t-elle d'un ton plaintif. Et personne à qui me confier. À part vous. Mais vous, Joëlle, vous vous sentez obligée en vertu de votre job ici. Mais c'est sans doute trop vous demander.

— Pourquoi ne consulteriez-vous pas un psychothérapeute ? Vous pourriez parler de tous vos problèmes en toute sécurité. Ce sont des gens qui sont payés pour vous écouter. Et quelquefois, apporter quelques réponses aux questions que vous vous posez.

La suggestion de Joe souleva immédiatement la réprobation d'Alice ; étrange réaction, hypocrite et peu sincère en vérité, alors qu'elle consultait une fois par mois le professeur Labowitz dans le plus grand secret.

— Ah non, comment pourrais-je me mettre à nu ainsi devant une personne étrangère ? J'aurais une telle honte. Et puis les Dufournelle sont connus à Périgueux. Ces choses intimes fuiteraient en ville. Certains trouveraient même de quoi se repaître. Et peut-être clamer que l'épouse de Romuald est à moitié zinzin. Imaginez-vous ?

Joëlle Coline eut beau lui expliquer que les psys étaient tenus au secret, Alice refusa de la croire.

— Alors, allez consulter à Bordeaux ou à Paris, que sais-je ? Dans un lieu où les Dufournelle ne sont pas connus.

Mais Alice se défendit en prétendant que les Dufournelle étaient célèbres dans la France entière, à cause des foies gras, de Trésor du goût et des campagnes intensives de publicité.

L'employée se retira aussitôt, laissant sa maîtresse à ses doutes et ses hésitations. La gouvernante tenta d'en apprendre davantage, en vain. Et même M. Dufournelle ne rencontra guère plus de succès.

— Ma femme vous a parlé ?

— De quoi donc voudriez-vous qu'elle me parle ?

— De sa conduite. Ou plutôt des raisons de sa conduite. Je n'y comprends pas grand-chose. Je suis fort occupé en ce moment, et toutes ces susceptibilités me passent au-dessus de la tête.

Romuald se tenait devant Joëlle, au fond du couloir, face à elle. Le maître toisait de haut la servante qui baissait la tête. C'était un jeu qui l'excitait fort. À quoi servirait-elle donc, l'autorité, si l'on n'y trouvait pas quelques jouissances ? Il avança la main, se saisit de celle de Mlle Coline, se mit à la caresser sans qu'elle la retirât.

— Je le sais parfaitement.

— Que savez-vous, Monsieur ?

— Je sais qu'elle vous a fait des confidences. Je le vois distinctement à votre embarras.

— Ce qui m'embarrasse, Monsieur, c'est votre familiarité.

Dufournelle lui lâcha instantanément la main.

— Oh, pardon ! Je voulais simplement vous mettre en confiance pour obtenir quelques mots de vous.

— Peut-être, Monsieur, vous faudrait-il aller la voir et tenter une conversation ?

— C'est sage. Pour une petite femme, vous vous posez un peu là.

— Les femmes de ménage sont comme le commun des mortels, des êtres humains sensibles.

M. Dufournelle n'aimait pas qu'on lui fît des observations ou pis qu'on lui tînt tête. Mais il s'en accommoda d'une grimace, car il n'était pas en position de force dans cette affaire. C'était Alice qui avait engagé cette jeune femme et lui porter atteinte eût ajouté une pierre de plus dans son jardin.

— C'est à propos du mariage de mon fils Geoffroy. Mon épouse juge qu'elle a été anormalement écartée des prises de décision. Mais ce n'est pas sa mère, après tout. Je pensais que sa présence n'était pas nécessaire, et qu'elle s'ennuierait à cette réunion. Voilà, mademoiselle Coline, vous savez tout.

Sans autre réaction, Joe demanda l'autorisation de se retirer. Dufournelle lui répondit d'un geste vague de la main. Son regard néanmoins l'accompagna jusqu'au bout du couloir, puis il attendit que la porte se refermât derrière elle pour regagner son bureau. Il avait une décision difficile à prendre : comment recouvrer au plus vite l'affection de sa femme…

8

Les pluies de novembre avaient laissé place à un petit vent sec et froid, sous un ciel dégagé de tout nuage. Le bleu pâle donnait aux vieilles pierres de la cité un teint jaune cendré. Florence Gaubert et Joëlle Coline s'étaient donné rendez-vous sur le quai de l'Isle. Elles s'étaient retrouvées sur un des bancs bordant le haut mur, à l'abri du vent, dans cette portion tranquille des quais entre le pont Saint-Georges et celui des Barris.

Florence s'amusait à prendre en photo avec son téléphone les dômes écaillés gris cendre de la cathédrale. Elle le faisait chaque fois qu'elle traînait dans le secteur, à toutes les heures de la journée. C'était son côté artiste, ce souci de capter le glissement progressif de la lumière sur Saint-Front, comme Claude Monet l'avait fait sur la cathédrale de Rouen. Elle expliquait ces choses le plus sérieusement du monde, comme si le fait d'amasser des centaines de clichés pris ainsi sous le même angle pourrait se ranger un jour dans une expérience unique comme le furent les tableaux du peintre impressionniste.

Bras dessus, bras dessous, les deux amies longèrent la rivière, à l'extrême bord. Les eaux étaient hautes et débarrassées des rebuts charriés par les pluies passées. Le courant fort et puissant s'en venait éclabousser par endroits les pierres du quai, revêtues d'une mousse gris-vert. Seuls quelques embâcles s'étaient agglutinés contre les piles du pont, rappelant les jours violents d'octobre où l'Isle impétueuse avait saccagé quelques berges tranquilles.

— Julien va me rejoindre. Ça ne te dérange pas ? Il voudrait bien te connaître.

— Pourquoi veut-il me connaître ? s'étonna Joe.

— Je lui ai parlé de toi. Je lui ai dit que tu travaillais à La Barbecane. Ça l'a fait rire.

— Ce n'est pas plus ridicule qu'à *Miss Fashion*.

— Oui. Mais ce n'est pas pour ça qu'il a souri. C'est à cause des Dufournelle. Ce sont des gens qu'il n'aime pas. Il dit que tu as beaucoup de courage de travailler pour eux. Pour le vieux surtout et son fils, celui qui traîne dans toutes les boîtes de nuit, qui drague les minettes à la sortie des lycées, au volant de sa Porsche décapotable.

— Et l'autre, tu le connais ? Celui qui s'appelle Huguet. Une sorte d'artiste aussi. Ton copain a dû entendre parler de lui.

Mais Florence ne sut répondre.

— Il se balade avec une petite maigre, à moitié anorexique, les cheveux en bataille peints en violet.

— C'est une junkie ?

— Je ne sais pas. Elle s'appelle Thaïs. Mal dans sa peau. Comme sa belle-mère, du reste.

— Alice ? Tu parles bien d'Alice ? Celle qui navigue en Austin Cooper rouge ? Je la connais. Elle est venue quelquefois chez *Miss Fashion*. Désagréable au possible. Le genre à te faire tout déballer pour ne rien prendre. Des fois, une heure d'essayages. Et rien au bout. Pas même un pourboire.

Julien portait une tignasse exubérante, bouclée sous une casquette. Il avait le sourire aisé, et le geste caressant. Toutes les filles l'intéressaient, même celles qui paraissaient indifférentes à son charme. Aussi prit-il Joëlle par la taille, devant son amie, et il insista lourdement sur ses formes élancées et gracieuses qu'elle s'ingéniait à cacher. Florence s'amusait de ses manières. Elle avait l'habitude du jeu de la séduction en toutes circonstances. Pourtant, elle ne paraissait pas se douter qu'il courtisait Joëlle avec ses gros sabots. Au bout d'une dizaine de minutes de conversation futile, Joëlle sentit que le garçon n'allait pas tarder à lui glisser au creux de la main son numéro de téléphone. Elle prit quelque distance. Et sa réaction irrita fortement le jeune homme. Joe réalisa que le fiancé de Florence devait être désespéré chaque fois qu'une jolie fille le tenait à distance, tant il se jugeait irrésistible.

— Faudra venir me voir dans mon studio, 3, rue Condé, dernier étage sous les toits. Je bricole un peu de musique techno avec deux potes, synthé, clavier et Groovebox. C'est un début. Et bientôt, on montera un groupe pour faire des concerts dans des petites salles à Bordeaux, l'*Iboat*, le *BT59*, le *Black Room*.

— Rien que ça, fit Joe en regardant Julien d'un air moqueur. C'est pas un peu grand pour toi, tout ça ?

Florie parut le défendre comme une petite lionne, toutes griffes dehors. Forcément, Joëlle n'y connaissait rien en *tech house*. À la vérité, tous ces bricolages sonores, souvent indigestes et inaudibles, la laissaient indifférente. Et la petite Coline, toute nouvelle sur le pavé périgourdin, se fit discrète pour ne pas casser l'ambiance. Mais Florence s'accrocha ferme pour lui démontrer que Julien était un crack dans son genre, même dans le genre *house music*, si on lui confiait quelques boîtes à rythme de haute qualité.

Joe comprit à la réaction épidermique de son amie que celle-ci tenait surtout à conforter Julien François, et il en avait visiblement besoin pour justifier son surnom de musicos Julius Funky, avant d'affronter le public dans les salles techno à la mode.

Julien glissa à l'oreille de Joe :

— Tu viendras me voir quand Florie sera au travail.

Elle baissa la tête en souriant. Elle se dit : En voici un qui ne manque pas d'air.

Puis Arnold, le jeune peintre, arriva sur des rollers, en descendant les marches avec une incroyable dextérité. Il décrivit un grand cercle autour du petit groupe, puis vint s'arrimer à la rambarde. Grand, mince, svelte, cheveux au vent, il se mit à embrasser tout le monde, hésita un peu devant Joëlle. Mais elle l'invita à le faire. Ce n'était pas le moment de jouer les pimbêches. Déjà que Florie avait dû lui savonner la planche, lors de la soirée au *Sulky*. Elle ne lui pardonnait pas sa désertion.

— C'est toi, l'amie de Flo ? questionna-t-il. Je suis le petit peintre besogneux.

Joëlle Coline parut charmée par le personnage, mais seulement pour agacer Julien, et lui montrer qu'il n'était pas tout à fait son type de garçon.

Et Arnold Gobelin commença à lui parler de sa peinture, à décrire son atelier de la rue Coligny, non loin de la gare et du quartier du Toulon. Et sur ce sujet, le garçon était plutôt intarissable, d'autant plus prolixe qu'il tenait sous la main, enfin, une jeune fille attentive à ses travaux. À vrai dire, Joe faisait semblant de s'intéresser aux qualités des acryliques, à celles qui offraient des tons satinés et intenses, contre d'autres assez ternes. Sans désemparer, le jeune homme expliqua avec des gestes délicats ce qui fondait son travail : apprivoiser la lumière pour y faire, selon ses propres mots, « chanter les formes et illuminer les décors »...

— Car ça ne m'intéresse pas, mais pas du tout, les atmosphères ternes et sombres, les contre-jours et les noirs et les marrons qui étouffent les rêves. Mes sujets sont oniriques sous la peau ordinaire du quotidien. Oui, c'est un peu confus dans ma tête. Mais je sais ce que je veux faire. Et je suis plus à l'aise avec un pinceau.

Le jeune homme s'était enhardi à lui prendre la main, et comme elle ne l'avait point repoussé, ni montré de signes d'agacement, il se sentait conforté dans son jeu.

— Je voudrais que tu viennes voir ce que je peins. Pour l'instant, hélas, ça n'intéresse pas les galeries. J'ai une centaine de toiles au moins, et autant d'aquarelles. Ça repose dans les recoins de mon atelier, sous de la toile à sommier pour les protéger de la poussière.

Puis il se mit à énumérer ses thèmes, l'œil lointain, fixant le bord du ciel par-delà la rivière et le quartier

Daumesnil cerné par les derniers vestiges de campagne que l'urbanisation n'avait pas encore effacés : des paysages lunaires, des cités fantômes, des forêts tentaculaires et des ciels d'enfer…

— Et jamais de personnages ? s'émut Joëlle.

— Mon univers est hostile à l'humain. Pourquoi ? Je ne saurais dire. Comme si l'on était parvenu à une période de notre évolution où la nature exubérante se serait débarrassée de l'homme.

Elle hocha la tête, lui assura qu'elle avait saisi ce qu'il désirait peindre. Et que sur certains points, elle approuvait sa démarche. Arnold se mit à battre des mains, comme un enfant. Puis il lui glissa à l'oreille :

— Julius, lui, n'a rien compris. Et Flo est sous son influence.

Ils se mirent à rire. Puis Joe lui promit de passer à son atelier de la rue Coligny. Arnold lui affirma qu'elle trouverait aisément : un cabanon attenant à une vieille demeure assez délabrée, au fond d'une allée d'hortensias.

Florence se rapprocha, bien que Julien la cramponnât ferme à la taille.

— Il en parle bien de sa peinture, n'est-ce pas, mon copain Arnold ? dit-elle en distribuant ses cigarettes, y compris à Victor Lalo qui venait juste d'arriver.

C'était un gros garçon jovial, à la tête rasée, et avec des tatouages répandus sur tout le corps.

— Joe travaille chez les Dufournelle, dit Julien.

— Quelle drôle d'idée ! s'exclama Victor.

Sa réflexion laissa Joëlle Coline perplexe, ce qui incita aussitôt Julien à s'interroger sur la connerie qu'il venait d'exprimer. Après tout, ça ne le regardait pas que cette jeune fille servît de larbin aux bourges de La Barbecane.

— Note bien, se reprit Victor, que tu t'es bien placée. Y a de la tune. Mais moi, ne put-il s'empêcher d'ajouter, jamais je ne travaillerai pour ces gens-là.

— Pour ces gens-là, s'exclama Florence, et pour personne ! Puisque tu ne travailles pas.

Julien plaida néanmoins la cause de son copain, spécialiste en réglages de motos, surtout les Harley. Et de fait, quelques amateurs de deux-roues s'en venaient lui confier leur bécane à son minuscule atelier situé sur un terrain vague de Sainte-Claire, derrière le Foyer de jeunes travailleurs. Il faisait de la revente de pièces détachées, et quelquefois, dans le meilleur des cas, ce qui était assez lucratif tout de même, il réparait les vieux engins, Terrot, Monet-Goyon, Guzzi par exemple, pour des collectionneurs… Mais le principal défaut de Vic, c'était de ne bosser que lorsqu'il avait besoin d'argent. Et lorsqu'il venait à manquer de biff, le bonhomme prenait des vacances en filant vers l'Espagne, non loin de la frontière, à La Jonquera, pour rapporter des cartouches de cigarettes, de l'alcool et de la fumette prohibée.

À force de grelotter au bord de la rivière, de courir derrière les pigeons pour les chasser de la banquise, comme il disait en parlant du quai, Julien proposa d'emmener tout le monde dans son chez-lui, rue Condé.

— Pourquoi t'acharnes-tu ainsi contre les pigeons de la cathédrale Saint-Front ? Ils ne t'ont rien fait, ces volatiles, questionna Arnold. Tu es con parfois. C'est un jeu ou une obsession ? C'est tout ce que je veux savoir d'un homme, s'il singe un rôle ou si celui-ci le possède au point de lui faire perdre tout sens commun. La posture peut se corriger, mais ce qui est en propre à l'individu, sa haine, sa violence, ses phobies, là, mon gars, on ne peut rien. C'est destructeur en diable.

— Je ne comprends pas toujours ce que tu me dis, Arnold. Tu restes un mystère pour moi. Les choses de la vie sont simples. J'aime pas ces bestioles. Ça envahit tout. C'est une plaie dans les villes. On devrait ouvrir une chasse aux pigeons, comme on le faisait autrefois contre les rats. T'souviens de la décharge de Lansinade ? Avec nos carabines, la nuit, dans les phares des bagnoles, on s'amusait à faire des cartons. Après coup, on allait chercher les cadavres et on les alignait sur le bord de la route. Celui qui en avait flingué le moins devait payer un coup.

Joëlle n'avait pas envie de se retrouver seule avec Julien et Florence dans l'appartement de la rue Condé. Avec le peu de loisirs et de repos dont elle disposait, cela lui paraissait stupide de gaspiller son temps avec des gens qu'elle ne connaissait pas assez.

— Restez en amoureux, profitez-en, conseilla Joëlle.

Florence la regarda en riant.

— Tu déconnes ou quoi ? J'ai envie de voir un peu de monde autour de moi.

— J'ai du Red Bull au frigo, de la pizza et un jeu de tarot, insista Julien.

Mais sa proposition paraissait bien pourrie pour une journée sympa. Le tarot, le scrabble ou n'importe quoi d'autre, ça ne tentait guère Joëlle qui avait plutôt hâte de se mettre sous une couette avec Virginia W. et un thé au jasmin.

— Qui est Virginia ? demanda Flo.

Joe Coline ne répondit pas. Ça l'amusait plutôt, cette situation, ce silence gêné et interrogatif qu'elle avait créé, semblait-il, à dessein.

Julien pouffa de rire.

— Je ne savais pas, Joe, que tu aimais les filles.

— Oui, fit-elle en regardant Arnold qui baissait la tête. Mais Virginia n'est pas une personne ordinaire. Virginia Woolf, tout de même. Une singulière compagnie.

Arnold Gobelin ne put s'empêcher de sourire.

— Je comprends, dit-il.

Et Florence s'agaça en disant qu'elle ne comprenait pas.

— C'est une écrivaine anglaise du siècle passé, ajouta Arnold.

Et, au passage, il cita un de ses plus grands romans, *Mrs Dalloway*. Florence parut rassurée sur les orientations sexuelles de son amie. Et Arnold aussi, sembla-t-il, mais il eut l'élégance ou la pudeur de n'en rien montrer.

Plus loin, vers le bord du quai, les pigeons étaient revenus en force. Arpentant le bord de l'Isle, d'un pas nerveux, allant et revenant, Victor Lalo s'engueulait au téléphone avec son correspondant. Un témoin attentif eût aisément compris que son fournisseur d'herbe de La Jonquera avait fait grimper les tarifs. Vic menaçait de changer de crémerie, comme il disait. « T'es deb ou quoi ? » hurla-t-il à plusieurs reprises. « Sale deal de merde… J'te charclerai ! »

Cette fois, de rage, il se mit lui aussi à shooter dans les pigeons.

Lorsque Arnold prévint qu'il ne viendrait pas rue Condé, Joëlle profita de l'occasion pour se défiler aussi. Florence se mit à faire sa bougonne à l'idée de se retrouver seule avec son mec. Surtout que ces dernières heures, on s'était pas mal pris la tête chez Julien François, à propos de sa musique. Mais peut-être n'avait-ce été qu'un prétexte ? Dans un petit concert en ville, le musicos s'était par trop intéressé à une libellule, blonde comme les blés, tout en jambes, seins plats, lèvres pulpeuses…

— Vic joue au tarot comme un pied, et si en plus Joe ne vient pas, on va s'emmerder sec, pronostiqua Florence. Je préfère passer l'après-midi au *Watson's Pub*. Sans toi, de préférence. Tu vois, Julien, tu n'es même pas foutu d'organiser une chouette journée…

Le musicien partit aussitôt en zigzaguant de colère, frustré de ne pouvoir bousculer une flopée de volatiles.

— On se casse, Vic. Et vite.

Florence commença à se ronger l'ongle de l'index de sa main droite, toujours le même. En cas de contrariété, c'était celui-ci qui trinquait en priorité. Ça lui faisait plaisir de le sacrifier. Joe la retint, sans succès. Flo lui glissa à l'oreille, en douce :

— J'ai compris. Tu veux te faire le peintre ? Il est mignon. Vrai qu'il est mignon. Moi, je crois que je vais plaquer Julius Funky. Mais ça m'ennuie. Fort, même. Après je serais obligée de me dégoter un studio. Même si dans un premier temps, tu m'hébergeras bien.

— Non, se défendit Joëlle Coline. Ne compte pas sur moi. Je veux être seule. Pas de coloc. J'en ai soupé des colocs à Bordeaux. C'est comme un couple, ces histoires-là, à la différence qu'on ne partage rien, seulement les emmerdes des autres.

Mlle Coline remonta l'escalier jusqu'au boulevard Saumande. Puis elle se dirigea vers la cathédrale. Elle ne se retourna pas, sinon elle se fût aperçue, pour le moins, qu'Arnold la suivait d'un pas décidé.

*

— Ça me fait drôle de revenir dans ce quartier, avoua-t-elle, un peu chagrinée. Je m'étais juré de l'éviter à tout prix.

Arnold avait subrepticement posé une main sur son épaule. Un bon point, au passage, elle ne l'avait pas repoussé. Même pour une première fois, si directe, c'était un signe. Le peintre jubilait intérieurement. Elle lui plaisait, Joëlle, si fort, que c'était comme un coup de foudre. Pourtant, d'ordinaire, Arnold se méfiait de ses réactions. Pour se défaire de celles-ci, il avait pris soin de bien observer la jeune fille, de pied en cap, de chercher les défauts qui l'eussent conduit à plus de lucidité. Mais il n'y avait rien à redire. Elle était juste belle et vive, comme une créature soudain surgie des ruelles obscures de Périgueux. Ils avaient dévoré une glace à l'italienne au salon de thé de la place du Coderc. Il avait insisté pour payer. Elle avait refusé dans un premier temps. « Ta peinture ne te rapporte rien… Alors que moi, mon cher, je travaille. » Arnold s'était mis à sourire en allongeant ses longues jambes et en se prélassant comme un chat repu. « Je n'ai pas besoin de la vendre, ma peinture. Ma famille est généreuse avec moi. Régulièrement, ma mère me verse de somptueux acomptes sur mon futur héritage. Ça me laisse libre de peindre selon ma fantaisie. C'est une liberté rare. » Joëlle s'était plaqué les mains sur ses oreilles en jurant qu'elle ne voulait rien savoir, que cette histoire ne la concernait pas.

— Pourquoi tu détestes ce quartier du Toulon ? demanda-t-il.

Elle s'arrêta net. À la différence de son voisin, elle n'avait rien d'intéressant à dire sur sa famille. Elle sentait qu'au jeu des confidences, elle se dévaloriserait aussitôt. Elle ne voulait pas qu'il la vît ainsi, dans la proscription familiale, entre la lâcheté d'un père et l'indifférence d'une mère.

Il insista néanmoins. Car il soupçonnait, tout de même, qu'elle avait des attaches dans le secteur.

— Quelle drôle d'idée d'avoir installé ton atelier ici, dit-elle, pour changer de sujet.

Arnold la regarda, intrigué.

— J'avais besoin d'un local tranquille au milieu d'un jardin en fouillis. Je n'accepte personne. Je n'entretiens aucune relation avec les gens alentour. Je ne veux pas qu'on s'occupe de moi, qu'on vienne juger mon travail. L'artiste peintre c'est un marginal, n'est-ce pas ? C'est un passe-temps d'oisif. Et qui plus est avec mon style qui bouscule l'entendement. Je fais des choses hideuses. Comme Baselitz ou Lüpertz…

— Je ne connais pas.

— C'est du post-expressionnisme, dit-il. Mais moi, en plus, mes visages sont dissous et absorbés dans les paysages avec juste des traces de mémoire de l'humain.

À l'approche de son atelier, Arnold prit les devants pour écarter devant sa princesse les ramures d'hortensias qui encombraient le passage. Il se mit à jouer de cette protection en l'enlaçant un peu. Joëlle commença à rire. Et il se sentit floué, le grand jeune homme, déjà amoureux.

— Tu me plais, dit-il.

Joe se retourna, le feu aux joues.

— Je n'aurais pas dû te suivre, mon cher Gobelin.

— Non, je ne suis pas comme les autres…

— Comment cela ?

— Je ne veux pas me rire de toi. C'est sérieux.

— Tu es sérieux, comme un garçon qui a grandi trop vite, avec une maman généreuse et sans doute aimante, et si prévenante…

— Tu te moques de moi. Ce n'est pas beau joueur, ça.

Joe passa le plat de sa main sur son visage. Il sentit dans cette tendresse soudaine comme une invitation. Il voulut l'embrasser mais elle le repoussa, délicatement.

— Ta peinture d'abord ?

— Et moi, ensuite…

— Si tes paysages me plaisent, sinon…

— Et s'ils ne te plaisent pas ? interrogea-t-il. Tu partiras à reculons ?

Elle se mit à balancer la tête de gauche à droite, comme pour montrer combien son indécision était grande. Elle n'avait pas le désir de s'abandonner à une histoire d'amour si promptement. Cette complaisance lui avait joué de vilains tours, dans la vie, si souvent. Elle soupira haut et fort. Il fit de même, pour singer sa réaction. Car Arnold avait compris, de toute évidence, que Joe n'était pas aussi bien dans sa peau qu'il aurait pu l'espérer.

— Allons voir mes tableaux.

Pour ce faire, il se mit à installer précautionneusement une douzaine de ses œuvres dans l'atelier en désordre, entre tables et chaises de fortune éclaboussées d'acrylique, chevalets alignés sous un projecteur de plafond orientable. C'était un feu d'artifice de couleurs chaudes et violentes. Le monde selon Arnold était entré dans sa phase de dislocation. Tout s'entremêlait entre formes et couleurs, sans qu'on pût distinguer quelque ordre naturel. C'était comme si la peau des apparences s'était fissurée sur la chair intérieure du vieux monde.

— Tout est rendu, les tripes, les viscères, les téguments délicats et les affreux sortilèges. Tout est à vif. Comme à Hiroshima après la bombe. Ou à Tchernobyl… Plus de présence humaine sinon courant à sa monstruosité, fit-il.

Arnold, doigt tendu sur les toiles, les touchant, les griffant, les caressant, tant il y avait mis de haine et d'amour, se mit à marche forcée à les faire défiler l'une derrière l'autre, comme s'il y avait de secrètes passerelles entre elles.

— Et enfin, dit-il, émergeant des profondeurs, l'exubérante nature qui renaît. Mais je ne maîtrise pas encore les verts. Le vert de la vie conquérante. Sur les ruines, dit-il d'une voix syncopée, le vert finira par étouffer les vestiges d'hier, comme ces cités perdues en Amazonie. Voilà l'effet que je voudrais rendre.

Il prit le temps d'allumer un cigare. C'était son moment de délassement que d'observer en silence les volutes planant au-dessus de sa tête.

— Le vert me tue, lentement. C'est mon poison de ne pas parvenir à l'apprivoiser.

Joëlle posa les mains à plat sur ses épaules. Elle se tenait derrière lui, debout, Arnold assis sur un tabouret, épuisé par sa démonstration. Il s'abandonna un peu contre elle, mais sans forcer le jeu. À trop vouloir l'aimer, je la perdrais, pensa-t-il.

— Telle que tu es dans la vie, telle que je te perçois, Miss Joe l'orpheline. N'est-ce pas ?

Arnold bascula la tête en arrière.

— Je ne me trompe pas ? Tu es seule, si seule au monde, un peu égarée.

Elle ne répondit pas. Elle ne voulait rien dire d'elle-même, ni se faire plaindre, ni se lamenter. Joe possédait assez de force pour surmonter sa solitude. Par la littérature, par Virginia W., elle savait qu'elle n'était pas aussi seule que cela. Et dire, et répéter que la vie lui avait joué un sale tour ne changerait rien.

Pourtant, Arnold avait besoin de savoir. Cette étrange grâce qui émanait d'elle l'interrogeait. Il soupçonnait fort que mieux la connaître les délivrerait l'un et l'autre. Car il était assuré, à ce moment, que leurs regards croisés, leurs corps entremêlés, leurs soupirs accordés, jusqu'au poids du silence et des mots inutiles, les rendraient soudain heureux. Mais ils n'osaient pas encore, craignant sans doute de détruire le charme de cette minute.

Il se leva, fit le tour de son domaine, bougea quelques ustensiles, pinceaux et couteaux. On ne pouvait poser la main à quelque endroit sans se maculer les doigts de peinture. Et le jeune homme veillait à ce que sa princesse ne se tachât point. « Attention, attention ! disait-il, plein de prévenance. Tant que la peinture n'est pas sur la toile, elle reste une menace. »

Ils sortirent dans la lumière, à l'orée du no man's land, sans trop écarter la végétation qui faisait écran à la ville, au-delà. Il la prit par la main. Elle se laissait conduire comme une petite fille. Il la sentait émue, autant qu'il l'était lui-même.

— Je voudrais que nous devenions des amants, dit-il. Crois-tu que ce serait possible ?

Elle sourit. La maladresse des mots la bouleversait. Et elle s'abandonna contre lui, la tête inclinée sur son épaule.

— Tout va trop vite, murmura-t-elle.

Il voulut la rassurer en la tenant juste serrée contre lui. Leurs lèvres se rencontrèrent enfin, sans qu'ils pussent rien faire, l'un et l'autre, pour contrarier cet élan.

*

Plus tard, Joëlle voulut emmener Arnold dans son appartement de la rue Lamartine, mais elle ne parvint pas à le décider. La chambre et la minuscule cuisine du peintre étaient des pièces sinistres. Peu d'ouvertures pour y conduire la lumière du dehors. Peu de commodités. « Une garçonnière pour adolescent attardé », dit-elle. Cette réflexion le fit sourire ; la description lui convenait bien. C'était ainsi qu'il se voyait, lui, en jeune petit-bourgeois en rupture de ban. Arnold détestait la maison familiale des Gobelin, précisément pour son luxe et ses antiquailles amassées au fil des générations.

— J'ai besoin de prendre un bon bain, dit-elle en lui montrant la baignoire emplie de pinceaux et de couteaux marinant dans une flaque d'eau trouble.

En hâte, il voulut la rendre utilisable, mais des coulées de peinture s'agrippaient à l'émail. Et le garçon comprit que s'il voulait faire une petite place à sa jolie princesse, il lui faudrait un palais plus confortable.

— Je vais louer un chic endroit pour nous voir et faire l'amour, promit-il.

Mais Joe insista pour qu'il vînt s'installer chez elle. Arnold ne répondit pas. Il avait fort envie de lui dire oui, trois fois oui, en exultant un peu pour la rassurer, mais il se retint. Est-ce que nous sommes faits l'un pour l'autre ? Aujourd'hui, oui, pensa-t-il, mais demain ? De quoi sera fait l'avenir ? Tout amour naissant est fragile. Il la prit dans ses bras, et lui murmura à l'oreille qu'il avait envie de recommencer. Car la première fois avait été une si brève étreinte. Joe s'abandonna dans la première minute, puis se reprit lorsqu'il voulut l'allonger sur le plumard en désordre. C'était un pieu infâme avec des draps qui n'avaient pas été changés depuis des semaines. Elle n'osait imaginer combien de filles il avait baisées sur cette couche.

— Non, tu vas trop vite, Arnold. Je préfèrerais attendre un peu. Allons, ne fais pas cette tête. Je me suis donnée à toi, s'exclama-t-elle. Maintenant, je voudrais un peu de temps pour réfléchir.

— Tu ne m'aimes pas ? En vérité, tu ne m'aimes pas...

— Ne raconte pas de bêtises.

— Je n'ai pas su m'y prendre avec toi, se reprocha-t-il.

Elle lui caressa le visage avec le dos de la main. Comme la première fois. Mais là, il s'agissait de lui signifier son congé, sans qu'il en prît ombrage. Il la suivit du regard jusqu'au bout de l'allée. Et quand il fut seul, face à lui-même, il lui sembla que le temps se ralentissait après qu'il se fut tellement emballé.

Sur la table, au milieu des tubes de peinture, Joëlle Coline avait écrit son adresse pour qu'il s'en souvînt. Et ce petit papier hâtivement griffonné parut le consoler, sur l'instant. Je puis courir vers elle, quand je veux, la rejoindre selon mon bon plaisir, se dit-il. Il alla chercher dans sa remise une toile vierge, l'installa sur un chevalet, s'assit devant elle, pensif. Il imaginait déjà les couleurs qu'il allait utiliser, des rouges, des noirs, puis des bleus et quelques éclaboussures de blanc. Mais pas de jaune, surtout pas de jaune. Et au couteau, jugea-t-il, je parviendrai mieux à rendre la couche translucide en son centre, comme une lumière qui irradierait l'œuvre de l'intérieur. Puis il commença, hésita, s'interrompit. Tant d'incertitudes, de doutes, de volte-faces faisaient partie du jeu. D'un coup, il lâcha son ouvrage pour examiner l'écriture de la princesse sur le papier, lettres rondes et boucles délicates. Mais en retournant la feuille, il découvrit quelque chose d'inattendu. Joëlle Coline avait ajouté discrètement, d'une écriture minuscule : *Je t'aime d'un amour qui est plus que l'amour, si c'est possible…*

Arnold sortit précipitamment de son atelier, courut jusqu'au bout de l'allée en bousculant les hortensias.

Puis il se mit à crier : « Joe ! Joe ! Je t'aime. Reviens, Joe ! Ne me laisse pas ! »

Soudain, le jeune homme se découvrit ridicule dans la lumière grise du soir.

9

De l'autre bout du salon, Alice montra à Romuald la carte postale qu'elle venait de recevoir du Canada. L'industriel se rapprocha de sa femme et se saisit du carton, presque négligemment, comme si d'avoir enfin des nouvelles de sa fille ne l'intéressait guère plus que cela.

La photo représentait la tour CN de Toronto nimbée d'un ciel rose et feu au crépuscule. Il s'attarda sur cette image, plus que de raison, réfléchissant à ce qu'il allait bien pouvoir dire sans que ce fût encore mal interprété. Et comme Alice voyait que Romuald ne prenait même pas la peine de la retourner pour déchiffrer ce que sa fille avait bien pu écrire, elle en fit elle-même le commentaire avec un peu d'agacement dans la voix :

— Mariza nous annonce qu'elle restera plus longtemps chez les Robertson. Un mois de plus… C'est beaucoup.

Dufournelle voulut dire qu'on allait devoir lui adresser de l'argent par la Western Union, mais il se tut fort prudemment.

— Il y a un progrès notable, tout de même, dit Alice. Nous disposons d'une adresse pour lui écrire. J'ai essayé de la joindre par Skype sans succès. Je croyais que cette génération était connectée. Mais non.

— Ça dépend avec qui, glissa Romuald, désabusé.

— Et par WhatsApp non plus, elle ne répond pas. C'est une étrange enfant que nous avons faite là, Romuald. Secrète, de plus en plus étrangère, comme si nous ne lui convenions pas. Je crains qu'à sa majorité, elle ne se mette en ménage avec un type et qu'on ne la revoie plus jamais. C'est un cauchemar qui me vient dans mon sommeil une ou deux fois par semaine.

M. Dufournelle était las des réflexions de son épouse sur Mariza. Peut-être, inconsciemment, lui reprochait-elle cette maternité ? Jadis, il avait espéré retenir Alice ainsi, lorsqu'elle avait découvert sa liaison avec Delphine Derocroy.

— Je souhaiterais tant qu'elle reprenne ses études, n'importe lesquelles, enfin, pour qu'on puisse la caser, plaida Romuald.

Dans ces moments, l'industriel se sentait vieux, trop vieux pour être le père d'une gamine de seize ans. Il se disait qu'il ne la verrait pas grandir, qu'il ne saurait jamais si, avec la trentaine ou la quarantaine, elle trouverait enfin sa voie dans la société. Il imaginait avec tristesse, en attendant cette hypothétique renaissance, que Mariza s'accrocherait au rocher Dufournelle comme une moule.

La gouvernante lui apporta son attaché-case et il fit appeler Joseph pour se faire conduire à Trélissac.

— Cessez donc d'astiquer cette bagnole, râla-t-il, bientôt il n'y aura plus de peinture.

— Avec le polish ça ne risque rien, Monsieur.

— Taisez-vous, Joseph. Ça ne m'intéresse pas.

— C'est de la cire et je n'utilise qu'une peau de chamois.

— Pauvres chamois, releva Dufournelle.

Alice remonta dans sa chambre pour écrire à sa fille. Elle se montra moins brève et concise qu'à son habitude, s'égarant dans des digressions inutiles sur la vie quotidienne à La Barbecane. Comment pouvait-elle ignorer que Mariza se fichait éperdument des petites histoires domestiques ? Au moment de relire son brouillon, elle biffa d'une ample croix trois paragraphes au moins, pour ne garder que sa supplique : *Quand reviendras-tu, poussin ? Quand cesseras-tu de nous détester ?* Puis elle acheva par des formules affectueuses, redondantes. En post-scriptum, elle lui promit 5 000 euros pour traverser le mois supplémentaire. Elle s'était renseignée sur Internet : on ne peut pas vivre décemment avec moins de 6 000 dollars par mois à Lawrence Park North.

Pendant que Madame s'activait devant son secrétaire, Joëlle Coline préférait se tenir à distance dans les pièces voisines de l'appartement, le boudoir, la seconde chambre (lorsque le couple était en froid) et la longue pièce dédiée aux garde-robes, celle de Monsieur faisant face à celle de Madame. Dans le dressing, la remise en ordre exigeait du temps. Romuald et Alice étaient aussi négligents l'un que l'autre. Comme l'on ne parvenait pas à se déterminer sur l'habillement du jour, on essayait, on recommençait, encore et encore, sans se décider, puis par lassitude ou agacement, on laissait tomber au sol robes et costumes, chemises, cravates, corsages, le tout entremêlé. Joëlle devait tout remettre en ordre, pli sur pli. Et lorsque les affaires étaient trop chiffonnées, il lui fallait les repasser avant de les suspendre aux cintres. La gouvernante venait vérifier en douce. Si, par mésaventure, elle découvrait une négligence, Louisette s'amusait fort à les rejeter à terre. « Impeccable ! Je veux que tout soit irrépréhensible... », disait-elle d'une voix sifflante.

Alice entra dans le dressing à pas de chatte, puis se mit à observer son employée discrètement. Joe ressentit une présence et se retourna vivement.

— Comme vous devez nous maudire, Romuald et moi, et plus moi sans doute que mon mari...

— Je ne suis pas payée, Madame, pour avoir des états d'âme, dit Joe.

Mme Dufournelle fut tellement scotchée par la réplique qu'elle en resta sans voix. Joëlle Coline réalisa à sa réaction qu'elle lui avait répondu avec une agressivité hors de propos. Elle voulut s'en excuser. Alice l'arrêta net.

— Conseillez-moi plutôt, fit-elle en faisant défiler les vêtements du dressing.

Soudain, son intérêt se porta sur un tailleur rose bonbon. La jupe étant outrageusement ouverte sur l'arrière, Mme Dufournelle hésitait à la porter. Pourtant, lors de l'essayage, après deux allers-retours devant la psyché, elle l'avait trouvée à son goût. Mais présentement elle n'osa exprimer ses réticences à Joe. Cette dernière comprit les raisons de son hésitation.

— Votre première impression était la bonne, Madame.

Alice enfila le petit ensemble promptement et se retourna pour juger de l'effet dans le miroir. Joe confirma d'un hochement de tête.

— Soyez sans crainte, vos jambes sont parfaites. Et l'échancrure, même si elle peut paraître excessive, n'a rien de provocant. Certes, deux centimètres de plus, et là, en vérité, ça ferait mauvais genre.

Alice éclata de rire.

— Je trouve aussi. Suis-je stupide de conserver ce bel ensemble dans la naphtaline alors qu'il est du plus bel effet sur moi !

Mlle Coline se tenait sur la réserve. Elle avait appris depuis qu'elle avait été engagée à La Barbecane à doser ses compliments. Elle ne voulait pas paraître obséquieuse comme Louisette, ni par trop indifférente, comme Marraine.

Alice se mit en quête d'un corsage. Son choix se porta sur un blanc en soie délicate.

— Préférez-lui ce vert d'eau, ici.

— Vous croyez ? Avec le rose ?

— En effet. Cela me paraît plus sophistiqué que du brun ou du marron par exemple. Nous tomberions dans le style ordinaire. Vous n'avez pas envie de ressembler à une des secrétaires de votre mari ?

— Pourquoi me dites-vous cela, mademoiselle Coline ?

— J'ai vu du violet sur du jaune citron.

— Mais les hommes ? Croyez-vous qu'ils soient sensibles à ces détails ? Je crois qu'ils souhaiteraient plutôt que ma jupe soit plus fendue encore, que mon corsage soit transparent et que sais-je.

— L'élégance ne consiste pas à offrir aux hommes ce qu'ils ont envie de voir de vous-même, mais ce que vous cachez.

— En effet, Joëlle. Vous permettez que je vous appelle Joëlle ?

L'employée ne répondit pas. Elle faisait diversion en chahutant les cintres du dressing. À force de chercher, elle dénicha un corsage vert olive.

— Encore quelque chose que je n'ai jamais porté, reconnut Alice. J'achète sans retenue et ensuite je n'ose porter. C'est une maladie. À croire que je prends plaisir à laisser derrière moi des notes mirobolantes, rien que pour agacer mon mari. Et encore, déplora-t-elle, je ne suis pas sûre qu'il y attache la moindre importance.

— Je ne saurais dire, Madame.

Alice enfila le corsage vert olive, puis la veste du tailleur. Elle se dandina devant le miroir et parut satisfaite.

— Ce bleu électrique, par exemple, ferait un malheur sur des tons argentés ou gris. Dorés même, ajouta Joe. On peut se permettre quelques audaces, à la condition de respecter une règle absolue : jamais trois couleurs associées. Et si vous désirez prendre un foulard ou une écharpe, faites en sorte qu'ils soient ton sur ton.

— Mon Dieu, s'exclama Alice. Où avez-vous appris tout ça ?

Joe se recula en baissant la tête. À son goût, elle avait passé assez de temps dans le dressing.

— Me permettriez-vous une réflexion, mademoiselle ?

L'employée accepta d'un mouvement de tête.

— Je sais ce que vous allez me dire, Madame. Que je suis moi-même fort mal habillée. Toujours dans les gris, les beiges, les marrons. Des coloris qui effacent la personnalité, parce qu'ils sont fort communs.

— Je ne l'aurais pas dit de cette manière.

Alice posa la main sur l'épaule de Joëlle, et celle-ci se recula ostensiblement. Elle refusait la moindre marque de compassion dont les gens fortunés usent généralement à discrétion avec leurs obligés.

— Je n'ai pas les moyens de bien me vêtir. Je n'achète que des nippes bon marché. Des jeans ordinaires souvent mal coupés et fabriqués dans les pays asiatiques.

Elle éclata de rire.

— Et des T-shirts qui ne me font que des déjeuners de soleil. Si vous saviez d'où je viens, Madame, vous ne m'auriez point engagée. Mais les petites gens ont aussi du goût. S'ils ne peuvent se payer des vêtements de qualité, ils n'en ont pas moins le désir, fort violent, de les porter.

Alice se montra très agacée.

— Choisissez ce qui vous plaît dans ma garde-robe, proposa-t-elle. Deux ou trois ensembles, qu'importe. Je vous les offre.

— Je ne crois pas, Madame.

— Mais si je vous en fais cadeau ? Vous ne refuseriez pas ? Ne soyez pas stupide. Allons.

Elle s'éloigna dans son salon, puis revint, saisie par une colère froide.

— Que savez-vous de moi, Joëlle Coline ? Rien. Vous ignorez tout de mon enfance. Je viens du monde dont vous parlez. Lorsque j'ai rencontré mon mari, j'étais sans le sou. Pauvre. Si pauvre. C'était mon idée, un projet obsédant, chez moi, d'épouser un homme bien installé dans la vie. Quitte à sacrifier mes rêves de midinette. Un mariage sans amour.

— Je ne vous plains pas.

— Mais je ne cherche pas à ce qu'on me plaigne. Je veux simplement vous faire comprendre, Joëlle, que je ne suis pas insensible à ce que vous me dites.

— Moi, se défendit Joe, je ne vivrais pas avec un homme que je n'aime pas.

Alice baissa la tête.

— Parfois, nous sommes conduits à faire des compromis dans l'existence. On les regrette ensuite. On les déplore. Mais à ce moment précis, où l'on doute de soi-même, on sait en toute connaissance de cause ce que l'on risque de perdre. Je ne voudrais pas revenir en arrière, redevenir ce que j'étais avant de rencontrer Romuald.

— C'est une forme d'abdication, dit Mlle Coline. On renie même ses regrets. Voyez donc ce que les hommes font de nous, quand on renonce à l'amour même...

*

Pendant une semaine, Alice n'adressa pas la parole à sa femme de chambre. Lui en voulait-elle à ce point, qu'elle n'osait même poser son regard sur elle ? À la vérité, Mme Dufournelle en voulait à elle-même d'avoir lâché des confidences sur sa vie ancienne. Elle s'était mise à nu, misérablement, devant une domestique. Et même si elle était disposée à reconnaître la perspicacité de Joëlle, sa finesse d'esprit, ses talents de clairvoyance, celle-ci l'avait poussée à dévoiler quelques pensées intimes. Aux yeux d'Alice, ces révélations la mettaient en danger, si bien qu'elle envisagea le plus sérieusement du monde de ne point renouveler son contrat. Elle évoqua cette question avec son mari, en omettant de décrire la scène du dressing. J'ai été faible et ridicule, se disait-elle. Certes, oui. Dix fois oui. Mais en piochant la question, Alice se demanda pourquoi elle avait ressenti ce besoin d'échanger avec son employée des réflexions si personnelles. Celles-ci eussent été mieux à propos devant une Béatrice Saint-Philippard ou une Aurore Paladan. Dans ce cas, c'eût été se découvrir entre gens de bonne compagnie.

De son côté, Joëlle Coline était assez fine d'esprit pour réaliser que la fameuse conversation n'eût jamais dû avoir lieu, et de même l'instant où Alice avait posé une main sur son épaule, ce dont du reste elle s'était prémunie par une vive réaction. Si bien qu'elle concevait la suspicion dont elle était l'objet, les regards fuyants, le mépris si hautement affiché.

Décidément, se disait Joe, je ne suis pas faite pour ce travail. J'ai cédé à la familiarité. À quelle fin ? Et dans le même temps, elle se surprenait elle-même d'avoir pris un tel ascendant sur sa maîtresse. Et elle voyait tout le parti qu'elle pourrait en tirer plus tard, comme celui de conforter paradoxalement sa position chez les Dufournelle. Peut-être était-ce un brin optimiste de croire qu'elle compterait à l'avenir un peu, un tout petit peu, à La Barbecane.

Romuald avait rassuré son épouse sur le fait qu'un contrat pouvait se rompre aisément. « En cas d'embrouille, nous mettrons cela entre les mains de notre conseil. Un entretien rapide. Des mots fermes et définitifs. Et l'affaire sera classée», avait-il expliqué. Mais Alice, après toutes ces recommandations, prévint son mari que la décision lui demeurerait, pleine et entière. Et Romuald devina alors que ce conflit – dont il ignorait tout – n'était qu'une affaire de femmes, de susceptibilités féminines, plus que de droit domestique.

La gouvernante avait compris dans le poids des silences et la défiance affichée entre les deux femmes que le sort de la petite employée était scellé. Ce n'était à ses yeux plus qu'une question de temps. Elle s'en ouvrit à Mlle Coline.

— Tu as joué avec le feu, ma petite.

— De quoi parlez-vous, Louisette ?

— Une employée de maison doit garder ses distances. Je t'avais prévenue. Tu as voulu jouer les conseillères, et tu le payes désormais. C'est justice. Mme Dufournelle a voulu tester tes capacités. Elle a vu combien tu étais hautaine, prétentieuse et inconvenante. À se mêler des affaires de La Barbecane, c'était couru d'avance, on se brûle. M. Geoffroy, lui aussi, ne te porte pas dans son cœur. Certes, nous connaissons, toi et moi, ses mauvaises manières, mais il te fallait l'écarter en finesse. Et non point l'expédier comme le dernier des soupirants.

Joe s'amusa de ces reproches. Elle ne croyait pas que Mme Dufournelle mettrait ses menaces à exécution. Aussi se contentait-elle de faire le dos rond, de vaquer à ses occupations comme si de rien n'était. Si on ne lui adressait plus la parole, c'était sans doute que l'embarras était dans le camp adverse et non dans le sien.

Cependant, les conseils prodigués dans le dressing portaient leurs fruits. Mme Dufournelle n'avait jamais fait montre d'autant d'élégance dans ses tenues. Ses amies, elles-mêmes, reconnaissaient qu'Alice avait changé en bien, qu'elle était en beauté depuis quelque temps et qu'elle paraissait plus à l'aise dans ses baskets. Et lors d'un gala au cercle des Apostilles, on vanta même sa distinction, ses hardiesses vestimentaires. Et de fait, hormis l'état d'âme qui la possédait quant à son pouvoir de maîtresse de maison, elle se trouvait bien dans sa peau, comme elle ne l'avait jamais été. Au point qu'Aurore lui demanda si elle avait un amant. Avant même qu'elle eût prononcé le moindre mot, on avait déjà dressé une liste de potentiels prétendants. Alice ne s'en défendit pas, pour une fois qu'elle devenait l'objet de mille rumeurs dans la petite ville où les fantasmes occupaient une si grande place.

Même Romuald s'en inquiéta. Il confia l'enquête à l'un de ses proches dans l'entreprise, un comble. À la vérité, M. Dufournelle avait de quoi s'alarmer. Et pour cause, depuis des semaines, il n'avait pas franchi la porte de la chambre d'Alice. Il s'obligea un peu. Mais l'art d'aimer étant désappris, il se montra d'une maladresse coupable.

— Qu'est-ce qui vous prend, mon mari ? Un retour de flamme ? Ou une peur ? Serait-ce la peur qui vous conduit ? Peut-être vous faudrait-il songer à me reconquérir ? En seriez-vous capable ? Peut-être avez-vous oublié ce que nous avons été, jadis ? Corps à cœur ?

Il n'était pires mots à entendre. Alice mettait le doigt sur une blessure ouverte. Romuald ne pouvait plus justifier ses négligences conjugales, comme il l'avait fait jusque-là, par un excès de travail, de responsabilités, dans une vie misérable tueuse de libido qu'il s'était obligé à maintenir pour conserver grand train à La Barbecane.

Pourtant, Mme Dufournelle se montra fort compréhensive. Pour se convaincre de l'être, il lui suffirait de se rappeler la conversation dans le dressing : « Voyez donc ce que les hommes font de nous, quand on renonce à l'amour même. » Alors elle se résolut à croire que l'amour pourrait reprendre entre Romuald et elle, tout en feignant d'ignorer qu'il n'avait jamais existé.

Avant les fêtes de Noël, Alice donna quinze jours de vacances à son employée. Deux semaines, c'était une sacrée largesse. Avant de partir, Joëlle demanda si son congé était définitif. Elle attendit la réponse, qui tarda à venir.

— Je ne sais pas encore, fit sa patronne sans même se retourner. Vous reviendrez le jeudi 7. Et nous verrons.

En passant devant la gouvernante, Joe lui fit un grand sourire.

La déception de Louisette fut si forte qu'elle ne parvint pas à la cacher. Elle avait déjà misé sur une personne pour la remplacer, tant à ses yeux le sort de Mlle Coline paraissait réglé.

Les Dufournelle partirent dix jours à la Martinique dans une villa aux Anses-d'Arlet face à l'océan. Seul Huguet avait refusé de suivre. Il était trop accaparé par son sinistre projet. Pour ne pas se départir de leur confort domestique, Romuald avait décidé que

Louisette et Marraine les accompagneraient. Même le chauffeur fut invité. M. Dufournelle avait envie de faire un peu de tourisme dans l'île mais détestait conduire.

La gouvernante, en voyant que Mlle Coline ne serait pas de la partie, reprit espoir. Le sursis, pensa-t-elle, sera de courte durée. « Au retour, je gage qu'elle sautera, la petite », dit-elle à Joseph. Celui-ci lui répondit : « Tu es bien méchante, Louisette. » Le chauffeur avait toujours eu de la considération pour Joe, et ceci dès le premier jour. Il jugeait que les Dufournelle ne la méritaient pas, que cette jeune fille était trop classe pour eux. Et qu'une Coline pour les gens de La Barbecane, c'était de la confiture donnée aux cochons.

Au bout de trois jours, Alice regretta Périgueux et ses amies du salon de thé. Elle se mit à rédiger des cartes postales, quotidiennement, puis de plus longues lettres. Pourtant, Romuald lui témoignait une vive attention. Ils dormaient ensemble, désormais. Ils refaisaient l'amour à la pépère, se disputaient pour un oui, pour un non. Alice, aux yeux de Dufournelle, s'intéressait trop à un jeune Martiniquais. Matias venait lui faire la conversation sur la plage. Alice, sans précaution aucune, lui montrait qu'elle n'était pas insensible à ses charmes. Peut-être s'amusait-elle de voir, pour une fois, son mari sous l'emprise de la jalousie. Elle avait désespéré de connaître cet instant de pur délice. Mais on en resta là, en vérité, jusqu'au départ.

Après moult hésitations, Mme Dufournelle se décida à adresser une lettre à Joëlle.

Chère mademoiselle Coline,

J'ai décidé de vous garder à mon service, à la condition bien entendu que vous désiriez y demeurer. Sinon, je m'engage à vous rédiger une flatteuse lettre de recommandation.

Tout m'inciterait pourtant à ne pas vous garder, parce que vous avez pris dans mon existence une trop grande place, une place qui ne devrait pas être celle d'une employée de maison.

Je crois que je vais mettre au clair cette question. Vous ne vous occuperez plus des tâches domestiques à l'avenir. Elles sont indignes de vous, et faussent notre intérêt réciproque. Désormais, vous serez entièrement à mon service. Alors, me direz-vous, quel sera mon rôle ? Une dame de compagnie ? Une conseillère en image et en relooking *? Tout cela à la fois. Car j'aurai grand besoin à l'avenir d'être managée pour paraître dans la bonne société à ma juste valeur. Peut-être que cette proposition ne vous agréera point ? Je le déplorerais, croyez-le, ma chère Joëlle Coline. J'augmenterai vos appointements. Et peut-être, une fois notre contrat conclu, accepterez-vous enfin les toilettes que je vous ai proposées. Vous m'avez fort vexée le jour où vous les avez refusées. Ça ne se fait pas, ma chère petite. Mon geste était sincère et désintéressé. Même si l'usage entre maîtres et serviteurs, comme vous dites quelquefois, génère frustrations et humiliations, accordez-moi le bénéfice du doute. Je n'ai jamais voulu que vous pensiez cela de moi, quelque excès d'arrogance et de déférence…*

Joe lut la lettre à haute voix devant son peintre gâchant toile sur toile sans parvenir à obtenir les effets désirés. Mais ce n'était pas si grave. Il suffirait de recouvrir le désastre à vifs coups de rouleau. « Comme dans l'existence, disait-il. On efface et on recommence. »

— Qu'en penses-tu, Arnold ?

— Rien, dit-il. Sinon que tu changes de statut. Tu passes de femme de ménage à coach. Il s'agit toujours de ménage, en vérité, faire le ménage à La Barbecane ou dans la tête de ta patronne, c'est la même chose. Peu gratifiant.

Elle éclata de rire. Puis elle prit les mains de son amant pour les essuyer, méticuleusement. Le plus difficile était d'enlever les dépôts d'acrylique autour des ongles. Elle n'aimait pas qu'il effleurât son intimité avec ces doigts-là, souillés de peinture. Elle aimait les prendre en bouche pour les humecter de salive. C'était un jeu qu'elle adorait, ses caresses lancinantes sur tout son corps.

Arnold refusa de s'allonger près d'elle.

— Tu as un désir dévorant.

— Ça te fait peur ?

— Parfois oui, parfois non.

— Je t'aime encore plus lorsque tu te refuses. C'est étrange. Je voudrais que tu sois à ma dévotion. J'ordonne et tu consens. D'ordinaire, c'est l'inverse, avec les filles. Elles ne s'abandonnent pas aisément. Moi si. Je suis toujours prête à t'accueillir. Peut-être devrais-je changer de stratégie ? Me faire rebelle. Et attendre. N'est-ce pas ce que tu aimerais ? Que je sois moins facile ? Que je sois rétive ? Chiante ?

Il vint s'asseoir à côté d'elle et la recouvrit du drap. Joe se mit à bouder, une moue forcée, certes.

— Je n'aurais pas dû te lire la lettre de ma patronne.

— Avoue que cet écrit te flatte.

— Oui, reconnut-elle.

— Parce que tu as remporté une victoire sur cette Alice. Hier encore, tu me disais qu'elle finirait par te congédier. J'aurais aimé qu'elle le fasse, enfin. Mais non. Tu traverses la vie sans encombre. Rien ne te résiste. Et tout cela, mon Dieu, avec grâce et intelligence. Voilà ce qui me fait peur en toi. Cette assurance folle. Mais tout ça n'est pas sans danger…

Joe sortit du lit, enveloppée du drap qui lui faisait la silhouette d'une Aphrodite. D'un pas déhanché, elle erra quelques minutes au milieu des toiles, sans en bousculer aucune.

— Quel danger ? Je ne vois pas où est le danger.

Elle apporta deux tasses de thé, en tendit une à Arnold. Ils trinquèrent comme s'il s'agissait d'un breuvage plus consistant.

— Cette Alice Dufournelle, dit-il en tordant un pinceau jusqu'à ce qu'il se brisât entre ses doigts, n'est-elle pas amoureuse de toi ?

Il alla chercher la lettre et en relut à la va-vite quelques phrases significatives devant Joe médusée.

— C'est une lettre de femme amoureuse qui déclare sa flamme, dit-il. Et cette façon de décrire ses émotions… Elle ne se contrôle plus, Mme Alice Dufournelle. Elle s'emballe quand il s'agit de juger ton comportement, bien naturel du reste, comme celui de refuser les toilettes qu'elle désirait t'offrir. Elle s'en montre même profondément affectée. Ça, ma chère, c'est une preuve supplémentaire qu'elle est piquée de toi. Sinon, oui, bien sûr, elle s'en ficherait, de ton refus.

— Je n'aurais pas dû te la faire lire, cette chose, s'écria Joe en lui arrachant la missive des mains.

Puis pour montrer qu'elle n'y attachait aucune importance, elle la chiffonna et la jeta à la poubelle. Mais c'était trop tard, aux yeux d'Arnold, trop théâtral, ce geste, pour qu'il réparât les effets dévastateurs. Rien, désormais, ne lui ôterait de la tête que Mme Dufournelle voulait faire de Joe, d'une manière ou d'une autre, plus que sa confidente et sa complice : sa maîtresse.

— Qu'as-tu besoin d'aller travailler chez les Dufournelle ?

Elle haussa les épaules.

— L'argent ? Cette misérable petite paye qu'on t'octroie ?

— Je ne suis pas née dans une famille fortunée, moi.

— Et alors ? Je peux subvenir à tes besoins. Tu ne manqueras de rien.

— Je ne veux pas être entretenue par un homme. Et de surcroît par mon amoureux. Je ne pourrais pas faire l'amour avec toi sans penser que je suis payée pour ça, comme une pute.

— Tu es folle ! dit Arnold.

Il voulut la prendre dans ses bras, mais Joe s'en défit vivement.

— Nous te trouverons un job convenable où tu n'auras pas besoin de servir une toquée.

Mais la petite Coline n'entendait pas se laisser dicter sa conduite. Elle lui montra ostensiblement qu'il perdait son temps à ce jeu. Elle sortit de l'atelier, les mains enfouies dans les poches étroites de son jean.

Cela la contrariait fort qu'elle ne puisse avouer à Arnold sans qu'il élevât la voix qu'elle aimait être au service des Dufournelle, qu'elle y trouvait son compte, et que la proposition d'Alice lui allait bien. Pour une fois, pensait-elle, on a de la considération pour moi. On m'estime à ma juste valeur. Quant au prétendu saphisme de Mme Dufournelle, Joe n'en croyait rien. Voilà bien, se dit-elle, une idée de bonhomme. Qu'on ne puisse partager la complicité d'une autre femme sans coucher avec elle.

Elle revint aussitôt, s'assit devant les tableaux en gésine. Dix toiles attendaient qu'on s'occupât d'elles, autrement que par des jets de peinture répandus au hasard.

— Je t'empêche de peindre, dit-elle d'une voix lasse. Je te distrais de l'essentiel. Ce n'est pas bon pour toi. Tu me rejoindras dans mon appartement lorsque tu auras recouvré un peu de sérénité. Et si tu ne viens pas rue Lamartine, tant pis. Mais je suis prête à t'y accueillir à bras ouverts, à la condition que tu abandonnes toute agressivité.

Il s'était assis devant ses œuvres, en tailleur, les mains ouvertes comme pour recevoir quelque offrande du ciel. C'était sa pose zen de yogi. Elle comprit qu'Arnold ne l'écoutait plus, que sa colère s'évaporerait ainsi, peu à peu, par les chemins du silence. Avant de quitter l'atelier de la rue Coligny, Joëlle récupéra dans la poubelle, discrètement, la fameuse lettre de Mme Dufournelle.

10

L'après-fête à La Barbecane offrait un chantier indescriptible. En l'absence des parents, Huguet et Thaïs s'étaient installés dans le salon. Le couple infernal avait invité quelques copains : Ida Lord, une grande bringue tatouée comme une Maorie, la tête rasée et les sourcils charbonnés à l'excès, son souffre-douleur Tauche, un petit bonhomme rondouillard à la barbe hirsute, Vinka Jaunet, une belle blonde filiforme aux lèvres purpurines, la peau poivrée de strass, vêtue d'une robe en velvet oblique, et Phil Job, un beau brun mince et élégant dans une tenue underground de faux hippie. Sur les tapis, on butait dans les cadavres de bouteilles. Toute la réserve de champagne de Romuald avait été éclusée. Il ne restait que les fioles de chartreuse, de cognac et de vodka russe. Peu à peu, on en viendrait à bout. Une dizaine de blocs de foie gras Trésor du goût avaient été entamés et laissés en l'état parmi des boîtes de caviar. Le béluga paraissait avoir eu plus de succès que le pâté Dufournelle. Parfois, les invités, de la pointe de l'index, piochaient dans celui-ci avec gourmandise.

Les baffles Bang & Olufsen diffusaient à tue-tête de la techno pure et dure année 2015 : *Insomniac*, *BLR x Rave & Crave*. Les filles se dandinaient en solo, la tête chahutée par la fatigue et l'alcool. Seule la Belette Violette était allongée près de la chaîne stéréo, fumant on ne savait quelle herbe, jusqu'à l'asphyxie. Et lorsque Huguet voulait lui prendre son joint, Thaïs poussait un cri de gorge infernal. Ça faisait rire tout autour, sauf le hippie qui paraissait poursuivre en solitaire son voyage parmi les planètes. Il grognait de plaisir, geignait, gigotait à peine, dans ce vide interstellaire qu'il s'était créé dans sa tête.

— La beu, ça rend con. Hé Hug, fit Thaïs en claquant des doigts, va m'chercher des Tic Tac à la menthe. Ça m'fera l'haleine fraîche.

Huguet était dominant. Il faisait faire tout ce qu'il voulait à Thaïs. « Une tourne-bourrique, cette flippée, disait Tauche en lui flanquant des claques sur les fesses. Pourquoi que tu fais ça, mon cops ? À cause d'ton fric. Tu la tiens avec ça. Mais le sentiment, nada. C'genre de meuf ne t'kiffe pas. »

Le jeune Dufournelle riait haut et fort en fournissant des Tic Tac à Thaïs. Elle ouvrait la bouche et hop, il la gavait de bonbons. C'était un jeu. Puis il l'embrassait à pleine bouche, sans désemparer. Goulûment. Elle étouffait, s'étranglait, recrachait, et Huguet lui aussi profitait de l'aubaine. La sentir à sa dévotion. C'était son plaisir. Sa bêtise crasse le soûlait parfois, mais il en redemandait avec gourmandise. Parfois ils jouaient ensemble à des jeux débiles, pour ne pas le faire comme tout le monde, à la bourgeoise, à la pépère, avec des martinets, des menottes de fantaisie, des cuirs, des latex. Puis des séances de massage avec des huiles dégoulinantes. La Belette se laissait aller dans les profondeurs de l'obscène soumission.

Tauche tirait sur son clope comme un forcené. Lui, il avait l'âme d'un camionneur. Il aimait les femmes qui lui résistaient, en jouant de la gifle. Sauf sa régulière, comme il disait, son Ida Lord. Elle lui filait des raclées, rien que pour s'amuser. Et là, soudain, elle vint le saisir par la nuque, de ses larges mains pleines de bagouses de bikeuse domina.

— Tu la laisses, la frangine ? Je veux pas que tu la touches où j't'éclate les roubignoles.

La Belette Violette se marra en le voyant aux prises avec sa Maorie.

— Laisse faire. Tauche est un bon pélo. Pas vrai Hug ?

Le jeune Dufournelle se redressa sur ses longues jambes, dans un équilibre instable, tellement instable qu'on ne savait pas de quel côté il allait se vautrer. Mais l'amitié était solide chez les frères technos. Phil Job le rattrapa au moment où il allait choir. Il lui tendit la chartreuse verte et Huguet en but une goulée, de force.

— C'est autre chose que le Tic Tac, mon gars. C'est du pur et dur, cette besogne.

— À vrai dire, fit soudain Huguet, l'œil torve, vous commencez à me courir sur le haricot. J'voudrais que tout ça s'achève. N's'pas mes raclures ? Que vous filiez enfin. Histoire de retrouver un peu de silence. Pas vrai, Thaïs ?

Elle ne répondit pas. Elle paraissait sombrer dans le néant. D'un coup, comme ça, histoire de mettre les bouts.

Le hippie dodelinait de la tête, et bâillait du bec comme une autruche. Il était cuit. Il se sentait aux portes de la mort, lui aussi.

Vinka dansait encore dans sa belle robe en velvet oblique. Elle était classe, cette jolie blonde, si classe qu'on se demandait ce qu'elle faisait là, au milieu du salon des Dufournelle. Elle avait encore sur les lèvres des grains de caviar béluga. Elle s'en était gavée pour l'année. Elle ne regrettait rien. Et elle prit Phil par le bras et l'attira vers les orchidées.

— Ça se mange pas en salade ? dit-il.

— On s'arrache, Phil, avant que ça finisse en cata. Je sens ça, moi. Je suis une sensitive. Et la zizique est naze.

Elle était fière d'elle, tout de même, Vinka, car elle avait réussi à sauver sa robe en velvet. Pour une fois qu'un taré comme Tauche, par exemple, n'avait pas essayé de la lui arracher. Mais les plis, les plis si bien agencés, ça lui avait mis quelque idée de distinction dans la tête. « C'est une fleur qu'on n'effeuille pas, ça, avait-il jugé, dans sa grosse tronche de balourd. C'est pas une radasse, répétait-il. Ni une micheto. »

Le sapin de Noël avait été traîné de pièce en pièce pour finir en capilotade dans le couloir. Puis le hippie en avait ôté les guirlandes pour se décorer lui-même. Il avait trouvé ça chic, les guirlandes d'argent et d'or sur ses atours festonnés. La Maorie s'était amusée à lancer les boules sur les frères et les sœurs, les techno-danseuses, histoire de mettre le feu, un peu d'ambiance en fin de partie.

— Moi, je mettrai les bouts qu'à une seule condition, prévint Tauche. Vider les bibines.

— Plus de champ' ! fit Huguet. On a tout repassé. La maison Dufournelle est dans la dèche. Faut donc que ça finisse, nom de Dieu. Sinon, je vais aller chercher un tromblon et faire péter les têtes comme des pastèques.

Tauche rigolait en imaginant les mares de sang sur les tapis persans. Il se disait : Quelle drôle d'idée d'avoir échoué là chez les bourges. Aurait préféré plutôt une bacchanale dans l'antre de Justinienne, rue du Pot-au-Lait, cave et pinard garanti, jusqu'à la fin du monde, au milieu des barriques. Et des filles, peut-être, pour le fricasse-museaux.

— Ça me manque, Justinienne. Pas vrai, Ida Lord ?

La camionneuse le saisit à bras-le-corps, lui frictionna le bedon. Il se mit à rire, Tauche, comme un dératé.

— T'vas pas me faire ça ici ? Les gars. J'ai la gaule. Y a que Justinienne pour réveiller l'homme. Les autres, ça me fait l'idée de n'être qu'un eunuque de basse-cour.

— Dehors ! s'écria Huguet. Allez. Déguerpissez ! Nettoyons les écuries d'Augias.

— Ah, les bourges ! s'écria le hippie. Quand on les amuse plus, ils sont tout cramoisis de rage. Pas vrai ?

Tauche rajusta son pantalon, fit claquer ses bretelles roses sur son poitrail. Il se sentait fort et puissant. Et d'un geste, il salua la compagnie. Ida marchait sur ses pas, d'un déhanchement exagéré, en faisant sonner sa bimbeloterie, chaînes et médailles de bikeuse chromées.

— Ouf, dit Huguet. Sauvé.

Vinka arrêta la bouillie sonore qui giclait des baffles Bang & Olufsen.

La Belette s'étira longuement, voluptueusement. Elle sentait que l'année avait bien commencé, avec ses boîtes de Tic Tac plein les poches.

— Grâce à ça, putain, j'évite d'avoir une haleine de cheval.

*

— Tiens, voilà la larbine. Putain, j'ai parlé trop tôt, fit Thaïs en bâillant et s'étirant, la mine grise et la tignasse en pétard.

Elle partit aussitôt en traînant son sac de couchage et disparut à l'étage.

Huguet s'assit sur le bord de la table basse en chahutant les canettes de Red Bull qui l'encombraient.

— Qu'est-ce tu viens faire ici ? Un 2 janvier, putain. J'croyais qu'on t'avait donné congé ?

Joëlle Coline se tenait devant lui, bras croisés. Elle n'en revenait pas du capharnaüm. Elle se disait, en fermant les yeux de découragement, qu'il lui faudrait deux jours au moins pour tout remettre en état.

— Mme Alice m'a demandé de venir faire le ménage.

— Pourquoi ? Elle est à la Martinique dans un espèce de bled dont j'ai oublié le nom, avec le pater, le frérot et tout le saint-frusquin.

Joe courut dans la cuisine et revint avec un sac-poubelle qu'elle ouvrit, puis commença par y jeter les boîtes de Red Bull. Il y en avait deux douzaines au moins, dont certaines à moitié pleines. Aussi se fit-elle surprendre et arrosa-t-elle malencontreusement les tapis persans.

— Pourquoi que tu me parles pas ? Je te reviens pas ? Je parie que tu n'aimes pas ma gueule de con.

Joe baissa la tête.

— Monsieur Huguet, je ne suis pas venue à La Barbecane pour vous faire la conversation.

Il se mit à ricaner en se tenant la tête à cause de cette fichue migraine qui ne le lâchait plus.

— Je hais les lendemains de fête. Je hais ça plus que tout. Ce moment où il faut refaire surface, dans les eaux troubles de l'aube.

— Il est trois heures de l'après-midi, monsieur…

— Déjà ! s'exclama-t-il en ouvrant des grands yeux sur la lumière crue qui venait de l'extérieur.

L'employée avait relevé les stores, puis ouvert la porte-fenêtre pour chasser les mauvaises odeurs. Le froid du dehors faisait frissonner Huguet. Mais qu'importe, il se sentait prêt à affronter ces horreurs d'après-cuite, dignement, devant la larbine comme disait Thaïs. Il s'agirait d'être décent, pour une fois. Car tout de même, il avait toujours été convenable et poli avec Miss Coline. Pourquoi changer ? Aussi bredouilla-t-il quelques excuses à son adresse. Il pensa encore en se grattant la tête : Je ne suis pas comme mon frère, moi, un dédaigneux, un arrogant, un trou du cul. Il se mit à rire.

— Tout ça, fit-il, c'est un coup d'Alice, ma belle-doche. Je la connais, Alicette-Démobilisette. Elle ne fait rien comme tout le monde. N'est-ce pas ?

— Oui, reconnut Joe. Elle rentre demain. Je dois la récupérer à l'aéroport de Bordeaux-Mérignac.

— Alors t'es venue tout remettre en état. Foutredieu. Sacrée affaire. Ne compte pas sur moi, Miss Coline, je suis HS.

— Mais je ne vous ai rien demandé, monsieur Huguet…

— Cesse de m'appeler monsieur. Ça fait con à la longue.

— Je ne crois pas que j'userai avec vous de quelque familiarité.

— C'est navrant, Miss Coline. Parce que moi, je ne suis pas tout à fait un Dufournelle. Je hais ma famille. Je hais l'histoire de ma famille pour être plus précis. Mon père est un personnage insignifiant. Il a traité ma mère comme la dernière des traînées. Et mon frérot est un petit con, sans instruction. Note bien qu'il en sait assez, le bougre, pour vendre du foie gras. C'est son rêve. Devenir comme le pater, le roi du Trésor du goût. Putain, non, c'est pas moi qui lui piétinerai ses plates-bandes.

Sans paraître s'intéresser à sa logorrhée, Joe alla à la pêche aux cadavres. Il y avait des bouteilles partout, sur et sous les meubles, jusque dans le bureau de M. Dufournelle. Trois veuve-clicquot dans la corbeille à papier. Elle fit de même dans les pièces voisines, l'alcôve, la cuisine, le petit salon jaune. Elle hésitait encore à monter à l'étage. Selon toute vraisemblance, il devait aussi y en avoir pléthore dans les chambres, dans le dressing, dans les salles de bains.

— Je vais devoir faire shampouiner les tapis.

— Comment ça ?

Elle désigna les taches de vin et les tranches de foie gras piétinées sur le Samarkand.

— J'ai fait le con, reconnut Huguet, j'ai invité toutes les raclures de Périgueux. C'est la faute de

Thaïs. Pourquoi j'aime cette fille ? Elle ne m'apporte rien. Elle me distrait. Voilà tout. Et la vérité, c'est qu'elle a pris de l'ascendant sur moi. Je suis un faible, comme maman. Un faible et un velléitaire. Quand je veux mettre en pratique une idée géniale... Comme cette histoire lourdingue de columbariums connectés, je vais taper papa d'un demi-million d'euros. Alors que je devrais monter un dossier et le faire financer par une banque.

Joe ne put s'empêcher de rire. Elle le regretta aussitôt. C'était d'une insolence incroyable. Mais le jeune Dufournelle n'en prit pas ombrage. Il lui semblait, d'un certain point de vue, que Miss Coline faisait partie de la famille, puisque Alice l'avait engagée pour en faire sa secrétaire particulière.

— Qu'en penses-tu ? C'est facile à ce compte-là de monter des affaires lorsqu'on a un papa plein aux as. Et si je coule la boîte, je n'aurai rien à débourser. Ce sera peut-être retenu sur mon héritage... Et encore, pas sûr.

— Tandis qu'avec la banque, il vous faudrait assumer les annuités, précisa Joe.

Elle haussa les épaules. De quoi je me mêle ? pensa-t-elle.

— Allez, monsieur Huguet, laissez-moi travailler. Pour le retour d'Alice, je veux que tout soit nickel.

Elle roula les trois tapis et les chargea dans le coffre de l'Austin Cooper. Puis elle monta dans les chambres. Les fêtards avaient occupé tous les lits, y compris ceux des deux chambres d'amis. Outre les bouteilles essaimées dans les lieux les plus insolites : boîte à pharmacie, coffre des commandes électriques et même sous les traversins, dans les tiroirs des commodes d'où l'on avait extirpé pour faire le vide les sous-vêtements, les chandails, les chemises et le reste, ainsi répandus à la diable.

Les draps de lit étaient maculés de rouge à lèvres, de cire de bougie rose, verte et bleue, de cirage de chaussures parmi quelques autres joyeusetés fomentées par des gens bien négligés. À mesure que Joe défaisait les literies, des traces suspectes se révélaient sans fin…

— Tu serais en droit de prendre quelques photos des désordres et de les montrer au paternel, dit Huguet qui s'était glissé derrière Joëlle.

Elle se retourna en soupirant.

—Vous en avez beaucoup, d'amis de ce genre ?

Il se proposa de descendre les draps à la cave pour les passer à la machine à laver. Mais elle refusa son aide, par principe, et lui fit signe de se reculer, tellement elle le sentait, ce jeune homme, fort empoté et indécis.

— Et le reste de la tribu Dufournelle, sais-tu quand il reviendra des Anses-d'Arlet ? s'inquiéta-t-il.

— À la date prévue, dit Joe. Avec Marraine, Louisette et le chauffeur…

— C'est injuste qu'on ne t'ait pas emmenée aussi.

— Certes pas, défendit Joe. Je ne suis pas disposée à cette allégeance-là.

Le jeune homme se mit à rire.

— Larbine mais pas esclave, fit-il.

— Exactement.

*

À quinze heures, au hall A de Mérignac, Joëlle Coline accueillit, comme prévu, Alice Dufournelle, en provenance de Fort-de-France, via Roissy. Elle jeta sur ses épaules un manteau confortable à col de fourrure, dans lequel Alice s'enveloppa en frissonnant. Peu prévoyante, elle s'était embarquée léger.

— Je m'interrogeais, ma chère. Je me disais, telle que je connais Mlle Coline, elle aura prévu un vêtement chaud.

La voyageuse la serra dans ses bras pour la remercier, mais Joe, comme à son habitude, se montra distante. N'a-t-elle pas reçu ma lettre ? se demanda Alice. Voici qui mériterait un peu d'attention à mon égard.

Déjà, l'employée de maison avait pris les bagages en mains. Elle marchait quelques pas devant, sans se retourner. Alice suivait comme une somnambule. La grosse valise n'entrait pas dans le coffre de l'Austin. Aussi décida-t-on de l'installer sur le siège arrière. Alice était peu coopérante, retrouvant avec délice ses vieilles habitudes. Elle n'avait pas imaginé devoir se débrouiller seule à Bordeaux : un train, un taxi, rien de semblable. Elle avait exigé dans son SMS que l'on vienne la chercher à la porte de l'aérogare.

— Je suis devenue votre chauffeur, madame Alice. En plus du reste… Je monte en grade. Je prends des responsabilités.

Joe se mit à rire. Mais sa voisine resta de marbre.

— J'espérais que vous me donneriez une réponse.

— Ai-je le choix ?

— Bien entendu, dit Alice d'un ton pincé. On peut toujours décliner une offre.

— Et que pense M. Romuald de ma promotion ?

Mme Dufournelle ne répondit pas. Sa main gantée allait et venait sur le cuir de la planche de bord.

— C'est une décision qui m'appartient.

Joe hocha la tête et se mit à piloter l'Austin plutôt nerveusement. Avec ses cent cinquante chevaux, c'était une bombe sur la route. Elle se fichait des limitations de vitesse, des radars de contrôle, comme si elle avait hâte, enfin, d'arriver à Périgueux.

Au bout d'un moment, Alice lui dit qu'elle était navrée de l'avoir tirée de ses congés, mais qu'elle marquerait le coup.

— L'argent, l'argent, toujours l'argent. Mais moi, Madame, je me fiche de l'argent. Je fais cela pour vous rendre service. Voilà tout.

— Merci quand même.

Puis Mme Dufournelle expliqua qu'elle avait décidé de rentrer en avance par caprice. Une dispute en famille avait mis le feu aux poudres. Joe prévint qu'elle ne voulait rien savoir.

— Après tout, vous avez vos raisons. Ça ne me regarde pas.

Jusqu'à l'entrée de l'autoroute, les deux femmes ne se dirent pas un mot. D'évidence, Alice avait besoin de parler, mais son employée faisait le maximum pour tenir ses distances. Et déjà, amère, Alice se demandait si sa proposition était la bienvenue. Devrais-je la regretter ? Devrais-je la reprendre ? s'interrogeait-elle en fumant cigarette sur cigarette.

Soudain, Joe reconnut que sa lettre l'avait fort surprise.

— Sans vouloir me répéter, dit Mme Dufournelle, je crois que ce sont des dispositions honnêtes et gratifiantes.

— Je les accepte, dit Joëlle plutôt sèchement.

Et Alice posa sa main sur celle de Joe. Celle-ci ne put la retirer du volant, à un moment où l'Austin Cooper roulait à vive allure, remontant une longue file, sans complexe.

— Croyez que je suis flattée de notre accord, ajouta Alice. Enfin, vous serez à ma disposition pour régler toutes mes petites affaires mondaines. Je suis si seule à La Barbecane, si désemparée devant mon dressing, à me demander sans fin : est-ce que je fais le bon choix ? La robe mauve ou la noire ? Et de même, je vous solliciterai pour rédiger mes bristols. Une femme comme moi, une Dufournelle, passe son temps à chercher le mot juste pour demander quelque chose ou remercier ou rendre une politesse. Je viens d'un milieu très modeste, contrairement à ce que vous croyez, mademoiselle Coline. Mon mari est venu me chercher dans un lieu retiré du monde pour m'offrir le mariage auquel je ne croyais plus. J'ai dit oui, oui, et encore oui, avec exaltation, sans mesurer toutes les conséquences de cette décision.

Elle se mit à rire en basculant la tête en arrière. Puis de la main, elle donna quelques aises à sa lourde chevelure. Elle entrouvrit la fenêtre pour s'accorder un peu d'air frais sur son visage.

— Vous avez pris un peu de hâle, nota Joe. Sur des plages paradisiaques…

— Allongée sur le pont d'un voilier. Un tour de l'île. C'est assez instructif. Mais la sensation de l'immensité ne peut se mesurer dans ce genre d'aventure, car on ne quitte pas la côte des yeux. Et il semble, ajouta-t-elle, que la force d'attraction des hautes et des basses terres demeure angoissante. C'est une île oppressante. Et de même les plages, tout entières occupées à satisfaire le touriste. On contemple les couchers du soleil. C'est le seul frisson du visiteur. Car il n'y a rien à voir d'intéressant. Les villages sont pauvres. La population s'active à de misérables besognes. Et nous marchons à côté d'elle sans la voir, sans la comprendre. Romuald ne pourrait écouter ce que je vous dis, ma chère, sans se mettre en colère. Il y a encore en lui de l'esprit du colonisateur. Sa suffisance s'étale par des tenues ridicules : bermuda, chemise tahitienne et cigare au bec. Puis à la nuit tombante, le rhum devient la seule religion qui se partage dans des estaminets de fortune à la décoration ridicule. Avez-vous voyagé, mademoiselle Coline ?

— Non, dit-elle. Jamais hors de France. Je ne sais rien que je puisse partager avec vous sur cette question.

— Et vous vous fichez en somme de ce que je vous dis ?

Joe se contenta juste de sourire, car elle n'avait jamais eu plus de 50 euros en poche. Elle avait toujours dû compter une à une ses dépenses, puis choisir l'essentiel et renoncer au reste.

— Lorsque le choix est guidé par le plaisir il crée un sentiment d'exaltation, mais quand il s'agit de décider à partir de ses faibles moyens, voici venu le temps des frustrations, dit-elle.

Alice hocha la tête. Cette réflexion réveillait en elle de douloureux souvenirs. Elle s'était résignée à un homme plus âgé, sans amour, sans désir, simplement pour conquérir une illusoire liberté. Mais Mme Dufournelle ne trouva pas à ce moment le courage de l'avouer à son employée qu'elle ne connaissait pas assez, et qui, peut-être, un jour, userait de cette connivence pour se retourner contre elle.

À hauteur de Mussidan, Mme Dufournelle demanda à Joëlle Coline de quitter l'autoroute et de prendre la direction de Ribérac.

— Voici qui nous éloigne de notre itinéraire, glissa Joe.

La jeune fille montra quelque agacement de voir amputée sa journée de précieuses heures. Elle escomptait retrouver Arnold au plus vite. Ils s'étaient promis de dîner au Clos Saint-Front, en tête à tête, pour aplanir quelques malentendus dans leur nouvelle vie de couple.

— Je voudrais vous montrer quelque chose.

— Quoi donc ?

— Quelque chose, répéta Alice d'un air énigmatique, qui vous en apprendra beaucoup sur moi-même.

— Pourquoi devrais-je en apprendre sur vous ? C'est étrange. Nous sommes liées par un contrat de travail. Il ne suppose pas que j'en connaisse plus sur votre vie…

— Ne soyez pas arrogante, Joëlle Coline.

Joe se mit à tapoter le volant du bout des doigts tout en accélérant. À chaque obstacle, elle profitait de la plus petite ligne droite pour doubler, et parfois même en prenant des risques. Mme Dufournelle s'amusait de ses réactions, en se disant que sa jeune conseillère en image et en *relooking* avait du caractère. Et pour le coup, ça lui plaisait bien, qu'elle fût ainsi pleine de hargne et de rage. Elle escomptait bien à son contact en conquérir un peu.

À Ribérac, Alice lui fit prendre la route de Montagrier, la destination finale.

— Pourquoi Montagrier ?

— C'est le berceau de ma famille, dit-elle avec un étranglement dans la voix. J'ai passé dans ce bled charmant les jours les plus tristes de ma vie.

Joe voulut lui dire qu'elle n'était pas intéressée par son histoire, que celle-ci, une fois révélée, les rendrait toutes deux plus proches et que cette connivence l'effrayait plus encore. Mais elle vit à ces petites larmes qu'Alice essuyait du dos de la main que Mme Dufournelle était bouleversée, si ébranlée qu'elle la prit en pitié.

— Ma vie aussi, dit Joe, c'est tout un poème.

Elle stoppa la voiture près de la Dronne. Alice l'invita à prendre un chemin de berge. Et parvenues au terme, elle lui montra une maisonnette blanche abandonnée au milieu d'un fouillis d'arbres. Elles durent enjamber maints obstacles, bancs d'orties, ronces et buissons avant de parvenir devant la bâtisse. La toiture en tuiles rouges était effondrée sur un côté. Alice lui montra les terres alentour condamnées à la jachère.

— Voilà d'où je viens, ma chère. De cette misérable petite ferme. Et non point comme la légende, insidieusement créée par Romuald, le prétend, d'une honorable famille bourgeoise de Bergerac. J'étais le souffre-douleur d'un père violent et d'une mère soumise. Les Rézani élevaient de la volaille et plus particulièrement des canards et des oies. Nous fournissions les Dufournelle. Ma mère et moi, nous passions nos longues soirées à gaver ces palmipèdes. Jusqu'à l'épuisement. Rien que de sentir l'odeur du maïs bouilli, que nous leur faisions ingurgiter de force, j'en avais la nausée. Un jour, Romuald m'a prise à l'écart. Il m'a dit : « Tu es bien trop belle, ma petite, pour rester dans ce trou à rats. Je peux t'en sortir, si tu le désires. J'ai les moyens de faire de toi une jeune fille élégante. » Je suis rentrée me cacher dans la maison. J'avais honte. Et ma mère m'a interrogée sur la proposition de Romuald. Elle s'est mise à hurler. Mon père est venu à la rescousse, comme chaque fois qu'on criait contre moi. Et cette fois encore, il m'a infligé une correction. À sa manière…

Alice prit appui sur l'épaule de Joe et lui dit d'une voix cassée :

— Il me baissait la culotte, le salopard, pour me fouetter fort, jusqu'au sang. C'était son petit plaisir. Et ma mère ne prenait jamais ma défense. Je me souviens que ce jour-là, tandis que mon père me fouettait, en prenant son temps et en s'arrêtant pour juger du spectacle, elle disait : « Tu ne vois pas que ce cochon veut faire de toi une putain. Il va te mettre sur le trottoir, ce vieux dégueulasse. »

Alice expliqua ensuite que M. Dufournelle avait réitéré sa proposition. Les Rézani comprirent que l'industriel était amoureux de leur fille et qu'il était prêt à mettre le prix pour l'obtenir.

— Quel âge aviez-vous à ce moment-là ? demanda Joe.

— Dix-sept ans, dit-elle. Puis il a proposé à mon père une coquette somme pour l'époque, 100 000 euros d'aujourd'hui, au moins, en disant : « Voici qui va te faire réfléchir, Rézani, n'est-ce pas ? » Il exhibait l'argent sous les yeux de mon père. Ma mère se tenait à distance. Romuald a attendu la réponse. Il paraissait pressé d'en finir. Et mon père a fini par dire : « On va réfléchir. — Pas trop longtemps », a ajouté Romuald, en me regardant avec un drôle d'air. Il était fou de moi, de ma jeunesse, de ma beauté. Il prenait mes mains, les caressait, parfois s'en venait les baiser effrontément, comme en terrain conquis. Il savait qu'à partir du moment où il avait abattu ses cartes, cette grosse liasse de billets, rien ne pouvait lui résister. Son désir me faisait peur. Et je savais à ce moment que je n'échapperais pas à son emprise. Plus tard, dans la cuisine, alors qu'on m'avait enfermée dans la petite chambre, mes parents se sont consultés sur ce qu'ils devaient faire. À travers la porte, j'ai entendu mon père dire : « Pour une fois que cette petite idiote va nous rapporter quelque chose… » Certes, ma mère a protesté en poussant de longues plaintes. Mais le père n'aimait pas ces manières. Alors il s'est mis, comme à son habitude, à lui flanquer des gifles. « C'est à moi de décider… Rien qu'à moi. T'as compris ? » Et puis au bout d'un moment, il a dit : « P't'êt' qu'il n'en fera pas une putain. P't'êt' qu'il la voudra pour lui, lui tout seul. Ça se peut bien. Ah oui, punaise, 600 000 francs, ça nous ferait de quoi partir de cet endroit. Pas vrai, Jeanne ? Dis-le voir, que t'as envie de partir ? » Et comme ma mère ne disait rien, il s'est remis à la secouer, à la gifler, jusqu'à ce qu'elle finisse par accepter le marché. Puis un jour, Romuald est venu me chercher. Il m'a installée à La Barbecane. Je suis devenue sa chose, bien sûr, sans brusquerie. Il m'a fait jurer de ne jamais raconter cette histoire. Et à mes dix-huit ans, Dufournelle m'a épousée, en racontant à tous ses affidés que j'étais la fille d'un négociant en vin de Bergerac. Un an plus tard, je me suis retrouvée enceinte de Mariza. Pourtant, lui, il ne voulait pas avoir d'enfant. Mais j'ai tout fait pour ça. J'avais la crainte que, s'il se lassait de moi, avec le temps, je me retrouve jetée à la rue.

— Et vos parents ? Avez-vous des nouvelles d'eux ? demanda Joe.

— Ils ont acheté un bistrot à Angoulême. Un relais pour routiers. Car au moment de mon mariage, le père a exercé un chantage sur Dufournelle en le menaçant de tout raconter. Romuald a cédé une nouvelle fois, et peut-être encore aujourd'hui paye-t-il leur silence… Je ne sais pas. Chaque fois que je l'interroge, il me répond que c'est une affaire entre lui et les Rézani. Il dit que ce ne sont là que des bonnes œuvres. Une manière élégante d'aider les pauvres. Une fois, il m'a même dit, sans rire : « Après tout, ils font partie de notre famille… »

Joëlle et Alice restèrent longtemps silencieuses, jusqu'à l'entrée de Périgueux. Dans les embouteillages, Alice demanda soudain, comme si elle regrettait déjà tous ses aveux et qu'elle voulait être payée en retour de quelques confidences :

— Et vous, Joe, est-ce que vous me montreriez aussi la maison de votre enfance ?

La jeune femme se mit à sourire. Elle s'attendait à cette question et avait décidé par avance de n'y point répondre.

— Vous permettez que je vous appelle Joe, n'est-ce pas ? Nous nous connaissons assez, maintenant, pour nous autoriser, l'une et l'autre, quelque familiarité.

— Non, je ne vous dirai rien, Alice. Sinon que ma famille est partagée, une misère chassant l'autre.

En franchissant les portes de La Barbecane, Alice vit instantanément que les tapis avaient disparu, surtout le Samarkand. Et elle poussa un cri de surprise. Joe la rassura aussitôt en lui expliquant que ces jours derniers la maison avait été le théâtre de bacchanales. Certes, la demeure avait été remise en ordre, mais en y regardant de plus près, certains objets n'étaient pas exactement à leur place. Et dans le bureau de Romuald, deux statuettes avaient disparu, dont l'une qui représentait une certaine valeur.

Par avance, Alice craignait les réactions de son mari.

— J'espère qu'il ne vous soupçonnera pas, dit Mme Dufournelle. Il désapprouve tellement votre présence à mes côtés. Il craint que vous soyez pour moi une mauvaise fréquentation.

Joe prit la réflexion avec détachement. Il aura suffi que Madame soit dans ses murs pour que la carapace bourgeoise s'en revienne, pensa-t-elle, après tant de confidences.

— Vous n'avez qu'à me congédier, après tout. Pourtant, Madame, j'aurais de quoi vous faire du chantage…

Elles éclatèrent de rire ensemble.

— Mais Joe, vous n'y pensez pas. Je tiens à vous.

Puis elles firent ensemble le tour des pièces, et quelquefois Joëlle Coline lui livrait quelques descriptions des désordres que cette fête improvisée par Huguet avait générés.

— Un des fêtards, un hippie, a tailladé les cravates de Monsieur. Il faudra justifier de leur absence.

— Je m'en charge, promit Alice.

Joe l'observa à ce moment avec une moue de scepticisme. Les deux femmes s'assirent face à face, Joe sur le lit de Dufournelle et Alice dans le fauteuil.

— Après mon mariage, figurez-vous, j'ai manqué cruellement d'argent. Romuald me mesurait ses « largesses », ou du moins m'obligeait-il à justifier chacune des dépenses.

— Que craignait-il ? Que vous deveniez soudain trop dépensière ?

— Je ne savais pas ce qu'était avoir de l'argent devant soi. Certes, le destin m'avait imposé la couche de Romuald. Il se servait de moi, comme un sagouin. Je ne savais rien, alors, du désir des hommes, de leurs caprices fantaisistes. Il m'obligeait à porter des dessous affriolants. Des choses ridicules. Comme si mon corps, par lui-même, ne lui suffisait pas. Il voulait l'habiller selon sa fantaisie. Sa secrétaire, une connaisseuse sans doute, lui achetait mes culottes, mes porte-jarretelles et mes guêpières. C'était humiliant pour moi. Car non content de coucher avec Delphine Derocroy, il voulait qu'elle choisisse mes dessous. À ce moment-là, j'étais devenue la putain personnelle de mon mari. J'ai donc exigé de choisir moi-même ma garde-robe, bien que n'étant qu'une petite bécasse Rézani, sortie de la misère pour 100 000 euros… Alors j'ai adopté un système assez simple pour composer ma caisse noire. Chaque fois que je m'offrais une robe, je la faisais facturer cinquante pour cent au-dessus de sa valeur. Les filles du *Comptoir de Paris*, de *Clariss-vêt* ou de *Prima-Mode*, et j'en passe, s'étaient accoutumées de bonne grâce à mes manigances. Ainsi récupérais-je chaque fois cinquante pour cent pour mon petit pécule. Il s'est mis à enfler, jusqu'à ce que, le temps aidant, Romuald finisse par se désintéresser de mes extravagances vestimentaires. Désormais, chaque fois que je peux rafler de l'argent domestique, je m'y attelle avec détermination, comme si l'homme qui partage ma vie était devenu un ennemi intime. Présentement, je dispose de quelques placements lucratifs. Histoire, voyez-vous, Joe, de me constituer un trésor de guerre, au cas où un jour, le mari se lassant de moi, il me jette aussi aisément qu'il m'a cueillie.

Joëlle Coline fut troublée de découvrir combien l'histoire de Montagrier avait marqué Alice à vie au point de craindre que son entourage lui manifestât à la longue quelque mépris sur ses origines. Ainsi avait-elle fini par s'installer à La Barbecane comme en terrain hostile. La pitié qu'Alice lui inspira à ce moment finit par l'envahir de tristesse.

— Quelle solitude ! jura-t-elle. Comment l'amour travesti à ce point peut-il devenir un enfer ? Avez-vous songé à partir à quelque moment ? À quitter cette imposture sentimentale ?

Alice passa la main dans sa chevelure, l'ébouriffa à souhait.

— Quelquefois, certes, reconnut-elle. Mais je ne me sens pas assez forte pour franchir le pas. Il me semblerait tout perdre d'un coup, surtout ce confort auquel j'aspire. Et aussi la reconnaissance dont je suis l'objet, tout de même, au cercle des Apostilles. Si je le trahissais, je crois que Romuald me foulerait aux pieds, sans vergogne. Je n'ai pas d'allié parmi les gentils bourgeois qui courtisent mon mari. Si par mésaventure il venait à me déchoir, je perdrais d'un coup toute mon honorabilité. Je ne serais plus rien. Je redeviendrais la fille Rézani qui gavait, jadis, les oies de Montagrier.

Les femmes descendirent dans le salon. Puis Joe voulut prendre congé, mais Alice insista pour rédiger son nouveau contrat. Comme elle était assez malhabile devant un clavier d'ordinateur, elle pria donc Joe de le composer sous sa dictée. Et quand il fut question des émoluments, Alice lui demanda combien elle voulait.

— Deux mille cinq cent euros, exigea Joe, sinon rien.

L'employée ajouta juste pour sa défense que c'était un tarif minimum pour une conseillère en image et en *relooking*. Elles compulsèrent le document chacune de son côté, ajoutant ou ôtant, par-ci par-là, un mot, puis elles le signèrent. Alice poussa un soupir de soulagement en avouant qu'elle avait redouté un refus jusqu'à la dernière minute. Maintenant, pensa-t-elle en demandant à son employée d'aller emplir deux verres de whisky, je me sens moins seule dans la grande maison Dufournelle.

11

Arnold Gobelin n'avait jamais eu à se préoccuper d'argent : comment le gagner ou le faire fructifier. Si bien que lorsque Joëlle lui annonça fièrement son nouveau salaire, il trouva son emballement ridicule. « Décidément, c'est se damner pour rien dans l'antre des bourgeois capricieux », expliqua-t-il. Et pour justifier son point de vue, il prit pour exemple le fait qu'on la faisait turbiner pendant ses jours de congés, selon le bon plaisir de Mme Dufournelle.

Joe alluma la chaîne stéréo et posa un casque sur ses oreilles. Ces temps derniers, elle écoutait en boucle, sans se lasser, *Barche Lamsel* de Charles Lloyd, et précisément chaque fois que dans sa vie quotidienne disputes et contrariétés s'en venaient la perturber. Arnold d'un geste vif lui arracha les écouteurs. Joëlle le regarda avec de gros yeux effarés. Jamais, jusque-là, dans leur récente vie en couple, son compagnon ne s'était permis un tel geste. Le jeune peintre comprit aussitôt qu'il avait mordu le trait.

— À quoi tu joues, mon amour ?

— Je voudrais que tu m'écoutes, quelquefois. Sinon…

— Sinon quoi ?

— Sinon rien.

Il prit un air boudeur et alla se réfugier près des rayons de livres qui occupaient tout le mur du fond. Joe le regardait avec insistance. Il n'était pas nécessaire d'avoir un master en psychologie pour comprendre que son amoureux avait envie de s'en retourner à son atelier. Lorsqu'il n'avait pas un pinceau à la main et un étalage de tubes d'acrylique devant lui, l'existence lui paraissait dépeuplée. Joe avait renoncé à lui faire comprendre que sa place était près de ses toiles chronophages. Le peintre ne se supportait plus loin d'elle, tant le désir le possédait, aussi fort peut-être que son besoin de peindre. Ainsi paraissait-il écartelé entre ces deux nécessités, l'aimer sans répit et créer sans relâche. Il n'y avait pas de solution négociable, en vérité, Joëlle Coline se refusant à vivre dans le capharnaüm de la rue Coligny.

Dans ces moments d'angoisse avec la peur de la perdre, il lui faisait l'amour sans frein. Elle avait bien aimé, au début, cette situation étrange où elle n'était plus qu'un sexe offert à discrétion. Mais, à la longue, la lassitude s'était fait jour en elle, si bien que quand elle n'avait plus envie de se donner, il lui fallait simuler. Elle lui jouait la comédie pour lui faire plaisir, puisque c'était tout ce qu'il attendait d'elle.

Après qu'il eut renfilé son jean, bridé sa ceinture et relevé la fermeture Éclair, Arnold lui dit d'un air triste que ses heures passées au service d'Alice Dufournelle ne devaient guère lui coûter, puisqu'elle aimait cette femme. Joe s'en défendit avec force.

— Tu l'aimes. Qu'y puis-je ?

— C'est mon job, répéta de nouveau Joëlle, rien de plus. Mon job, insista-t-elle, ça consiste à la suivre dans les magasins pour l'aider à choisir ses toilettes, puis à partager sa conversation dans les salons de thé, et même à lui trouver des expositions à voir, des films à visionner ou des livres à lire de toute urgence.

Arnold éclata de rire.

— C'est avec elle que tu devrais vivre. As-tu conscience de ça, au moins ? Elle dévore ta vie. C'est une mante religieuse. Et un jour, tu finiras par avoir le mari sur le dos, l'ignoble fabricant de foie gras. Il te transformera en chair à pâté et te mettra en boîte.

Joe éclata de rire et alla chercher dans le réfrigérateur la bouteille de sauternes. Elle se servit égoïstement sans en proposer à Arnold. Instantanément, il trouva là l'occasion de s'enflammer.

— Tu n'aimes pas ça, Arnold.

— J'aime tout ce que tu aimes.

— Sauf Alice Dufournelle, le reprit-elle.

— Ça oui, tu as bien raison, c'est un breuvage sirupeux, cette femme. Elle t'offre toutes les douceurs dont la vie t'a privée : les glaces à la fraise des bois, au thé vert, au litchi et au matcha… Sans oublier les calissons au lait d'orgeat, et le chocolat Gianduja… Regarde, fit-il en posant les mains sur les hanches de la jeune fille, tu commences à prendre de ce côté-ci. Tel est le prix à payer pour toutes ces douceurs.

— Mon pauvre Arnold, tu es d'une méchanceté que je ne soupçonnais pas. La jalousie, s'écria-t-elle. C'est un poison. Tu es addict à ce poison.

Elle plaqua la main sur son pantalon, le fixa dans les yeux d'un air grave.

— Tu bandes, petit génie, rien qu'à l'idée que nous puissions faire des choses entre femmes. C'est un pur délire. Les hommes sont ennuyeux parfois. Combien de fois me faudra-t-il te dire que je t'aime, toi et rien que toi, et toi encore ? insista-t-elle en posant ses lèvres sur les siennes.

Mais Arnold s'esquiva aussitôt et sortit sur le balcon. Il avait besoin de l'air vif du soir, de s'abandonner au silence, comme si celui-ci, pour un temps, allait atténuer sa colère. Elle revint le chercher comme s'il était un petit garçon, se mit à le consoler par des caresses et des bisous. Pour la première fois, elle éprouva une étrange sensation de pitié. Mais ce n'était pas un carburant amoureux convenable pour alimenter la mécanique du désir et elle fut frustrée de le voir se satisfaire de si peu.

Parfois, lorsque l'ennui les submergeait, et que les amants avaient épuisé mille reproches, la cité réparatrice les happait tous deux. Par habitude, ils allaient dîner au *Garden Ice* du boulevard Montaigne. Là, ils étaient assurés de retrouver quelques âmes sœurs : Florence et Julien, par exemple. C'était un miroir de couple idéal dans lequel on se reflétait à merveille. Joe se disait en les observant : Voilà où nous en serons dans deux ou trois ans…

L'amour entre Florence et Julien était à l'image d'une météo incertaine. Beau fixe le matin après l'amour. Puis ça se gâtait en fin de matinée. Premières bourrasques, tendance à la pluie. Et ça reprenait au milieu de l'après-midi avec une accalmie de beau temps passager. Et enfin pluie le soir, petit crachin ou averses persistantes. C'était selon. Cependant, les jours d'orages violents et impétueux étaient de nature à réveiller leur passion amoureuse. Ceux-ci étaient parsemés de débris de toute nature, verres et tasses brisés au sol, auréoles de café et de vinasse sur les murs…

— Je n'ai jamais connu un beau fixe, un *very dry*, 1060 millibars sur le baromètre de nos passions, dit un soir Florence en emplissant elle-même les verres de chardonnay devant des assiettes de moules bien garnies.

Elle prit deux poignées de frites et les colla d'office dans l'assiette de Julien.

— Moi, ces cochonneries, ça me donne de la cellulite aux fesses. Et après, forcément, tu me la reproches, cette horreur, comme si tu avais besoin de me le dire. Je le sais, bon Dieu, oui, que j'ai de la cellulite. Et alors ? Vous, les mecs, ça se porte sur le bide. C'est votre cellulite à vous. Est-ce que les nanas vous reprochent de prendre du ventre ? Non, au contraire, on entend que ça, toutes ces grognasses qui disent avec le regard chaviré : « N'est-il pas mignon, mon gros nounours, avec son coussin d'amour ? »

Julien se mit à dévorer les frites à la suite, délaissant les moules. Ça le dégoûtait en vérité, cette eau empoissée de curry coulant entre ses doigts. Et Flo l'observait avec un œil noir, tandis que Joe s'amusait de voir la pression atmosphérique monter entre eux deux, ne sachant encore lequel déclencherait les foudres.

— Qu'est-ce qui fait que je reviens toujours vers lui ? dit Florence en posant la main sur le bras de sa copine. Après une sorte de valse-hésitation. Un temps fugitive, un temps prisonnière, c'est l'alternance des cœurs. Je fuis, je reviens, tu comprends ? À croire que j'ai besoin de ces rituels pour avoir du plaisir, et tirer de ce garçon un peu de son sperme... Mais si avare de ça aussi, comme ce n'est pas Dieu possible. Je l'ai vu même se contenir pour ne pas éjaculer, et remettre l'offrande aux calendes grecques. À moins qu'il se réserve pour une salope, en fin de soirée, au *Sulky*, une salope, répéta-t-elle, chauffée à blanc par ses *rimshots* de batterie. Incomparables, paraît-il, ses *rimshots* et ses *cross-sticks*. Une salope tirée à la va-vite entre les tasses de la pissotière...

Julien chercha une serviette en papier pour se dégraisser les doigts. Il écoutait sans rire. Ça le flattait en somme qu'on le décrivît ainsi, incorrigible côté sexe. Florence profitait de l'auditoire pour l'humilier à sa façon, enfin pour tenter de l'humilier, car sans s'en douter elle obtenait l'effet inverse...

— Et vous deux ? demanda-t-elle en touchant la main d'Arnold. Vous ne dites jamais rien. C'est cool, votre affaire ?

— Cool, dit Arnold en regardant Joe.

— C'est-à-dire ? Vous vous aimez tout le temps ou ça chauffe quelquefois ? Rassurez-moi.

— Arnold me voudrait soumise. Alors je joue ce petit rôle parfois.

— Soumise en vrai ? insista Flo. Avec tout l'attirail ?

— Oh non, se défendit Joe, ça reste cérébral.

— Une romance, quoi ! fit Julien. Vous avez des gueules de romance. Je le savais.

— Et dis-moi, Joe, a-t-il essayé de te passer en peinture ? En bleu ? En rose ?

Joe éclata de rire et reconnut qu'elle détestait le contact physique avec la matière acrylique ou autre.

— La gouache, ça part à l'eau sans problème.

— Non. Au contraire. Nous n'arrivons pas à trouver un compromis, reconnut Arnold. Je voudrais l'avoir auprès de moi quand je peins, mais elle déteste ça.

— Tu es jaloux alors ? fit Florence. Tu crois qu'elle s'envoie en l'air pendant que tu peins tes horreurs climax ?

Florence remplit les ballons à ras bord. Elle ne pensait plus qu'à ça, finir la bouteille pour en commander une autre.

— Non, tu te trompes, Florence. Je n'ai aucune raison d'être jaloux. Notre entente est parfaite, affirma Arnold.

Joëlle fit la moue et détourna la tête pour qu'on ne vît pas sa réaction. Elle pensait à Alice Dufournelle et à la médiocre comédie qu'elle et son mari s'étaient imposée.

— Toi, fit Julien en désignant Arnold, tu couches avec tes toiles. À la touche finale, c'est l'orgasme. Et je parie qu'à ce moment-là, putain, tu voudrais l'avoir à ta merci, la petite Joe…

Ils sortirent sur le boulevard Montaigne en se tenant bras dessus, bras dessous, Joe avec Julien et Florence avec Arnold. Ils se disaient des choses à l'oreille, et ça faisait jaillir des éclats de rire. Ce jeu dura jusqu'au

Sulky où, bien entendu, le musicien techno avait ses entrées. Le DJ voulut l'embaucher pour venir jouer, lui aussi, sur son Music Mixer. Mais Julien refusa et alla danser sur la piste avec ses copains. Puis au bout d'une heure, Joe sortit la première pour fumer une cigarette. Florence la rejoignit en lui apportant une cannette de Red Bull. Les filles trinquèrent symboliquement, puis Joëlle lui dit qu'elle avait été plutôt « grave » durant le repas.

— Tu trouves ? C'est comme ça qu'il faut leur parler, aux mecs. Moi, j'ai tout appris avec Lorenzo, mon petit collectionneur de nanas. Il avait une drôle de manière, celui-là, fétichiste en plus. À collectionner ses prises de guerre, les strings. Le jour où j'ai trouvé ça, bien étiqueté dans un de ses tiroirs, le jour, l'heure, le nom ! Tout y était. Un maniaque. Je me suis sauvée, comme tu peux l'imaginer. Mais avant, je me suis arrangée pour tout virer à la poubelle du coin de la rue. Entre nanas, n's'pas, faut se serrer les coudes.

— Tu aurais voulu le garder, Lorenzo ?

— Oui. C'était bien avancé, notre affaire. J'y croyais, putain. Carrément même. Oh, la godiche que j'étais. Il m'a dit quand on s'est quittés que les nanas c'était tout juste bon à s'allonger. « Et les sentiments, que je lui ai dit, qu'est-ce que tu en fais, toi, des sentiments ? » Il m'a répondu : « Quoi, les sentiments ? — Et la tendresse, que je lui ai dit, ensuite, tu en fais quoi, de la tendresse ? » Il riait en se tortillant. « Des conneries, tout ça. Rien que des conneries… » Et voilà.

— Et Julien ? demanda Joe. Tu y crois ?

— Pas trop. Il me trompe. Mais au moins, on se fait la guerre, on se bagarre, on s'insulte, on se sépare, on se retrouve, on fait l'amour… Bref, avec lui, c'est la vraie vie. J'ai l'impression d'exister.

Elle se mit à réfléchir en fixant le ciel étoilé.

— Tant que ça tiendra… Après, je ferai comme d'habitude, ma valoche, et adieu la compagnie. Je le laisserai à ses petits jeux d'ado attardé. Tu le vois bien, Joe, tous les mecs sont des ados attardés. Ça ne fera jamais des maris. Ça ne fondera pas de famille.

— Tu as envie, toi, de te mettre en ménage ?

— Quelquefois, j'y pense. Les filles, c'est comme ça, elles ont une horloge biologique dans la tête. Passé trente-cinq ans, on panique. On se dit qu'on n'aura pas de gamins, qu'on ne trouvera pas un type assez sérieux pour nous les faire et les élever. Je ne vois pas Julien en train de donner le biberon. Alors, il reste la solution de les faire seules, nos enfants. Mais pour ça, faut avoir de la tune.

— Moi non, dit Joe. Je ne veux pas faire des enfants. J'ai eu ma dose chez les Coline. Mes parents ont passé leur temps à se disputer, à se battre comme des chiens. Puis ils se sont quittés, enfin. Sinon, ils se seraient massacrés l'un l'autre. Et pendant ce temps, personne ne s'est occupé de moi. Cette expérience, Flo, ça m'a vaccinée pour la vie. Pas d'enfants, putain non, pas d'enfants.

Julien et Arnold sortirent du *Sulky* à leur tour, en titubant. La *shuffle dance* les avait épuisés. Et même les boissons énergisantes n'y faisaient plus rien. À bout de souffle, à bout de nerfs, lessivés, essorés. Ça les faisait rire, tous les deux, et jurer et crier comme de bons sauvages, tandis qu'ils se tenaient par les épaules, l'un aidant l'autre à rester debout.

— Tu as raison, Flo, murmura Joëlle. Carrément raison. Ça nous fera jamais des maris, ces enfoirés.

*

La question soulevée par Florence traça son chemin, ce soir-là et les jours suivants, dans la tête de Joëlle.

— As-tu envisagé un jour, Arnold, de fonder une famille ?

Le peintre éclata de rire. C'était la question la plus saugrenue qu'on lui eût jamais posée.

— Un pacs ? Tu voudrais qu'on se pacse ? Quelle drôle d'idée. On est très bien ainsi.

Joëlle se baladait dans la chambre en T-shirt de nuit. Elle allait et venait pour remettre au passage un peu d'ordre. Des verres, des tasses, des bouteilles vides en plastique, des enveloppes de thé et de préservatifs traînaient un peu partout sur la moquette. Arnold occupait le milieu du lit en se prélassant. Il la regardait aller et venir, cherchant à deviner sous le fin tissu blanc les formes de son corps. Pourtant celui-ci n'avait plus de secrets pour lui, mais tout de même, les mamelons des seins pointant sous le voile, le triangle sombre de son sexe, et le négligé indompté de sa chevelure l'excitaient déjà.

Lorsque Joe passa enfin à portée de sa main, il s'empara de son T-shirt et l'attira vers lui. Elle lui échappa de justesse, dans une pirouette, avec un air faussement outragé. Puis elle alla quérir dans le tiroir de sa commode une culotte qu'elle enfila dare-dare, histoire de lui signifier qu'elle n'était pas disposée. Il se mit à grogner d'un air repu.

— Tu veux me faire payer quelque chose ?

La jeune femme parut ne pas comprendre l'allusion. Il se fit plus précis. Et elle se retourna vivement vers lui, à deux mètres du lit, corps cambré, ses mains enroulant sa chevelure dans un chignon qui se défit aussitôt, mais suffisamment amorcé pour que son port de tête fût dégagé.

— Comment vois-tu notre avenir, Arnold ? Une nuit avec moi, une autre au milieu de tes œuvres ? Entrer, sortir, ne répondre à aucune question embarrassante, voir venir ou ne rien voir justement ?

— Je me sens trop fatigué pour te répondre, dit-il en s'étirant.

— Mais assez en forme pour me sauter ?

— Tu es chiante, Joe.

Arnold rabattit la couette d'un geste décidé pour montrer ses attributs, dans l'espoir sans doute que la seule vue d'une érection le rendrait irrésistible. Bien au contraire, elle détourna les yeux et alla se préparer un earl grey dans la cuisine. Elle lui en proposa un, mais il refusa. Vexé, sans doute. Humilié ? Peut-être pas tout à fait.

— Je t'aime, Joe. Je t'aime vraiment.

— Moi, je ne sais pas, dit Joëlle. Il me faudrait des preuves d'amour. Les filles sont chiantes, comme tu dis si souvent, elles quémandent toujours des preuves, de fortes et irréfutables preuves d'amour. C'est comme ça. Très récemment, je n'ai entendu à mon égard que des suspicions.

— Ta patronne, ta chère patronne, t'a-t-elle donné, elle, des preuves d'amour ?

— Tu es con, parfois. Je m'interroge, en vérité. Comment peux-tu faire de la si belle peinture avec des pensées aussi nazes ?

Joe éclata de rire et vint s'asseoir au fond du lit. Désormais, elle savait qu'il ne la toucherait plus ; elle avait rompu d'elle-même le charme. Il se redressa vivement pour bredouiller quelques plates excuses.

— Je ne te parlerai plus de cela ! promit-il.

— Ni du reste ?

— Quoi donc ?

— Notre devenir. Resterons-nous copain-copine ? Ou plus ?

— Comment veux-tu que je te réponde ? Je ne sais pas. Nous sommes bien, tous les deux. Nous nous entendons parfaitement. Chaque jour qui vient apporte son lot de surprises. Je suis dans la phase où je te découvre.

— Suis-je bien notée ? Deux sur cinq, trois peut-être ? Trois sur cinq, ce serait le nirvana, ironisa-t-elle.

Arnold se leva d'un bond et s'engouffra dans la salle de bains. Joe resta immobile, assise au fond du lit, fixant ses orteils. Elle était triste. Elle se sentait seule, plus seule que jamais.

Je sais ce que me conseillerait Florence, pensa-t-elle. Prendre les choses comme elles arrivent. Ne pas fonder des espoirs inutiles. Rester au seuil de la lucidité. Et ne pas mettre trop de clairvoyance en jeu, au risque de courir derrière des illusions. Sinon, tout perdre, celui-ci, et tous les autres qui viendront ensuite… « Car il n'en existe aucun qui s'impliquerait assez… », me dirait-elle. Et peut-être aussi, que je situe la barre trop haut sur l'échelle des passions. Et pour finir, me retrouver seule, au sommet, puis me retourner enfin, et découvrir qu'il n'y a plus personne derrière moi.

Elle dégusta son thé par petites gorgées, jusqu'à ce qu'elle éprouve un sentiment de sérénité. Elle alla sur le balcon, attendit dans l'air frais du matin que son amant fût sorti de la salle de bains.

— Maintenant, lui dit-elle d'une voix douce mais déterminée, je voudrais que tu me laisses seule, seule avec moi-même.

Arnold l'observa, ébahi.

— On renonce à tous nos projets ensemble ? À tout ? insista-t-il.

— Pour aujourd'hui, oui, confirma-t-elle.

— Et demain ?

Elle ne répondit pas. Elle fixait le voilage de la porte-fenêtre, agité par le vent du dehors.

— Sois gentil, Arnold. Laisse-moi, s'il te plaît, dit-elle encore d'une voix suppliante.

Joëlle avait flairé à sa première réaction, surprise passée, qu'il allait lui opposer un peu de résistance, tant son évincement si soudain le blessait intimement. Et ce fut un étrange silence que celui-ci où Arnold voulut lui dire qu'il ne reviendrait plus jamais. Mais il comprit que ce chantage affectif ferait long feu. Il sentit qu'elle ne baisserait pas la garde, quelles qu'en fussent les conséquences.

12

En trois phrases lapidaires, Mme Dufournelle avait annoncé à Louisette et Marraine que, dorénavant, Joëlle Coline était rattachée exclusivement à son service. Les deux employées de maison se regardèrent, incrédules, puis après un court silence, la gouvernante osa avancer d'une voix pincée qu'il faudrait songer à engager enfin une véritable femme de ménage, une *vraie* femme de ménage, insista-t-elle. Alice se détourna d'un seul mouvement, en pivotant sur elle-même. Elle agissait toujours ainsi lorsqu'elle se trouvait prise au dépourvu. Elle fit quelques pas dans la direction de son bureau, puis revint subitement vers ses deux employées.

— En effet, vous avez raison, reconnut-elle. Mais cette fois, mon mari s'en chargera. Car je ne suis pas sûre de faire le bon choix. La preuve…

— Que voulez-vous dire, madame Dufournelle ?

Elle haussa les épaules avec un grand sourire.

— Je crains de me tromper une fois encore.

Puis elle disparut dans le couloir qui menait à son cabinet personnel.

— Conseillère en image, murmura Marraine. Ça ressemble à quoi ?

— À rien, dit Louisette. À part que Madame a besoin de s'inventer un nouveau style de vie. À quelle fin ? Je ne saurais dire. Peut-être a-t-elle quelque idée bizarre en tête ? Volage, suggéra-t-elle, deviendrait-elle volage ? Les belles toilettes. C'est de l'appât pour les hommes, n'est-ce pas ? Nous ne sommes pas nées de la dernière pluie, fit-elle avec un clin d'œil appuyé.

— À la longue, Monsieur finira par s'agacer, jugea Marraine. Et alors, il y aura de l'eau dans le gaz.

— Présentement, ce n'est pas M. Dufournelle qui trouve à y redire, mais Geoffroy. Il ne peut pas la voir en peinture, cette petite Coline. Il juge avec raison qu'elle prend trop de place dans la maison, cette effrontée. Et cela, en vérité, depuis que sa belle-mère l'a prise sous son aile.

Du plat de la main, la cuisinière lissait son tablier, si mal repassé. Mais pour l'heure il était illusoire d'exiger qu'on obtînt de Miss Coline, comme on disait désormais, qu'elle s'y collât enfin. Du reste, il y avait un tel retard dans le linge de maison qu'on envisageait de sous-traiter le repassage à l'extérieur.

— Je parierais, marmonna Marraine, que cette demoiselle gagne plus que moi qui ai dix-huit ans de maison.

Mais sa réflexion tomba dans le vide, la gouvernante s'étant déjà effacée.

Trois jours plus tard, on engagea une stagiaire recommandée par l'Agence pour l'emploi. Anna avait dix-huit ans et pour seule formation quatre années de lycée professionnel. C'était suffisant pour ce qu'on exigerait d'elle, et celle-ci, si réservée et timide, s'adapterait à merveille à la situation.

Romuald ne demanda aucune explication sur les nouvelles attributions de Mlle Coline. Au contraire, l'industriel paraissait soulagé que sa femme eût trouvé enfin une domestique à sa botte, si docile et compréhensive, prête à tout pour satisfaire chacun de ses petits caprices.

Plus tard, par contre, Geoffroy ne s'embarrassa guère de scrupules pour émettre des réserves.

— Mon cher papa, vous ne devriez pas accepter cette situation. En donnant autant d'importance à une de nos employées, nous encourons bien des difficultés.

Dufournelle écoutait son fils distraitement en remplissant une grille de mots croisés.

— Lesquelles ?

Le fils hésita à répondre.

— C'est un statut lui offrant un pouvoir dans notre famille qui pourrait se retourner contre nous tous. Par exemple, avoir une certaine emprise sur Alice et lui mettre en tête des idées fâcheuses.

Le père haussa les épaules.

— Cette jeune fille est fort instruite à ce que je crois. Et Alice pourrait bien profiter de son savoir dans des domaines, mon pauvre Geoffroy, qui nous indiffèrent, toi comme moi, les arts, la culture, les belles-lettres. Alice a besoin de s'émanciper sur ce terrain, de se confronter à l'air du temps, de découvrir les trésors de l'esprit. Voici qui ajoutera à sa beauté.

Geoffroy s'autorisa un ricanement. Son père l'observa avec tristesse et un peu de pitié aussi.

— Vous ne comprenez rien, mon cher papa. Cette importune choisit ses toilettes, décide de ses parfums…

— Tant mieux, si Alice est heureuse ainsi… Moi, confessa Romuald, je ne lui ai pas apporté grand-chose. L'entreprise m'accapare tout entier au point que je ne peux lui accorder une seconde. Et cette solitude commençait à lui peser. Je craignais déjà de la perdre. Si jeune encore, déplora-t-il, et moi si vieux, déjà.

Devant la colère grandissante de son fils, M. Dufournelle chiffonna d'une poigne ferme son journal et le jeta à ses pieds.

— Pense plutôt à ton mariage. Où en es-tu avec Élise ?

— Au même point. Lorsque nous sommes ensemble, nous restons muets, chacun de son côté. Je ne m'intéresse pas à elle.

— Xavière Chanoinet m'a donné le programme préparé par l'agence Wedding Planner Aranda. Tout est réglé dans les moindres détails, comme sur du papier à musique, mon cher. Nous n'aurons plus qu'à nous laisser conduire du début à la fin. Et le lendemain des festivités, Élise et toi, vous disparaissez. Une croisière de trois semaines dans les Caraïbes…

— Jamais, s'offusqua Geoffroy. Depuis quand décide-t-on dans mon dos de ce que je dois faire avec Élise ?

Romuald partit d'un grand rire.

— Fais donc avec elle ce que tu sais faire de mieux dans la vie. Je t'en supplie.

— Quoi donc ?

— La cour.

Le fils plaqua ses mains sur son visage.

— Je ne peux pas. Élise, c'est une gentille fille. Mais elle ne m'inspire pas. On ne saurait me demander plus que le service minimum, n'est-ce pas ? Je ne l'aime pas. Voilà, s'écria-t-il, je ne l'aime pas !… Que ce soit dit une bonne fois pour toutes.

— Je le sais, dit Romuald. Tu l'épouseras comme prévu. Il reste que cette alliance des Dufournelle et des Chanoinet est une séduisante perspective.

Le père poussa des petits rires de ravissement en voyant son fils hocher la tête.

— Au moins, reconnut-il, tu serviras à quelque chose une fois dans ta vie. Rien qu'une fois. Tu la mettras enceinte le plus vite possible. Et après ce coup d'éclat, mon cher, tu feras ce que tu voudras. La valse des maîtresses, des jouvencelles, des nymphettes et des gourgandines… Du reste, ces trois prochains mois, je t'invite fortement à te serrer la ceinture. Je ne veux pas de scandale. Aristide ne nous le pardonnerait pas. Promis ?

Romuald guetta la réaction de son fils. À ses heures, il le sentait si empreint de légèreté et de suffisance, qu'il ne savait jamais comment le raisonner, tant cette frontière, chez lui, entre le sérieux et la plaisanterie était fine. Geoffroy imaginait que la vie n'était qu'un vaste terrain de jeu, sans limite, sans retenue. Et peut-être finissait-il par prendre ce mariage en vue comme une farce de plus ajoutée à ses mémorables expériences facétieuses.

*

Joe connaissait les bonnes adresses de Bordeaux comme sa poche, et en particulier les magasins de mode des rues Sainte-Catherine et Judaïque. Pour les beaux jours, Mme Dufournelle avait besoin de nouvelles fringues, histoire de renouveler sa garde-robe.

Sur les conseils de sa demoiselle de compagnie, qui la suivait partout, en tout lieu et en tout temps, de jour comme de nuit, elle fit le vide dans ses vieilles nippes comme elle disait. Ainsi de beaux ensembles de marque finirent chez les compagnons d'Emmaüs, et d'autres, qu'elle ne voulait point qu'on portât à Périgueux dans une si petite ville où on les eût vite repérés comme provenant de La Barbecane, dans les conteneurs à ordures.

Joëlle Coline se montra impitoyable, en poussant sans cesse sa maîtresse à se départir de ses vieilles nippes. Parfois, hésitante, Alice proposait que son employée en emportât quelques-unes, tant cette razzia lui faisait mal au cœur. Mais chaque fois, Joe les refusait par principe. Pourtant, la jeune fille ne possédait guère de vêtements dignes d'intérêt chez elle, juste de quoi se vêtir sobrement, mais ce constat l'indifférait au plus haut point, tant elle se jugeait indigne de porter à quelque moment ces extravagantes tenues. À sa manière, la jeune fille faisait de la résistance devant ce qu'elle qualifiait de superflu dans sa vie, alors qu'elle se fût ruinée aisément pour des livres, et rien d'autre.

Au *Modern' Mod* de la rue Sainte-Catherine, Alice acheta une douzaine d'ensembles. Joe demeurait en retrait, discrète et attentive. Après les essayages, elle donnait son avis d'un imperceptible mouvement de tête, d'un clignement des yeux ou marquait sa désapprobation d'un haussement de sourcils. Ce jeu paraissait ravir Mme Dufournelle. Car elle n'avait rien d'autre à faire que s'habiller, se déshabiller. Une seule fois, Joe demanda le prix d'une veste légère Lacoste et dit à la vendeuse qu'elle était trop chère. On consentit à faire un rabais parce que c'était une fin de série.

Au sortir du magasin, Alice lui reprocha d'avoir rompu le pacte.

— Je passe pour quoi ? Vous rendez-vous compte, Joëlle ? Pour une femme près de ses sous ? Mon Dieu, j'ai ressenti une telle honte que je ne savais plus où me mettre.

Joe reconnut aussitôt, de bonne grâce, qu'elle avait mordu le trait et jura qu'on ne l'y reprendrait pas. La bouderie entre les deux femmes se solda devant un café crème, face au Grand Théâtre.

— Oh, ma pauvre enfant, tous ces paquets vous encombrent. Voudriez-vous aller les porter dans la voiture ?

Joëlle descendit au parking de la rue Brochon, se délesta des achats et en profita pour téléphoner à Arnold.

— Tu peux revenir si tu le veux.

— Revenir comment ?

— En toute liberté. J'ai été stupide, reconnut Joe, et je suis malheureuse de mes sautes d'humeur.

Elle guetta sa réaction. Mais rien ne se produisit. Elle fut déçue et raccrocha.

Pendant ce temps Mme Dufournelle se goinfrait de cannelés. Elle en offrit à son employée, mais celle-ci refusa.

— Vous avez un côté incorruptible. On dirait que vous prenez plaisir à rejeter toutes les bonnes choses. Faites-vous de même dans votre vie privée, chère Joëlle ?

Elle n'attendit pas sa réaction pour ajouter d'une voix perfide :

— Je ne sais rien de vous.

Joëlle hocha la tête. Elle songeait à Arnold et se demandait, avec plus d'anxiété qu'elle ne voulait se l'avouer, s'il lui reviendrait. Elle se sentait si seule au monde. Même si Arnold n'était pas l'amant idéal à ses yeux, du moins la distrayait-il par ses longues phrases sur l'art de peindre. Et, plus inavouable encore, elle regrettait ses caresses, ses petits jeux sur son corps qui la faisaient frissonner et crier parfois. Certes, crier plus rarement, car elle se sentait honteuse chaque fois de ressentir du plaisir entre ses bras, un plaisir incontrôlable.

— C'est ma vie privée, dit-elle.

Alice la fixait avec un long sourire. Joe baissa la tête. Elle se sentait les joues en feu. Mme Dufournelle se mit à rire, assez discrètement, derrière une main gantée.

— Je comprends que vous ne vouliez rien me dire sur vous, mademoiselle Coline. Mais moi, regardez, je vous ai tout dit. Des choses terribles, tout de même, sur mon adolescence, mon mariage… J'ai été achetée comme une esclave sur le marché d'Alger au temps des Barbaresques.

Alice guetta la réaction de Joe, puis, lasse de son silence, recommanda un thé vert et des financiers à la pistache.

— Je voudrais mieux vous connaître. Ce n'est pas une curiosité malsaine, mademoiselle, sachez-le bien, mais une manière civilisée de nous rapprocher l'une de l'autre.

Mme Dufournelle attendit encore une réaction, puis finit par admettre qu'elle était parfois arrogante, qu'elle avait été privée d'éducation, que l'amitié lui avait manqué dans sa jeunesse.

— Je suis passée d'un coup dans le monde adulte.

— Et moi, lança Joe d'un trait de colère irrépressible, je n'ai jamais eu d'enfance. Je ne sais pas ce qu'est l'affection d'une mère, la tendresse d'un père. Je n'ai rien connu de ce qui aide à grandir dans un monde adulte. L'on m'y a jetée d'un coup, comme dans une fosse aux lions. Et le soir où le compagnon de ma mère, un bonhomme libidineux et pervers, a soulevé ma jupe, ma mère, ma chère mère, a détourné le regard pour ne rien voir. Et je me suis demandé ensuite, si c'était là une manière de faire habituelle des hommes envers les petites filles. Et ma mère a ri en disant que son Paulin Amond était ainsi, porté sur la chose. « Mais quelle chose ? » ai-je dit.

Alice avait plaqué ses mains sur son visage.

— C'est affreux, dit-elle.

— Lorsque j'en ai parlé à mon père, il a fait le dos rond, lui aussi, l'indifférent. Et son silence, à ce moment, m'a brûlée au fer rouge, à l'endroit où le salopard avait glissé sa main.

Joe alla aussitôt dans les toilettes pour rajuster sa mise et réparer son maquillage. Et à son retour, Mme Dufournelle ne cessa de répéter qu'elle était navrée, qu'elle se sentait malheureuse pour elle, qu'elle voulait lui offrir quelque chose, un bijou peut-être, de grand prix. Mais Joëlle Coline la supplia de n'en rien faire, surtout, elle se sentait forte, désormais, pour affronter l'existence.

— Tout cela est loin de moi, désormais.

— Mais non, défendit Alice. Bien au contraire. On porte cette horreur dans sa chair toute sa vie.

— Moi non, fronda Joe. J'ai tué ces ombres maléfiques, Paulin, Martha, Pampuche…

Puis elle éclata de rire.

— Des clowns tristes.

— Avez-vous rencontré un garçon ? Je ne puis croire qu'une jolie fille, comme vous, n'ait pas croisé une âme amoureuse et disposée à vous choyer…

En traversant la place Gambetta, Joe s'en voulait déjà d'avoir dévoilé son secret. Et qui plus est à une inconnue. Et quelle que fût la compassion que celle-ci éprouvait pour elle, cela ne lui était à ses yeux d'aucune utilité. C'était juste un instant de faiblesse, une faille dans son armure féminine, une plaie exhibée de sous la carapace et qui ne se refermerait jamais.

— Allons *Chez Mado*, proposa-t-elle. Vous avez besoin de tenues décontractées.

— Croyez-vous ? Ce n'est pas mon genre. On me préfère déguisée en bourgeoise.

Ce « on » n'était personne d'autre que son mari. Il la désirait ainsi, toujours portant des robes élégantes, dévoilant ses formes ou les rendant plus troublantes encore. N'était-elle pas destinée à la représentation ? L'épouse de l'industriel. La dame désirable. Celle qu'on regarde et qu'on ne touche pas. Celle qui fait tourner les têtes et s'enfuit en laissant derrière elle quelque effluence de parfum : Chanel, Lempicka, Dior, Saint Laurent… Elle n'avait que l'embarras du choix, tout en ignorant lequel lui correspondait le mieux. Son ignorance la désespérait et, peut-être, là aussi, apprendrait-elle à mieux se connaître…

— La prochaine fois, nous visiterons les parfumeries ?

Joëlle Coline hocha la tête.

— Tout ce que vous voudrez, Madame. Avez-vous songé aussi à des massages relaxants ? Il en est de fort bien rue Jourdan ou cours de l'Intendance.

— Croyez-vous que je pourrais y aller ? Je ne me sens pas prête.

— Comment cela ?

— Vous devez me trouver stupide. Un peu trop provinciale.

— Nous ferons des progrès notables. Et ces instituts offrent des bienfaits incomparables.

— Vous les connaissez ?

— Certes pas. Où aurais-je trouvé les moyens de me les offrir ? Il m'est arrivé, lorsque j'étais étudiante ici même, de faucher un jour du Chanel *N° 5*. Je trouve qu'il convient bien à ma peau. Mais hélas, pieux rêve.

— Je vous en offrirai, promit Alice.

— Certes non. Chacun sa place. Je ne suis pas née pour ces fantaisies. Je dois rester là où la vie m'a déposée.

— Mais mon enfance fut à certains égards la même que la vôtre, pauvre et minable. Sans espoir de m'en sortir un jour.

— On vous a achetée, affranchie. Vous avez conquis votre liberté. Finalement, madame Dufournelle, vous avez eu de la chance.

— Allez, fit celle-ci en passant un bras autour de la taille de la jeune fille. Vous aussi, un jour, vous aurez cette chance.

— Je ne crois pas que je la saisirai. Elle me rendrait esclave de moi-même, sur le bord d'un abîme que je ne suis pas sûre d'affronter. Je suis perdue pour l'avenir. Sans destin enviable.

Joe fumait une cigarette en marchant à l'aveugle comme une somnambule. Elle ne faisait aucun cas du regard des garçons qui se posait sur elle. Alice observait attentivement ces mille et un détails et se plaisait à attirer l'attention de Joe sur cet attrait dont elle était l'objet. La misère rend aveugle, pensait-elle. Et par trop orgueilleux. Sans sourire. Jamais. Comme si le monde alentour était l'ennemi naturel.

Les deux femmes achetèrent encore et encore, jusqu'à l'écœurement, des jeans, des vestes, des caracos extravagants où la dentelle du dessous se porte sur le dessus, des chemises satinées Marks & Spencer, des robes bariolées et d'autres plus vintage, des Burberry…

En affectant un bâillement, Alice fit comprendre à son employée que la moisson était achevée pour aujourd'hui.

— Et la lingerie ? insista Joe. Il faut aller rue Judaïque chez *Mademoiselle Désir.*

À la fin du repas, place de la Comédie, devant l'amas de coquilles d'huîtres et de carapaces de langoustes, Mme Dufournelle évoqua le futur mariage de son beau-fils. Elle s'interrogeait déjà sur sa tenue. Serait-ce une robe en mousseline de soie avec un bustier à perles et vergerette amère, aussi belle et élégante, sinon plus, que celle de la pauvre Élise, un sac en satin souligné d'appliques et de rubans ? Car elle n'imaginait pas comment on parviendrait à l'accoutrer, la petite Chanoinet. Il y faudrait mettre beaucoup de talent pour la rendre présentable, même avec des fleurs d'oranger dans la chevelure. À ce moment, Joe découvrit combien la bourgeoise méprisante perçait sous la jeune Rézani d'autrefois gavant ses oies dans une cave obscure.

— Ce sera le mariage le plus ridicule que nous célébrerons, promit Alice. Et pour le coup, vous avouerai-je, je prendrai mon pied à voir Geoffroy piégé dans son rôle minable de petit mari mal assorti. Ça nous fera une singulière impression dans le landerneau, ce couple à l'ancienne, que l'on aura façonné pour les besoins d'une sainte alliance, châteaux, chaumières et foie gras.

Alice s'empara de la bouteille dans le seau à glace et versa le fond de pessac-léognan.

— Car l'aîné des Dufournelle se doit au sacrifice. Il lui faudra du courage, au séducteur, pour venir à bout de la belle Élise. Je les vois ainsi, enlacés, dans l'étreinte décisive. Geoffroy montrera quelque dégoût, mais, contraint et forcé, il lui faudra bien l'honorer, tout de même. C'est un fornicateur forcené, cet homme-là. Tout est bon à prendre à ses yeux, les jeunettes, les nubiles, les courtisanes et les roulures…

Joe observait avec tristesse sa voisine, et se demandait bien, au juste, de quelle sorte de maladie honteuse elle avait hérité, la princesse Chanoinet, pour susciter autant de moqueries. Elle posa la question à Mme Dufournelle. Mais on ne lui répondit pas. Et Joe comprit que là s'arrêtait sa compétence de conseillère en image. Ces épousailles à Mémise, c'était une affaire de famille, un vaudeville joué en un seul acte par des gens aisés, amateurs de manoirs périgourdins et de dots alléchantes.

— Surtout, Joëlle, ne venez pas à la fête. Vous seriez déçue. Je ne veux pas qu'on vous emploie pour faire le service, qu'on vous déguise en soubrette. Après tout, vous êtes sous ma seule responsabilité et si je juge que votre participation à la noce n'est pas indispensable, il en sera ainsi.

— Comme il vous plaira, maîtresse, dit Joe pompeusement.

Il y avait une part de moquerie dans l'emploi du mot « maîtresse » qu'elle affectionnait quelquefois lorsqu'elle jugeait qu'on empiétait un peu sur son libre arbitre. Et il lui eût été loisible de démontrer que le pouvoir de Mme Dufournelle se résumait seulement à celui que son mari voulait bien lui accorder.

Le coffre et les sièges arrière de l'Austin étaient remplis de paquets enrubannés. Au débotté, Joe avait fait un décompte rapide ; il y en avait pour plus de 20 000 euros. Quoi qu'elle pensât de son mari, l'horrible Romuald, l'épouse pouvait dépenser sans compter, sans frein, sans mesure, jusqu'à l'épuisement, et ne pas subir le moindre reproche. Au contraire, M. Dufournelle avait réalisé qu'Alice, en vidant son compte, lui faisait payer chaque fois le triste marchandage de Montagrier. On pourrait supposer, du reste, qu'elle s'amusait ensuite, lorsque le couple était en tête à tête, sans témoin, ni de près ni de loin, à détailler les chiffres de ses exploits. « Combien y aura-t-il de virées de cette sorte ? » aurait-il pu demander. Mais Romuald assurément ne bronchait pas. Il accueillait ces dépenses boulimiques avec flegme, superbe, d'une froide hauteur. Et Mlle Coline, en y réfléchissant bien, se demandait comment un homme aussi distingué que M. Dufournelle avait pu s'abaisser à cette ignominie. Peut-être était-ce l'une des rares fautes commises dans sa vie, sous l'emprise d'un désir irrépressible. Car selon les photos de l'époque de son mariage, Alice était d'une singulière beauté, une jeune fille à peine sortie de la puberté avec un effronté regard de braise. Sans doute s'était-il laissé dominer par son envie de la posséder, cette jeune demoiselle émergeant d'une misère crasse. Et en offrant de quoi l'emmener avec lui, selon son bon plaisir, il croyait satisfaire sa volonté de puissance d'homme. En ce temps-là, M. Dufournelle était hanté par le pouvoir et les facilités qu'offre l'argent, et indifférent à la morale élémentaire.

Sans doute, ce moment de sa vie le hantait-il toujours, chaque fois que son regard se posait sur son épouse. Il se disait : Je l'ai épousée sans lui demander son avis et, du reste, songeait-il aussi, ai-je jamais tenté de m'en enquérir ? Et chaque fois qu'Alice, en colère, le menaçait de partir, il baissait la tête en priant qu'elle n'en fît rien. Mais c'était un jeu de dupes en vérité, car Dufournelle savait bien qu'elle ne le quitterait jamais, et pour cause, elle n'en avait pas les moyens. Ceci, ces petites querelles domestiques mâtinées de sous-entendus lui remémoraient aussitôt l'instant où il avait tendu à Rézani les liasses de billets.

De la fenêtre de son bureau à La Barbecane, Romuald observa avec tristesse le manège : Madame se dandinant aux avant-postes, le parapluie agité comme une cravache d'amazone, et l'employée derrière ployant sous les paquets. L'industriel poussa un grand soupir avant de rallumer son Montecristo. On toqua à sa porte, puis celle-ci s'entrouvrit sur le visage émacié de la gouvernante.

— Avez-vous vu cela, Monsieur ?

— Quoi donc ? Que devrais-je voir selon vous ?

— Madame s'est mise en dépenses. D'un côté on jette aux orties de si beaux vêtements et de l'autre on achète…

— Qu'est-ce que cela peut vous faire, Louisette ? Vous toucherez votre salaire comme d'habitude.

— Bien sûr, Monsieur, mais je voulais vous faire comprendre, si je puis me permettre, que cette petite Coline exerce une influence pernicieuse sur Madame.

— Pernicieuse, marmonna Romuald en faisant rouler le havane entre ses dents. Où avez-vous vu ça ? Alice n'a pas besoin qu'on l'influence en la matière… Ce serait plutôt le contraire. Je trouve que notre conseillère en image a bien du mérite. Mais qu'importe. Si mon épouse est heureuse… Voilà une bien belle satisfaction pour un homme comme moi, ennuyeux et triste.

La gouvernante se retira sur la pointe des pieds pour aller vivement raconter la scène à la cuisinière.

— Te rends-tu compte, Marraine ? Cette Coline a embobiné toute la maison. Même la petite dernière, Anna, est sous son charme. Elle dit en minaudant : « Oh, elle est si gentille, Joe ! » Elle l'appelle Joe, comme si elles se connaissaient depuis toujours. Et Monsieur qui accepte ça ? Ces sorties à Bordeaux…

Avant, nous nous contentions des magasins de Périgueux, parfois de Bergerac, mais jamais au-delà. Avec Joseph pour porter les paquets…

La gouvernante battait des ailes, emportée par son excitation.

— Le chauffeur savait tempérer ses ardeurs dépensières. Il lui disait, avec une audace incroyable, notre bon Joseph : « Ne croyez-vous pas, Madame, que la carte de crédit a assez chauffé ? »

Marraine éclata de rire.

— Et tout rentrait dans l'ordre. Mais avec la Coline, elle ne risque pas une telle réflexion. Au contraire, je parierais que notre Joe, notre d'Joe, répéta Louisette la bouche en cul-de-poule, s'est fait offrir quelques ensembles de marque, elle aussi, au passage, mine de rien.

Romuald monta à l'étage, et alla dans la chambre de sa femme. Alice était occupée à déballer ses nouvelles acquisitions.

— Enfin, me voici présentable, mon cher mari. Vous pourrez me sortir sans avoir honte de moi.

Il avait tellement tiré, bouffée après bouffée, sur son cigare, qu'il avait la gorge en feu et les cordes vocales enflammées. Il dit d'une voix de châtré :

— Vous vous amusez bien, Alice, n'est-ce pas ? Je vois que vous avez voulu me montrer tout ce dont vous étiez capable.

Il promena la main sur les vêtements étalés sur le lit.

— Oublierez-vous un jour le mal que je vous ai fait, jadis ? Alors que je vous aime tant… C'est ce qu'il faut retenir de nos années, l'amour que je vous porte.

Alice allait et venait en claquant des talons. À ce moment où la conversation de son mari la barbait, elle eût voulu que sa conseillère entrât dans la chambre, s'imposât, jusqu'à ce que Romuald se sentît de trop. Mais Joe Coline s'était retirée dans le dressing, juste assise sur un tabouret, les mains jointes, les doigts se croisant et se décroisant. Elle paraissait nerveuse, car elle était encore sans nouvelles d'Arnold. Trois messages sans réponse. Quand donc cesseras-tu de traiter les hommes comme des punching-balls ? Tu ne peux pas les convoquer lorsque tu te sens du vague à l'âme et les repousser ensuite en te promettant de ne plus jamais t'en servir, se reprochait-elle. Au bord des larmes, elle se mit à renifler. *Pardon, pardon, mille pardons,* tapa-t-elle sur son smartphone. *Je te veux. Le plus vite possible. Fort et doux, comme tu sais le faire. Je suis en manque de toi. Tu ne peux pas me laisser dans cet état. C'est de la cruauté. De la torture…*

Pendant ce temps, M. Dufournelle déambulait devant son épouse assise dans le fauteuil, les jambes croisées, les mains posées sur ses genoux. Le tailleur étroit était remonté à mi-cuisse, sur des bas gris clair à fine trame. Il s'accroupit devant elle et posa sa joue contre les genoux de sa femme.

— J'ai peur que votre conseillère vous éloigne de moi, Alice. Certes, je sais tout le bien que cela vous fait d'être plus que jamais une jeune bourgeoise élégante et sexy, à croire que malgré tous vos efforts vous ne l'aviez jamais été jusque-là.

Alice haussa les épaules. Les hommes sont stupides quand ils aiment et encore plus lorsque l'amour les effraie, pensait-elle en caressant les cheveux de

Romuald. Il se releva pour l'embrasser à pleine bouche, mais Alice mit fin au baiser en le repoussant délicatement. Et dans ce geste, l'homme sentit comme une menace qui montait de tous les horizons. Car en voyant le changement qui s'était opéré en si peu de temps, M. Dufournelle se disait que sa femme finirait par lui échapper et que sa seule consolation devant ce péril c'était de savoir que seul l'argent la retiendrait près de lui.

Il entrouvrit la porte coulissante du dressing, se glissa à l'intérieur, puis la referma derrière lui. Joe Coline se leva et tendit la main pour qu'il la lui serrât d'une poigne ferme. Son geste était plutôt d'une mollesse affligeante, la main moite et écœurante. C'est une limace, cet homme-là. Qu'il évite de me toucher, surtout, se dit-elle en détournant le regard, alors qu'il n'avait toujours pas lâché sa main.

— Seriez-vous disposée, mademoiselle Coline, à me rendre un petit service ?

— Cela dépend de la nature du service…

— Contre rétribution. Généreuse rétribution, insista-t-il.

Il la fixait intensément de ses gros yeux noirs de vieux mâle dominant, lui qui n'avait jamais rencontré dans sa vie la moindre résistance de la part des femmes, et celle-ci, comme les autres sans doute, finirait par se ranger à ses demandes…

— Je ne sais pas, Monsieur, ce que vous attendez de moi, mais…

— Oh non, se rebiffa-t-il, quel affreux malentendu, ce n'est pas ce que vous imaginez.

Joe parut rassurée. Elle retira sa main lorsqu'il la lâcha enfin.

— C'est assez délicat. Certes, très délicat même, dit Romuald, mais après tout vous êtes aussi un peu à mon service. Les émoluments que mon épouse vous concède n'ont pas d'autre source que mes propres deniers. Ma femme n'a pas un sou devant elle. Je l'ai épousée pauvre et sans dot. Juste pour sa jeunesse et sa beauté. Cela vaut toutes les richesses du monde. C'est pourquoi je tiens tellement à ce que ce bien me demeure. Comprenez-vous ?

Joëlle Coline fronça les sourcils en se disant que cette affaire de couple ne la regardait pas.

— J'attends de vous, ma chère, que vous me rédigiez un rapport journalier sur ses activités. Cela ne devrait pas être difficile, depuis que vous êtes devenue son ombre. Vous la suivez partout où elle va. Vous noterez les lieux qu'elle fréquente, les gens qu'elle y croise, et peut-être aussi, ce qui serait parfait, les conversations. Et sans nul doute quelques menus détails en plus, gestes, sourires, etc.

— Vous désirez que j'espionne votre femme, monsieur Dufournelle ?

— Le mot est fort exagéré. Disons que j'aime Alice et que je ne voudrais pas qu'elle tombe dans quelques traquenards sentimentaux. De ces sortes de relations douteuses qui la mettraient dans une situation dramatique. Je veux la protéger. C'est une femme-enfant, voyez-vous. Sans discernement. Et jusqu'ici, j'ai demandé à mon chauffeur de me renseigner. Ce dont il s'est acquitté avec dévouement. Mais avec vous, ma chère, nous aurons une collaboration autrement plus fructueuse.

Joe se mit à réfléchir en dodelinant de la tête de droite à gauche.

— Je ne crois pas, dit-elle. J'ai trop de respect pour Mme Dufournelle. Et je ne crois pas que votre épouse soit une femme-enfant.

Romuald redressa la tête avec un rictus féroce.

— Ce que vous pensez de mon épouse m'importe peu. Et je vous ordonne de produire ces rapports, quoi que vous en pensiez. Justes et pondérés. Sans littérature. Des notes succinctes. En contrepartie je vous allouerai en liquide, dans une enveloppe cachetée à votre nom et sans autre indication, forcément, 1 000 euros mensuels.

Le maître se retira aussitôt d'un pas nonchalant, traversa la chambre d'Alice en sifflotant. Madame prenait son bain. Il huma les sels de bain parfumés à l'amande amère, et reconnut avec ravissement l'odeur qu'elle transportait sur sa peau jusque dans le lit conjugal.

13

Ce soir-là, dernier jour de mars, c'était un jeudi de beau temps, avec des pépiements d'oiseaux dans les arbres et des bruissements d'insectes dans l'air fort tiédi pour la saison ; Joëlle Coline descendit vers le Toulon. Chaque fois qu'elle distinguait la gare de triage, les installations du dépôt SNCF, les anciens ateliers, elle éprouvait un serrement de cœur. C'était un peu de son enfance qui remontait dans sa mémoire. Et chaque fois, la jeune fille se disait que pour rien au monde elle ne souhaiterait remonter dans le temps. Pas de nostalgie, pas de regrets, rien. Avec une sorte de délectation, Joe jugeait même qu'elle s'en était bien sortie et, pour le coup, sans rien devoir à personne.

Elle s'arrêta à l'entrée du sentier proche de la rue Coligny, un passage empierré de castine avec ses abords arborés, un peu sauvages, comme un recoin de campagne qui aurait fini par résister à l'envahissement urbain. Elle se faufila entre les arbustes et trouva un coin de gazon, si plaisant à piétiner. Mais dans ce petit terrain vague, il y avait des papiers gras, des canettes, des bouteilles, des cartons de fast-food… Et elle fit demi-tour en surveillant où elle mettait les pieds. Plus loin, là où les maisons étaient clôturées, la nature sauvage perdait ses droits.

Assis sur un rocking-chair à l'entrée de son atelier, Arnold fumait un joint avec délice. Il aperçut sa fiancée et poussa un gros soupir, comme si toute l'angoisse accumulée des jours durant se dégonflait d'un coup. Il voulut se lever pour aller à sa rencontre, mais se ravisa en sentant monter en lui un haut-le-cœur. Il se bascula sur le côté pour dégobiller, mais il n'y parvint pas. Entre le pouce et l'index, le peintre écrasa la pointe incandescente de son pétard et le glissa dans la pochette de sa chemise, puis de la main il ventila l'air autour de lui avec une énergie qui faillit le faire vaciller de son siège à bascule, aussi instable qu'une coquille de noix ballottée par un gros grain.

Arnold avait trop fumé, et il se sentait entre deux eaux. Bon Dieu, se dit-il, Joe a mal choisi son moment. Il se mit à rire, sans parvenir à s'arrêter. À rire encore, comme un idiot, valsant dans un vide aux dimensions distendues. Il se leva enfin et rentra dans son atelier pour se rincer le visage et boire un grand verre de flotte. Il prit un glaçon dans le freezer et se mit à le sucer nerveusement, comme s'il se fut agi d'un bubble gum.

— Si tu n'as plus envie de me revoir, tu me le dis tout de suite. Et basta.

Joe repéra instantanément l'odeur de cannabis qui flottait alentour et elle comprit à la seconde que la visite allait tourner court. Arnold lui prit la main et l'attira vers lui pour la serrer dans ses bras. Après tout, il se sentait assez bien. Pas trop angoissé, comme cela arrivait souvent, parfois il était si violemment paniqué qu'il n'avait d'autre solution que de rester allongé, sans bouger, à pédaler dans ses neurones. Au contraire, il sentait une vive érection dans son falzar. Mais il ne savait pas si cette érection était physique ou simplement mentale. Il se mit à rire en pensant qu'un braquos imaginaire ne saurait guère satisfaire sa maîtresse bien-aimée.

Il murmura quelques mots à son oreille. Joëlle éloigna son visage de lui, l'observa avec curiosité, dans les yeux, si fort, si tendrement.

— Je ne suis pas venue pour ça.

Elle attendait toujours en scrutant ses beaux yeux bleus chavirés.

— Tu m'as manqué, dit-elle comme un reproche. Je crois que je m'ennuie plus lorsque tu es loin de moi.

— Ah, fit-il, tu avoues donc que tu t'ennuies un peu avec moi. Normal, dit-il. Les hommes et les femmes ne sont pas faits pour vivre ensemble. Quelquefois, certes. Mais point trop n'en faut. Sinon, problème.

Joëlle avança jusqu'à l'entrée de l'atelier et vit, au premier coup d'œil, qu'il avait mis sa solitude à contribution. Dix ou douze toiles nouvelles au moins. Et elle songea, en les prenant une par une, en les scrutant en détail, qu'il avait besoin d'être seul pour peindre et que sa présence à elle ne faisait que perturber ses élans créatifs. Mais Joe jugeait aussi dans le même temps que cela ne pouvait être sain et profitable pour elle de se culpabiliser ainsi, et de croire que l'amour qu'elle lui vouait était un handicap.

— Tu es content de me revoir ? Je ne sais pas, dit-elle sans lui laisser le temps de répondre. Tu n'as jamais répondu à mes messages. Je te suppliais,

Arnold, suppliais, avec des mots de douleur, d'une intensité incroyable. J'étais mal, fit-elle en pressant ses seins et en se caressant le ventre et les hanches. J'avais mal partout en pensant à toi, comme s'il me manquait quelque chose. C'était physique. Mon envie de toi est physique. Alors que mon esprit me pousserait plutôt à freiner, freiner sec. Mais quand ça déborde, l'esprit ne peut plus rien. C'est le corps qui prend le pouvoir. Tu comprends ça ? Le désir ?

Arnold se sentait exténué.

— Des messages, tu dis ? Mais je ne sais plus où est mon 06. Dans les pots de peinture, peut-être. En carafe.

Elle fit le tour de l'atelier, se faufilant au milieu des chevalets.

— Si tu avais une copine, tu me le dirais, n'est-ce pas, Arnold ?

— Oui, promit-il. Depuis quand es-tu jalouse ?

— Flo, par exemple ? Tu as eu une histoire avec Flo ?

— Oui, dit-il, autrefois.

— Avant qu'elle fréquente Julien ?

— Après Julien.

— Ah quand même. T'es un peu salopard. C'est normal. T'es un mec. Les mecs sont comme ça. Ils couchent avant de réfléchir.

— Et toi ?

— Moi, rien. Je n'ai eu que toi, depuis mon départ de Bordeaux. Le dernier, il s'appelait Primo.

Il éclata de rire.

— Primo Edgar, dit-elle. Je suis partie sans laisser d'adresse. Je n'y tenais pas plus que ça. Il était gentil, attentionné. Il m'aimait, je crois. Mais moi, non, pas du tout, même, malgré tous mes efforts.

— Pauvre Primo Edgar, dit Arnold en secouant sa chevelure.

Il se sentait sale, dégoulinant de crasse, galeux comme un chien perdu.

— M'autorises-tu à venir chez toi ? Je prendrai un bain. Et ça ira mieux.

— Alors, tout redémarre ? dit-elle. On efface et on recommence ?

Il hocha la tête. Il voulut l'embrasser sur les lèvres, mais elle le repoussa à cause de son haleine de babouin.

*

Plus tard, au milieu de la nuit, émergeant soudain d'un cauchemar, Joëlle Coline fit ce qu'elle ne faisait jamais : des confidences sur son travail. D'ordinaire, celui-ci ne lui paraissant pas digne d'intérêt, elle voulait le contenir à l'extérieur de sa propre existence. Une seule fois, pourtant, Joe avait fait une entorse : le jour où elle avait reçu la fameuse lettre d'Alice. Mais depuis, silence sur son job, silence armé. Elle se sentait assez forte pour séparer sa vie privée du reste par une cloison étanche, comme s'il y avait deux Coline, bien distinctes, l'une ignorant l'autre.

Et pourtant, cette nuit de retrouvailles avec Arnold, elle bondit de son lit en larmes, saisie par une vive colère contre elle-même, au point de se taper la tête contre le mur de sa chambre. De son côté, le jeune homme sortit du sommeil avec difficulté. Il avait un furieux mal de tête. Les excès de haschich avaient perturbé ses synapses. Il avait les plus grandes difficultés à mettre de l'ordre dans ses idées. C'était assez sérieux, mais passager, tout de même. Où suis-je? Que fais-je là? Fait-il jour ou nuit? Il partit comme une fusée vers la cuisine et avala une demi-casserole d'eau, et deux Topalgic d'un coup. Joe l'accompagna du regard, effarée. Elle ne comprenait pas pourquoi il se mettait à marcher en zigzaguant et en se cognant contre les obstacles, le pas incertain et l'équilibre précaire.

— Pourquoi m'as-tu réveillé? dit-il. J'avais besoin de douze heures de sommeil au moins. La vraie hygiène de l'homme libre, c'est de dormir sans entraves. Et toi? Tu me casses mon rythme réparateur.

Joe se mit à hurler d'un coup, devant autant d'égoïsme. Elle se demandait déjà pourquoi elle était revenue le chercher dans sa cambuse. Et depuis son retour, elle se trouvait face à un zombie, incapable de tendresse et de cajolerie. Une semaine de séparation, et il s'était déjà métamorphosé en sauvage avec ses fulgurances d'artiste tourmenté. Et du reste, sa nouvelle production picturale était marquée puissamment par ses états d'âme : entrecroisements de rouge, de noir, de vert, avec de sombres aplats au couteau si ordonnés et policés qu'on percevait par endroits en filigrane le grain de la toile à nu, écorché, puis aux commissures, des excès de matières, souvent amalgamées sans raison, comme des vagues échouées sur une rive, imprégnées de mille résidus vaseux.

— Je veux te parler, Arnold. Es-tu en état de m'entendre? Sinon, j'attendrai tout le temps qu'il faudra.

Elle partit faire un café fort et revint avec deux mugs remplis à ras bord. Ils s'assirent en tailleur dans leurs fauteuils corolles, face à face, le rouge pour Joe et le noir pour Arnold, c'était leur rite depuis qu'ils se fréquentaient.

Joe vit que son compagnon avait la tremblote. Il maîtrisait mal ses gestes, et malgré ses efforts le liquide faisait des vagues dans sa tasse. Elle s'offrit de l'aider, mais il refusa d'un sourire contraint.

— J'ai forcé sur le hasch, reconnut-il.

La jeune femme accueillit sa réflexion avec froideur.

— Ne compte pas sur moi pour te plaindre, mon beau. Et ne viens pas me dire, surtout, surtout, insista-t-elle, que tu as besoin de ça pour créer. Je n'en crois rien.

Il baissa la tête. Il aimait faire l'enfant de temps à autre et qu'on vienne le consoler, le dorloter, et lui susurrer des mots doux au creux de l'oreille.

— Tu as raison, admit-il.

Et Arnold farfouilla avec son index dans la pochette de sa chemise et en sortit le joint, qu'il broya au creux de sa main, et un chèque plié en huit. Il étala ce dernier sur sa cuisse, le lissa délicatement. Puis il poussa un petit rire en imaginant que là où il l'avait mis négligemment celui-ci aurait pu partir dans la machine à laver.

— C'est le cadeau de maman ? fit-elle.

Il ne répondit pas. Il se sentait humilié, dans ces moments-là, de n'être pas encore capable de vivre de son art. Mais il se consolait en se disant qu'il y avait eu des précédents. Joe, en général, ne supportait guère qu'il énumérât les noms des grands peintres maudits pour étayer sa démonstration.

— Je suis piégée, dit-elle, comme une souris dans une nasse.

Arnold se caressait le front, du bout des doigts, aux points précis où la migraine le taraudait.

— Est-ce bien un cauchemar que tu viens de faire ?

— Non. La triste réalité m'a éjectée du sommeil. Jamais je n'aurais dû accepter le contrat de Mme Dufournelle. Un accord, aussi séduisant soit-il, peut en cacher un autre bien plus pernicieux. Voilà ce qui m'occupe l'esprit depuis deux jours.

Le peintre redoutait de devoir suivre une conversation au milieu de la nuit. En vérité rien ne l'intéressait en dehors de sa peinture, et précisément dans ce moment de forte remise en question avec sa série des chaos, comme il disait autour de lui, mille interprétations d'un monde en miettes ou sur le point de le devenir.

— Je le savais, avança Arnold, que ça finirait comme ça, dans un cauchemar.

Joe vint s'asseoir sur ses genoux, et bien qu'elle ne pesât que cinquante-six kilos, il montra aussitôt des signes de fatigue. Elle se laissa glisser sur la moquette et s'assit en tailleur à ses pieds. C'était une de ses positions favorites qui lui laissaient tout le loisir de réfléchir, sans perturbation musculaire, douleurs du dos, des épaules…

— Le père Dufournelle m'a demandé d'espionner sa femme. Il veut que je lui fasse des rapports détaillés sur tous les gens qu'elle rencontre, les endroits qu'elle fréquente…

— Seulement ? s'étonna Arnold. C'est la juste curiosité d'un bourgeois moyen. Tous ceux que je connais font surveiller leur femme et leurs maîtresses par des détectives. Ce sont des gens qui ne supportent pas d'être trompés, trahis ou humiliés. Ils croient que leur argent suffit à les protéger des adultères et des cocufiages, alors qu'eux-mêmes s'adonnent à ces fantaisies. Ils devraient avoir tout de même assez de jugeote pour comprendre qu'on ne peut tromper sans être trompé à son tour. C'est la loi statistique.

La jeune Coline se mit à sourire.

— Alice Dufournelle change à vue d'œil. Il ne la reconnaît plus. Il lui trouve même des attitudes qu'il ne soupçonnait pas, comme de porter des tenues extravagantes : jupes fendues, corsages transparents, maquillages outranciers, et j'en passe. Et cette métamorphose d'Alice va beaucoup plus loin encore. La marche déhanchée, le croisement des cuisses sans précaution aucune, comme si elle prenait plaisir à s'exhiber devant des hommes qui lui plaisent.

— C'est tout ?

— Oui, pour l'instant.

— Et ces audaces, elle te les doit. C'est toi qui les lui as apprises. C'est ton côté pervers. Je le savais.

Il se mit à battre des mains.

— Elle fait des choses que je n'oserais pas faire, ajouta Joe. Tout cela, parce que je l'ai rassurée sur son corps, sur sa beauté, sur son élégance. Alice avait besoin de ça pour exister, à l'ombre d'un mari ennuyeux et qui, de surcroît, ne s'intéresse pas à elle.

— Alors il est devenu jaloux. Forcément jaloux, dit Arnold, amusé. Il a compris, ce cher Romuald

Dufournelle, que son épouse n'entreprenait pas tous ces efforts pour lui. Elle ne va pas tarder à avoir un amant, forcément. C'est une fatalité. Et il veut être le premier à l'apprendre. Pourquoi ? Pour y remédier ? J'en doute. Une Alice Dufournelle n'éprouvera pas de réticence à le tromper. Certes non. Et ce brave bourgeois dans le déclin de l'âge n'aura guère d'arguments pour s'y opposer. Surtout lorsque cette sorte de femme s'adonne à l'adultère à la quarantaine. C'est intense et déréglé en diable.

Joe coupa court à ces propos. Ce n'était pas ce qu'elle avait envie d'entendre sur Romuald, cette litanie bien masculine sur les femmes infidèles, avant ou après l'âge.

— Je me fiche de ça. En vérité, ça m'importe peu. Mais c'est de moi qu'il s'agit, du rôle qu'on veut me faire jouer. Au départ, j'ai été engagée pour des tâches domestiques, puis la maîtresse de maison m'a prise sous sa coupe. Elle a voulu faire de moi une confidente et, maintenant, sans y prendre garde, je suis entrée dans le cercle intime.

— Bien fait ! s'écria Arnold. Il ne fallait pas sortir de ton rôle. Ta nouvelle promotion a scellé l'ambiguïté ultime. Tu as accepté. C'est fini.

— Je ne veux pas perdre mon emploi. Je suis une mal-partie depuis ma naissance. Et pour une fois que je m'élève un peu, on me le fait payer au centuple.

— Si tu espionnes toutes les activités de ta maîtresse, elle ne te le pardonnera jamais. Et le vieux Dufournelle te lâchera aussi. Il n'aura plus besoin de tes services. C'est la loi des capitalistes, insista le peintre, ce qui n'est pas fructueux doit être jeté aux oubliettes.

Il caressa la chevelure de Joe, fort délicatement, comme il eût fait d'un petit animal de compagnie. Elle le fixa durement, puis se rebiffa en songeant qu'Arnold prenait quelque satisfaction à la sentir dans la nasse, prisonnière. Me mépriserait-il, lui aussi, se demanda-t-elle, comme si son éducation d'enfant de bonne famille fortunée l'avait imprégné de suffisance ? Bien sûr, se dit-elle, son extraction sociale influe sur sa manière de penser et d'agir, sans qu'il puisse y échapper. Un chèque suffit pour assurer sa sécurité matérielle. Ainsi peut-il peindre tout ce qui lui chante, sans rendre de comptes, sinon à lui-même et à l'idée qu'il se fait de son talent. Mais moi, pensa Joe, je n'ai pas eu un chèque de ma mère glissé dans ma poche. Je n'ai même jamais imaginé que l'amour maternel puisse inspirer cette sorte de générosité. Voici ce qui fait notre différence, et l'amour, aussi fort soit-il, ne peut la combler.

— Je voudrais savoir ce que tu ferais à ma place.

Arnold eût pu dire, pour se tirer d'affaire, qu'il n'était pas à sa place et que, donc, son avis resterait purement théorique, mais comme Joe insistait, le suppliait même, il lui conseilla de rompre son contrat.

— Après que tu auras quitté les Dufournelle, nous aurons tout le loisir de nous aimer, ajouta-t-il.

La jeune Coline en resta sans voix. Ainsi se vérifiait ce qu'elle avait supputé : que son bel amant n'appartenait pas au même monde que le sien. Elle en fut chagrinée, un long moment, tandis qu'elle s'occupait à remettre de l'ordre dans l'appartement.

Au petit matin, ils descendirent au *Globe* pour y prendre un grand café noir et des croissants. Joëlle se montrait distante et ce relatif effacement incitait le garçon à redoubler d'attention. Ainsi le punissait-elle, à sa manière, pour n'avoir pas eu l'intelligence de s'abaisser un peu à sa juste hauteur.

— Je vais donc faire mes adieux à Alice, marmonna-t-elle, triste et résignée.

— Tu es sûre de ne pas le regretter ? Sinon… Ce que j'en dis… Faut pas toujours prendre mes avis au pied de la lettre…

— Ah ! Ça suffit, dit-elle en éloignant sa main posée sur un genou du garçon.

Elle partit vers l'allée de Tourny, dans le matin naissant, avec en point de mire les berges ensoleillées de l'Isle.

14

Parfois leurs relations ressemblaient à des histoires sans paroles. Alice tendait les clés de la voiture à sa conseillère en image et l'employée comprenait qu'il lui fallait sortir sans délai l'Austin du garage. Une fois installée, sans un mot de plus, Alice lui désignait le dôme de la cathédrale aux écailles grises, ce qui signifiait qu'aujourd'hui on allait place Mauvard au cercle des Apostilles. À la vérité, il n'y avait que trois directions possibles : celle du cercle, puis Trélissac et l'usine Dufournelle au nord-est de la cité, et enfin les jardins de Vésone au sud où elle faisait du jogging avec Béatrice Saint-Philippard et Aurore Paladan. C'était tout.

Alice se mit à fouiller dans son sac, s'agaça très vite de ne rien trouver, puis se décida à le vider entre ses pieds sur le tapis de sol de la berline.

— Que cherchez-vous ?

Joe attendit la réponse sans succès, puis au carrefour Daumesnil lui demanda s'il fallait revenir à La Barbecane. Alice la fixa, le regard vide, comme si elle ne comprenait pas le sens de sa question.

— Je me passerai du téléphone, dit-elle. On devient esclave de ces objets. Et puis, finalement, je me demande si je ne vais pas m'en défaire. C'est un piège à cons, ces machines.

La conductrice poursuivit son trajet en contournant la place de la cathédrale Saint-Front, lentement, patiemment, en se faufilant au milieu des embouteillages.

— Figurez-vous que je me suis rendu compte que Geoffroy, agissant sans doute sur les ordres de son père, m'a installé dans mon iPhone une application qui se nomme, je crois, *Localiser*. Avec ça, mon mari peut me suivre à la trace.

— Il suffit de supprimer cette application, suggéra Joe.

— Oui mais si je la supprime, il se doutera de quelque chose. Que je ne veux pas être repérée. Au contraire, il suffira juste que j'oublie mon téléphone dans le tiroir de ma commode. Et que j'aille où bon me semble.

— Vous n'avez rien à cacher, ajouta Joe. Votre existence est sans histoires. Limpide et transparente.

— Qui sait ?

— Je le saurais.

Alice lui jeta un regard soupçonneux.

— Ne seriez-vous pas en train de me dire que M. Dufournelle vous a demandé un service ?

— Un service ! Quel service ? Voici bien une drôle d'idée, fit Joëlle Coline en tapotant le volant du bout des doigts.

— S'il ne l'a pas fait, ça ne saurait tarder.

— Je ne comprends pas.

Alice abaissa le pare-soleil pour se mirer. Délicatement, elle redessina ses lèvres d'un rose flamant. Joe s'amusa à freiner brutalement pour taquiner sa maîtresse, mais celle-ci releva la pointe du rouge à lèvres avant qu'il ne débordât.

Puis elle tendit le bâton à Joe. Celle-ci déclina l'offre d'un balancement de tête.

— Pourtant un peu de maquillage vous ferait le plus grand bien, mademoiselle Coline.

— N'inversons pas les rôles, dit Joe. Je tiens à rester terne, totalement terne jusqu'au bout des ongles.

— Ce serait une manière de vous punir… Mais de quoi donc ?

— Je n'ai pas envie de plaire.

— Même au garçon qui partage votre appartement ?

— Comment savez-vous qu'un homme vit dans mon appartement ? Vous m'avez espionnée ?

— Certes non, s'amusa Alice. Mais Mathias, le serveur du *Garden Ice*, boulevard Montaigne, m'a décrit le jeune homme que vous fréquentez. Un artiste peintre, n'est-ce pas ?

Joe ne répondit pas. Elle n'avait aucune envie de poursuivre la conversation sur ce sujet. Mais Alice expliqua qu'elle connaissait la famille Gobelin, des antiquaires fortunés de la rue Éguillerie.

— Vous êtes bien placée, ma chère.

— Mais pas du tout. Vous faites fausse route, madame Dufournelle. Je ne crois pas que notre amour fasse long feu, au point de…

— De vous marier, termina Alice dans un ricanement.

Elle prit un Kleenex et ôta délicatement le rouge à lèvres qui débordait. Puis elle se pommada les joues, tapota son visage.

— Pour le tour des yeux, j'ai des problèmes. Quelques ridules, certes, mais rien de catastrophique.

— Il faudrait un simple trait d'eye-liner et du mascara.

— Nous irons à Bordeaux la semaine prochaine, mardi par exemple. Il paraît qu'il y a un excellent institut de beauté rue Judaïque. Et je laisserai mon téléphone dans le sac de mon amie Béatrice. Comme cela, Romuald ne saura rien de notre escapade. Et ensuite, un bon massage chez *Laura Lann*. Vous en profiterez aussi, n'est-ce pas ?

— Non, dit Joe.

— Ne serait-ce que pour éblouir votre amant ?

— Comme si j'avais besoin de ces artifices !

— Prenez garde. Les hommes sont velléitaires. Lâches. Sans complaisance aucune pour nos rides, nos vergetures et notre cellulite.

Place Mauvard, Joe se mit en quête d'un stationnement. Mme Dufournelle lui montra le trottoir.

— Qu'importent les contredanses. Soyons folles. C'est Romuald qui régale. Il lui suffit de les adresser au maire et ça finit dans les poubelles.

Joëlle escalada la bordure en raclant le fond de l'Austin.

— Pourquoi êtes-vous ainsi, Joëlle ? Contre tout. Rebelle. Pessimiste en diable. Votre Arnold ferait un bon mari. De quoi vous mettre à l'abri.

— Vous ne me connaissez pas. Ma vie est une imposture, dit-elle en posant sa tête sur le volant.

Alice l'observa avec tristesse, puis posa sa main gantée sur la chevelure de Joe. Elle amorça une caresse pleine de tendresse, mais réalisa soudain que ça ne se faisait pas avec une employée, que cette manière de faire affectueuse pourrait être mal interprétée. Mais Joe n'y prêta pas attention.

— Je vous aime bien, mademoiselle Coline. Je voudrais bien que nous soyons amies, mais pour cela il faut être deux.

— Nous ne serons jamais amies. Perdez cette illusion.

— Vous détestez sans doute ce que je représente. Bien sûr. C'est fatal. Ma soumission à un homme, n'est-ce pas ? Vous pensez que le mariage c'est une affaire de soumission et non d'amour. Dans mon cas, certes oui. Je le confesse. Je suis soumise à Romuald, aux Dufournelle. Qui croyez-vous tromper ? Votre extraction sociale ? Il n'y a plus de lutte des classes, maintenant. C'est mon mari qui le dit. Je ne sais pas, moi. Il doit bien savoir de quoi il parle, lui, non ?

Elle se mit à sourire en ôtant ses gants, délicatement. Ainsi protégeait-elle son vernis à ongles. Car elle tenait plus que tout, comme à la prunelle de ses yeux, à ses mains parfaites de dame oisive, un brin superficielle, futile même à ses heures. Et chaque fois qu'elle les contemplait si délicatement vernissées, nacrées, pailletées, elle songeait à son enfance.

— J'ai dû renoncer à tous mes projets, dit soudain Joe. Faute d'argent. Faute de soutien. Faute de tout. Ma seule faute aura été de venir au monde chez les Coline. Et de cela, cette tache originelle, on ne se relève jamais. On est marqué par son destin d'enfance jusqu'au tréfonds de soi-même. Irrémédiablement. Ainsi vais-je désormais, jour après jour, avec des rêves bloqués, verrouillés, à mes basques.

— Mais alors, moi aussi, fit Alice, je vis dans l'imposture. À ma façon. J'ai un mari que je n'aime pas. Je lui vole son argent. Je le méprise, parfois. Et je me dis que j'aurais pu avoir une autre vie, comme dans les petits romans à l'eau de rose. Mais celle-ci m'a été refusée par le destin. Comme vous, Joëlle. Le mariage parfois, la vie de couple, c'est comme une sorte de prostitution. On se donne par intérêt. On vend sa grâce, sa beauté, sa jeunesse, on les livre au meilleur parti. Bref, dit-elle, je suis la putain personnelle de mon mari. Voilà tout.

Elles se regardèrent un court instant, puis partirent dans un éclat de rire.

*

Au sous-sol du cercle des Apostilles, c'était le jour où Mme Dufournelle avait rendez-vous avec les dames patronnesses faisant leurs dévotions pour les pauvres et les sans-grade. Dans cet antre d'Ali Baba, Madeleine Rocroy était la générale en chef de ce petit bataillon de femmes courageuses et volontaires. On allait visiter les gérants des supérettes et des Mammouth locaux pour qu'ils cèdent leur marchandise périmée, de quoi emplir les étagères de la banque alimentaire.

— Vous insistez surtout sur les laitages. Passé la date de péremption, ils sont encore consommables pendant quinze jours au moins, parfois plus, expliquait Ginette Rougemont.

Son mari, un officier à la retraite sénile, suivait les gesticulations de sa femme avec des yeux enamourés.

— Vous croyez que ça sert à quelque chose, tout ça ? répétait-il.

— Laisse-nous faire, Pierre. S'il te plaît.

— Alors quoi, je ne sers plus à rien ! murmura le bonhomme, dépité.

— Venez, commandant, suivez-moi, nous allons dans la resserre pour emplir les cartons, lui dit le magasinier. Que voulez-vous, nous ne sommes plus bons qu'à ça.

Pierre prit sa canne et partit en grommelant.

— Il n'y a plus chez les Rougemont, répondit-il, qu'une commandante. Moi, fini. Plus de bataillons. Rien.

— Allons, ne vous dépréciez pas. Désormais, nous sauvons les pauvres. C'est une belle action.

— Les pauvres, ricana le commandant Rougemont, si vous saviez où je me les carre ! Si je viens ici, c'est pour faire plaisir à ma femme. Sinon, je préfèrerais passer mes matinées à taper le carton au mess de Pierre-Magne.

Albert montra à Pierre Rougemont comment il fallait procéder : les paquets de nouilles avec les paquets de nouilles et les conserves avec les conserves.

— On ferait mieux de faire des lots, suggéra Rougemont, avec café, pâtes, riz, chocolat, confiture. Ça serait plus méthodique, tout de même, dit le vieux commandant, assis sur un tabouret et, à vrai dire, peu décidé à prêter la main.

— Nous obéissons à Madeleine. Rien qu'à Madeleine. C'est la générale en chef, commandant.

— Drôle de république que celle des femmes, putain du Dieu, jura celui-ci. Ça me fait penser à une comédie d'Aristophane. Comment donc s'appelait-elle, cette comédie où les femmes prennent le pouvoir dans la cité ? J'ai une mémoire trouée. Je ne me souviens plus de rien. Je suis en vrac, Albert.

Dans la salle des bonnes œuvres, Madeleine Rocroy était montée sur un bureau et tentait de se faire entendre au milieu d'un bataillon de caqueteuses. Des petits groupes s'étaient formés où l'on devisait ardemment.

— Les permanentes de Zeb sont les meilleures de la ville. Les couleurs tiennent, au moins. Et elles ne sont pas chères, dit Noëlle Fortin, l'épouse du directeur de la Société Générale.

— Les décolorations, c'est mon problème, ajouta Francine qui ne cessait de se tripoter les cheveux en les faisant bouffir un peu.

— Zeb, les filles, vous ne trouvez pas qu'il a un drôle de genre ? s'exclama Julienne Philbert.

— Il a le genre à la mode, répondit Noëlle Fortin. On s'en fiche, pourvu qu'il nous fasse des frisettes.

— Trop de frisettes *wavy*, jugea Francine. Des fois, on ressemble à un caniche, lorsque les bouclettes débordent de partout.

Mme Dufournelle éleva la voix pour se proposer de saisir à Trélissac, dans l'usine de son mari, quelques lots de foies gras périmés.

Soudain, un intense silence embarrassé. On se consultait du regard, sans oser le moindre mot.

— Le foie gras, ça ne serait pas un peu trop provocant, quand même, pour les pauvres ? questionna Noëlle Fortin.

— Quoi ? s'étonna Alice. C'est du pâté en boîte. Rien de plus. Ça sent la plume mouillée de canard lorsque la date est passée. Plutôt que de les mettre au rebut, autant en faire profiter les nécessiteux, non ?

— Allons ! s'écria la générale en chef juchée sur son estrade de fortune. Pas de produits de luxe. Je le répète, pas de produits de luxe. Ce serait une pure provocation.

— Bon, tant pis pour le foie gras, déplora Alice. Et pas de confitures d'oignons rouges, non plus, je présume ? Quand la besogne est oxydée, ça masque bien le goût de plume, la marmelade…

— Essaie de comprendre, Alice. Pour une fois. Faisons preuve de tact. Notre clientèle se moquerait de nous, ajouta Francine, si nous leur fourguions des blocs de foie gras. Et pourquoi pas du caviar aussi ?

— Alors, mes sœurs, trancha Alice, je ne peux plus rien pour vous. Je me retire sur-le-champ. J'espère que vous ne m'en voudrez pas. Parce que pour le riz, les pâtes, la purée en poudre et les cornichons, vous n'avez pas besoin de moi.

Elle fit signe à son employée de la suivre.

— Qui c'est, celle-là ? demanda Noëlle Fortin en zieutant Joëlle. On ne l'a jamais vue ici.

— La femme de ménage de Mme Dufournelle, répondit Julienne Philbert en levant le petit doigt. Voyons, ma chère, elle ne sort pas sans sa femme de ménage. Vous ne le saviez pas ?

Les rires enflèrent dans la basse-cour. Et ce fut un tel vacarme qu'Alice ne put s'empêcher d'entendre les railleries dont elle était l'objet. Cependant, elle ne se retourna pas, ni Joëlle du reste. Ensemble, elles se sentaient fortes devant autant d'adversité. Joe songeait que lors de son passage au campus de Pessac, même dans la détresse, elle ne s'était jamais résolue à fréquenter le Resto du Cœur.

Dans la salle d'honneur du cercle, à cette heure matinale, on ne risquait guère de croiser les hommes. Ce n'était qu'à partir de quinze heures, après les déjeuners en ville, que les « décideurs », comme ils se nommaient eux-mêmes pompeusement, regagnaient le bar des Apostilles pour y déguster quelques cognacs et parler affaires : cours de la Bourse, flexibilité de l'emploi, contrôle fiscal, loi de finance...

Alice commanda du thé à la serveuse de la cafèt'. Jeannine apporta des tuiles aux amandes sur une coupe en porcelaine.

— Je ne suis jamais venue ici, dit Joe en promenant ses yeux sur le décor rose bonbon.

— Vous n'avez rien perdu. Ça sent le fauve, vous ne trouvez pas ?

Joëlle pouffa de rire.

— Comment ça ?

— Du Guerlain mélangé à du Diesel. Ça tient le fond de l'air, capiteux et brutal, dit Alice en allumant une blonde. Tout bien considéré, je préfère l'homme brut de décoffrage, dans son jus de mâle, sueur et tabac froid.

Joëlle la fixa en plissant les paupières. Elle ne savait jamais si sa maîtresse jouait un rôle en affectant des relations secrètes ou aussi imaginaires les unes que les autres. Finalement, elle penchait pour la deuxième hypothèse, que Mme Dufournelle se racontait des aventures à dormir debout.

Pour la première fois, Joe lui demanda une cigarette. Alice parut flattée. Elle y vit le signe d'un rapprochement notoire. Joe défit les boutons de son manteau et prit ses aises au creux du fauteuil. Mme Dufournelle l'observait, les yeux mi-clos, avec une sorte d'attendrissement sur le visage. Elle se disait qu'à la longue, peut-être en ferait-elle plus qu'une conseillère en image guindée, une amie, une bonne et agréable amie, comme Béatrice ou Aurore. Désormais, elle ne la voyait plus que dans ce rôle-là, confidente certes, mais proche, si proche, au point d'en faire un jour, qui sait, une complice.

Joe tirait nerveusement sur sa cigarette. Elle joignit ses mains sur ses genoux croisés. La jupe qu'elle portait, rouge écarlate, était trop courte, mais il n'était qu'Arnold pour juger que ça lui donnait un genre inconvenant, un genre qu'elle n'avait pas encore apprivoisé dans sa vie.

— Avant de revenir à Périgueux, j'avais de grandes ambitions. Je voulais faire une thèse sur Virginia Woolf, mais je ne la ferai jamais, et ce sera le grand échec de ma vie, avoua Joe. Un doctorat en littérature aurait pu m'ouvrir de belles perspectives dans l'enseignement, la communication, les belles-lettres, l'édition, qui sait. Adieu Virginia, murmura-t-elle. Et tant pis pour Clarissa Dalloway, la figure double, que je laisserai avec ses autres personnages sur le sentier du phare.

Mme Dufournelle poussa un grand soupir.

— Vous avouerais-je, au risque de paraître bien stupide, que je n'entends rien à ce que vous me dites. Qui vous empêche d'écrire votre essai sur cette femme auteur ? Personne.

— Je ne me sens plus en état de le faire. Quelque part, je suis devenue un personnage de Virginia. Et bon Dieu, ce n'est pas bon signe.

Alice parut absorbée par une vive réflexion. Puis elle voulut se montrer, soudain, amène avec Joëlle Coline.

— Des regrets, dit-elle, on en a tous dans la vie. À moins de voir, par je ne sais quel prodige, toutes les portes s'ouvrir devant soi, simplement en claquant des doigts…

— Mais celle-ci, reconnut Joe, est de taille. Je ne m'en relèverai jamais. C'est pourquoi, histoire de me mortifier un peu, j'ai accepté ce job. Femme de ménage. Et pour un peu j'ai craint que vous ne m'engagiez pas. Ça arrive souvent, à mes copines, qu'on refuse de les embaucher parce qu'elles ont trop de diplômes. En France, c'est assez mal vu. Ça fait peur. Les employeurs et leurs DRH se disent qu'une tête pleine ça ne rapporte rien à l'entreprise. Sinon des problèmes à n'en plus finir.

Mme Dufournelle distribua les dernières tuiles et vida la théière. On trinqua bêtement, comme s'il s'agissait de coupes de champagne.

Soudain, Alice se redressa sur son siège, posa une main gantée sur celle de sa voisine. Cette dernière ne la repoussa pas.

— Je sais ce que mon mari vous a demandé, Joëlle. De lui faire de médiocres rapports sur mes activités journalières.

— Comment avez-vous deviné ? s'étonna Joëlle Coline. Décidément, vous êtes plus clairvoyante que je ne le soupçonnais.

— Oh non. Je suis tout le contraire, d'une crasse bêtise. Mais quand il s'agit des hommes, ça oui. J'en connais un sacré rayon.

— Vous avez eu tant d'amants que cela ?

— Quelques-uns, fit Alice en minaudant. Rien d'intéressant. Des oiseaux de passage. Assez désolants, en vérité. C'est toujours la même comédie qui se joue entre un homme et une femme : tout ce qu'on donne dans le feu du plaisir se reprend au saut du lit.

Alice jouait avec ses cendres en les faisant tomber dans le filtre de la théière.

— Combien vous a-t-il proposé pour ce job ?

Joe hésitait à répondre. Elle se disait, après cela je n'aurai plus qu'à chercher du taf ailleurs. Car elle estimait déjà qu'elle ne pourrait plus occuper la moindre fonction auprès de Mme Dufournelle. La suspicion serait à jamais jetée entre elles deux. Et par voie de conséquence, le mari ne pourrait que la poursuivre d'une colère assassine, jusqu'à ce qu'elle soit définitivement grillée à Périgueux. Dans ce petit monde, forcément, on se passerait le mot entre gens de même condition pour flinguer une rebelle.

— Mille, dit-elle.

— Ah, tout de même. C'est Byzance. Dorénavant, ajouta Alice, je n'aurai plus aucun scrupule à faire les poches de mon Romuald.

— Voici, hélas, qui met un terme à notre contrat, conclut Joe d'un ton teinté d'amertume.

Alice Dufournelle, tête basculée en arrière, partit d'un éclat de rire, puissant et généreux.

— Bien au contraire. Je vous garde. Plus que jamais. Jouons le jeu qu'on exige de nous, vous l'espionne cynique et moi l'épouse volage. Joëlle, je vous le demande. Nous nous amuserons bien, toutes les deux. J'ai un mari qui ne sait pas encore, malgré son âge certain, de quoi sont capables les femmes.

— Non, se défendit Joe. Ne comptez pas sur moi pour cette duplicité infernale. C'est contraire à ma morale personnelle. Ce serait minable.

— Que me chantez-vous là ? Allons. Il faut traiter cette affaire avec la même désinvolture. Mon Romuald n'est pas l'homme que vous imaginez. Un colosse aux pieds d'argile... Voici ce que nous allons faire, avança-t-elle en susurrant à l'oreille de Joe, comme s'il y avait dans cette salle d'honneur du cercle des Apostilles quelque témoin attentif qui eût pu surprendre la conversation. Vous lui tartinerez vos rapports comme si de rien n'était, alors que nous serons de mèche. Nous lui livrerons ce que nous avons envie qu'il sache, de quoi aiguiser son appétit, satisfaire sa jalousie stupide. Vous lui direz par exemple que beaucoup d'hommes me courtisent, me fixent des rendez-vous auxquels je ne me rends jamais. Et d'un certain point de vue, nous ne serons pas loin de la vérité, n'est-ce pas ?

— Et j'empocherai en toute innocence le salaire de ma trahison ?

— Faisons moitié-moitié ? proposa-t-elle.

— Vous ne manquez pas d'à-propos.

Mme Dufournelle avança la main pour toper le marché. Joëlle Coline hésita. C'était un pas de plus vers une complicité qui l'enchaînait à sa maîtresse.

— Je ne sais pas quoi faire.

— Nous ne méritons pas mieux, nous les Dufournelle, les seigneurs du foie gras. Allons fêter ça au *Casino* devant une coupe de champagne.

Sentant son employée encore réticente, Alice la tira de son siège.

*

À bout de patience, Joëlle Coline n'osait plus ouvrir son téléphone. Sans surprise, c'était toujours la même rengaine depuis quelque temps, les appels manqués de son père qui s'affichaient. Au début, un ou deux. Elle avait essayé la messagerie, mais il raccrochait aussitôt sur un soupir d'agacement. Joe culpabilisait de ne pas répondre. Elle imaginait le pire, devant tant d'insistance. Était-il malade ? Après son départ précipité du chemin de Puyrousseau, Joëlle n'avait plus cherché à le revoir. Elle s'était même promis durant cette longue période qu'elle ne reprendrait plus jamais contact, comme si c'était une affaire classée dans sa vie, un fil définitivement rompu.

Et comme Pampuche insistait de plus en plus, quatre à cinq appels par jour, elle décida de mettre son numéro sur la liste des « indésirables ». Ainsi se rassurait-elle à bon compte.

Une nuit, elle fut réveillée par un cauchemar. Un misérable cercueil en bois blanc était posé en travers du chemin. On avait écrit au gros feutre noir : *Adieu Pampuche, paix à ton âme*. Et dessous, une main avait ajouté : *Baliverne, poivrot sans âme.* Joe avait reconnu l'écriture penchée et incisive, comme des lames de couteaux, d'Alberte. Le braque allemand tournait autour de la bière en gémissant, tantôt s'éloignant, tantôt revenant, puis il finissait par lever la patte et expédier sur le cercueil trois ou quatre petites giclées, histoire de marquer son territoire. À quelques mètres, la matrone, les mains sur les hanches, ne cessait de rire, en hoquetant, jusqu'à s'étouffer. Il y avait alors un bruit sinistre, comme un poing toquant sur une porte close. Les coups se répétaient. « Ah non, s'écriait Alberte, tu ne vas pas sortir… Pitié ! »

À son réveil, Joëlle se promit de descendre au Toulon dès le lendemain, à la première heure. Ce cauchemar paraissait l'avertir que Pampuche était sans doute au plus mal, et qu'il avait besoin de son aide. Mais après le petit déjeuner, elle jugea que ce rêve n'avait aucun sens, et qu'elle ne ferait rien de plus. Joe craignait de se laisser reprendre dans le filet paternel, piéger par une compassion dont elle avait eu à souffrir jusque-là. Il lui semblait même que ce pas de côté, tout aussi empathique qu'il fût, effacerait d'un coup les bénéfices acquis par sa nouvelle existence. Elle s'était libérée de son passé, de ses anciennes peurs, Pampuche, Martha, Alberte, et l'ignoble Paulin, ce n'était pas pour y retomber à pieds joints. Elle se disait en se rongeant les ongles : Ils ne me reprendront pas. Jamais. Plutôt mourir. Et la pensée même que son père fût dans la détresse la laissait désormais de marbre. Une force intérieure lui disait : Ne te retourne pas. Sauve-toi ! Fuis à toutes jambes.

Maintenant que les appels téléphoniques de Pampuche n'encombraient plus son smartphone, Joe se sentait rassurée pour conduire l'existence qu'elle s'était choisie. En feuilletant le journal de Périgueux, parfois, elle se surprenait à passer bien vite sur la rubrique des avis de décès comme si elle redoutait d'y trouver le nom de son père.

Un soir, Arnold voulut se mêler de son histoire en lui expliquant qu'on ne pouvait biffer d'un trait de plume la vie d'un père ou d'une mère, et poursuivre son existence comme si de rien n'était. « Les remords sont aussi tenaces que les regrets, sinon plus lorsqu'ils nous renvoient à notre culpabilité, dit-il. Lorsque ton père ne sera plus de ce monde, tu regretteras alors de ne pas lui avoir dit ce que tu avais sur le cœur. Et tu n'auras pas la possibilité de te racheter. »

Cependant, nul argument ne s'avéra assez fort pour la faire changer d'avis. Joëlle trouvait dans cette fuite confortable bien des avantages : renaître enfin en enterrant sous le sable ses années d'enfance.

Désormais, Joe n'osait plus descendre dans l'atelier d'Arnold – la rue Coligny n'était qu'à quelques encablures de Puyrousseau, avec seulement le cimetière de l'Ouest qui séparait les deux endroits – tant elle craignait d'y croiser Pampuche. Et bien que le peintre désirât lui montrer ses dernières créations, elle s'y refusait avec une lâche énergie. Arnold n'y voyait là que des espérances affectives perdues. Et cet effacement volontaire lui en apprenait beaucoup sur Joe, sur sa fragilité, et sur les dégâts causés par les griffures de la vie.

Un dimanche d'avril, on vint frapper à sa porte. Elle ouvrit en pensant que c'était Joseph. Lorsque Mme Dufournelle requérait la présence de son employée à La Barbecane, elle envoyait son chauffeur. Joe s'exécutait sans poser de questions quels que fussent le jour ou l'heure. En découvrant sa méprise, elle referma la porte vivement. Mais l'homme qui était derrière ne cessait, lui, de tambouriner. Elle s'assit à même le sol, adossée à la porte.

— Non ! cria-t-elle. Je ne veux pas te voir. Je n'ai rien à te dire. Nous n'avons plus rien à voir ensemble. Fini, dit-elle. Fini.

Elle se faisait violence pour étouffer ses larmes. Elle s'en voulait déjà de lui offrir un tel spectacle. Je suis forte et déterminée, se disait-elle. Il finira par se lasser. Joe tendit l'oreille en suppliant que le visiteur redescendît l'escalier au plus vite. Elle se redressa pour mettre le verrou, toujours adossée à la porte. Elle ne doutait plus qu'il tenterait de forcer le passage.

— Va-t'en. Oublie-moi. Je t'en supplie, Pampuche. Rends-moi ce dernier service.

— Mais je t'aime, Joe. Je t'ai toujours aimée. Tu es et resteras ma petite fille adorée.

Il se mit à geindre, comme un animal, ses ongles égratignant le bois.

— J'attendrai, promit-il, jusqu'à ce que tu ouvres cette putain de porte. Même s'il faut que j'y passe toute la journée et toute la nuit, et tous les jours suivants. Jusqu'à ce que je crève, nom de Dieu.

Il y eut un long silence durant lequel Joe se réfugia dans sa cuisine. Elle fit mine de s'occuper de la vaisselle et du rangement. Mais lorsque Pampuche se mit à hurler en redoublant ses coups sur la porte, elle s'approcha de l'entrée.

— Tu n'as pas oublié nos promenades à vélo à Champcevinel ? Dans les bois du Maine, ou à Maison Rouge ? On se cachait dans les fourrés pour surprendre les écureuils. Les parents apprenaient à leur progéniture à sauter de branche en branche. Et je te disais que c'était ça l'instinct paternel. Enseigner les premiers pas dans la vie. Dans ce monde dangereux et hostile, il faut apprendre la crainte, la peur des prédateurs. Le faucon pèlerin ou l'épervier brun. Je te disais que moi aussi je t'apprendrais à faire tes premiers pas dans la vie, à éviter les prédateurs. Te souviens-tu ?

— C'étaient des paroles en l'air, dit Joe. Tu n'as pas été à la hauteur de tes promesses. Au lieu de t'occuper de moi, tu m'as envoyée à Béthune, chez maman. Et maman non plus ne s'est pas intéressée à moi. Le prédateur, là-bas, c'était Paulin Amond. Si tu savais ce qu'il a fait, Paulin, de moi. Livrée à sa merci sans défense… Mais tu n'as jamais voulu savoir. Et lorsque je suis allée étudier à Bordeaux, tu m'as laissée sans argent, sans rien. Qu'espérais-tu que je devienne ? Je t'ai écrit. As-tu lu mes cartes, mes lettres ? Mes appels au secours ? Je ne crois pas. Tu as préféré ne pas savoir ce que je faisais de mes journées, les difficultés que je traversais. Tu as fait l'autruche, la tête dans le sable. Et maman non plus n'a rien voulu savoir. Tous les deux, vous ne m'avez pas aidée à grandir. J'avais tant besoin de vous. Mais j'ai attendu en vain. Je me disais, en vous maudissant tous les deux : pourquoi m'avoir mise au monde ? Les petits écureuils de Champcevinel ont eu plus d'amour que moi. Maintenant, je suis forte. Tout ce que je possède, je ne le dois à personne. Je n'ai pas de comptes à te rendre. Tu peux t'en retourner dans ton capharnaüm et oublier que j'existe. Adieu, papa, adieu.

Joe ouvrit la porte-fenêtre en grand et sortit sur le balcon. L'air était doux et chargé d'odeurs printanières. Le cœur léger, jamais elle ne s'était sentie aussi forte et sûre d'elle-même qu'à cette seconde. Tu as exprimé d'un trait définitif ce que tu avais sur le cœur. Maintenant, plus rien ne sera comme avant. Puis elle se décida enfin à ouvrir la porte. Mais lorsque Pampuche voulut la prendre dans ses bras, elle le repoussa. Puis elle jugea que sa réaction était une preuve de faiblesse. Alors elle consentit à l'embrasser, comme autrefois, en y mettant un peu de douceur. Sans doute avait-il besoin de la sentir ainsi, contre lui, estimant sans doute que toutes les blessures du passé, les ressentiments, pourraient s'atténuer et s'éteindre enfin à jamais. Mais elle savait dans son for intérieur que ce ne serait qu'une posture. « Tourner la page », affirmait Arnold, mais pour lui, c'était aisé de le dire, lui qui avait eu une enfance heureuse et choyée, une mère protectrice. Ce que le passé a piétiné et volé ne s'en reviendra pas. Mais par accommodement, on pourrait feindre d'y croire. Ils s'assirent l'un en face de l'autre, dans le salon. Paul promenait son regard sur les choses qui ornaient l'appartement, des objets qui lui étaient étrangers, comme les livres, les peintures d'Arnold, les ordinateurs et la chaîne stéréo. Autant de richesses qu'elle n'avait jamais connues à Puyrousseau ni à Béthune dans le quartier Catorive.

— Je suis fier de toi, Joe. Si fier.

— Pourquoi ?

— Tu t'es bien placée. Chez les Dufournelle. Tu as fait ton trou.

Elle se mit à ricaner, les mains sur son visage.

— Employée de maison. Larbine, fit-elle en répétant le mot qu'on utilisait aisément du côté de Huguet et de sa Belette Violette.

— Peut-être, mais c'est une sacrée promotion.

Elle haussa les épaules, et se retint de dire qu'il n'y avait rien d'enviable à être la femme de ménage des gens riches.

— Combien qu'ils te donnent ?

Joe ne voulait pas entrer dans ce genre de conversation, car elle soupçonnait déjà où il voulait en venir, papa Coline, avec ses gros sabots.

— 2 000, dit-elle.

Pampuche poussa un sifflement d'admiration.

— Je t'en aurais jamais cru capable…

— Je sais, dit-elle avec tristesse. J'ai de quoi vivre.

— Et tu as un amoureux ?

Elle ne répondit pas.

— Je le sais. Je sais tout de toi, ma fille.

Joe alla chercher une bouteille de whisky et lui en servit un verre bien tassé.

— Pas de glaçons, défendit-il. Ça me fait mal, les glaçons. Ça me brûle l'estomac.

— Oh, pauvre papa ! dit-elle.

Il prit la bouteille de Flaming Pig et contempla l'étiquette.

— C'est du bon.

— Tu n'y connais rien. Mais ça ne fait rien. Bois donc. Et tais-toi. Tu n'as rien à me dire, papa, qui puisse m'intéresser.

— Pourquoi es-tu méchante ? Oh, je vois. Tu as dit tout ce que tu pensais sur moi. Oui, c'est vrai. Je suis un minable. Ton père est un minable.

— Et ta mégère ? Comment se porte-t-elle ?

— Alberte ?

— Oui, Alberte, de qui veux-tu que je parle ? De maman ? Celle-là je ne veux pas la revoir. Avec son misérable gugusse.

— Tu ne vas pas recommencer ! déplora-t-il. Alberte m'insulte, me frappe, comme d'habitude, et je suis sans réaction devant elle, comme je l'étais avec Martha. Mais c'était pas la même chose, Martha. Il y avait de bons moments parfois, mais je ne pouvais pas lui donner tout ce qu'elle espérait. Et elle est partie. C'est tout.

— Avec ta nouvelle femme, tu n'as rien gagné au change, dit Joe.

Pampuche la regarda la tête basse avec un air de chien battu.

— Tu supporteras tout d'elle, les pires humiliations, parce que tu as besoin de cette morue. Sans son argent, tu crèverais de faim. Alors, ça vaut bien un peu de soumission, mon pauvre papa.

Le père fixait son verre vide posé devant lui sur la tablette. Et Joe comprit que la première dose n'avait pas été suffisante et qu'il lui en fallait encore une autre, bien tassée. Elle le servit. C'était à cette bonté qu'il reconnaissait l'amour de sa fille, tout de même, une toute petite trace d'amour qu'elle lui conservait envers et contre tout.

— Mes affaires vont mal. Je suis sans le sou.

— Je sais, dit-elle. Tu as passé ta vie à dire des choses horribles comme celles-ci. Le manque. De vin, de tendresse, d'argent, le manque, toujours le manque. Et c'est pourquoi je ne peux pas t'en vouloir plus encore, après tout ce que je t'ai dit, père.

— C'est beaucoup.

— Oh non, c'est peu. Mon âme est furieuse de ne pas te voir debout, un instant seulement, debout, comme un homme. Alors, je ne puis te respecter. Je te supporte comme une fatalité de l'existence. Le destin m'a offert un père comme toi, une image de père si dégradée et pitoyable. Voici ce qui m'a manqué en définitive : un père à respecter. C'est le seul manque que je me reconnais. Et il est de taille.

Pampuche se leva et se mit à ausculter le salon, à tripoter les objets, à caresser les livres, les écrans des ordinateurs. Il se disait que désormais sa d'Joe était tirée d'affaire et que, peut-être, repue et satisfaite, elle pourrait penser à lui, avec un petit geste, rien qu'un petit geste. Mais comment le dire ?

Il se tortillait sur lui-même, allant et venant, le pas incertain, comme s'il était pressé de trouver la sortie mais pas avant d'avoir obtenu ce qu'il espérait.

— Je voudrais que tu m'aides un peu, dit-il tout de go, piteusement.

Et Joe essuya sur sa figure les larmes qui coulaient, doucement, en silence, sans qu'un trait de son visage révélât son chagrin.

— J'ai compris, dit-elle.

— Quoi ? Tu crois que c'est facile pour moi de te demander ça ? Un peu, un tout petit peu, pour ne plus recevoir des gifles d'Alberte.

— Cinq cents, le 10 du mois, proposa-t-elle. Je ne peux pas faire plus.

Il hocha la tête, sans grande surprise, tellement tout ceci lui paraissait tomber sous le sens. Puis il comprit qu'il n'obtiendrait pas plus, même en prenant une mine dépitée.

Joe guettait sa réaction, exaspérée de ne rien voir venir. Enfin, Pampuche se décida à répondre, maintenant qu'il n'y avait plus rien à espérer d'autre.

— Oui, c'est beaucoup, ma petite fille. Tu es un amour.

— Suffit, dit-elle. Ne nous abandonnons pas à une sentimentalité inutile. Et c'est à une seule condition.

Il se rassit, l'air penaud, car il craignait déjà les conséquences de cette générosité.

— À la condition, reprit-elle d'un ton ferme, que je ne te revoie plus ici, ni ailleurs, ni jamais.

15

Avec les beaux jours, les parents Chanoinet et Dufournelle ne pensaient plus qu'au mariage de leurs enfants. Et à mesure que les semaines défilaient, on craignait d'être pris au dépourvu. C'était du reste le cauchemar favori de Xavière Chanoinet. Elle se réveillait en sursaut, elle ouvrait l'étui en croco verdet de son calepin et, soudain, découvrait horrifiée que la cérémonie était pour le lendemain. Elle sautait du lit, à pieds joints, en poussant un grand cri. Mais Aristide, lui, ne bougeait pas d'un pouce, sous sa couette. Il se disait : Voilà que ma chère et tendre se remet à yoyoter de la cafetière.

Bien qu'un bon mois encore les séparât de l'heure fatidique, les parents convinrent d'un commun accord qu'il fallait tenir colloque au plus vite pour lancer le compte à rebours. Aristide fut chargé de téléphoner à Romuald pour inviter la famille Dufournelle à un lunch dans leur maison de campagne de La Borie Haute. Sur la date du rendez-vous, l'industriel tergiversa un peu : le 10, le 11 ou le 12 avril ? Il n'arrivait pas à se décider, trouvant chaque fois une bonne raison de repousser la sauterie. Et cette hésitation déplaisait foncièrement à Chanoinet.

Entre les deux familles, destinées désormais à faire alliance, il existait une sorte de rivalité. On s'interrogeait encore pour savoir qui était le plus important sur l'échiquier périgourdin, un fabricant de foie gras ou un vendeur de vieilles pierres… Pour Georges Malterre, le président perpétuel du Club des industriels vésonais, il n'y avait pas photo : un directeur des Comptoirs immobiliers vaudrait toujours dix négociants en pâté de foie. Si bien que dans certains milieux, on disait que la fille Chanoinet ferait une bien vilaine affaire en épousant ce Dufournelle dévoyé, sans instruction, sans morale ni éducation.

— Je trouve mon cher Romuald que tu nous joues une comédie fort déplaisante. Le veux-tu ce mariage, oui ou non ?

— Je le veux, Aristide. Bien sûr que je le veux. Quelle drôle de question !

— Alors, lança Chanoinet en colère (une colère qui tranchait avec sa manière d'être, mais qui, pour une fois, fit son petit effet), je décide pour le 12 avril… Que cela te plaise ou non…

Et *crac*, le directeur des Comptoirs immobiliers raccrocha tout de go, avec quelque assortiment choisi de jurons et de grossièretés qui détonnaient pour une fois avec son style habituel, posé et mesuré.

Xavière, occupée à se limer les ongles, se mit à soupirer. Dufour (elle l'appelait Dufour dans le petit cercle familial) aura donc fini par le faire sortir de ses gonds, mon cher Aristide, pensa-t-elle en sifflotant, le visage enjoué.

— Ce mariage nous tue, s'écria Chanoinet.

— Oui, mon mari, tu as bien raison. Moi, j'en fais des cauchemars. Il n'y a que notre Élise qui paraît heureuse. Mais elle ne sait pas encore ce que représente un mari, un mari comme ce Geoffroy Dufour. Elle en aura vite fait le tour. Et après, qu'adviendra-t-il ? Des crises à n'en plus finir, qu'il nous faudra essuyer, éponger, sans cesse, par gros grain.

— Ah, n'en rajoute pas, Xavière. C'est assez de supporter le marchand de foie gras et sa poupée Barbie. J'en ai de l'urticaire, là, sur les mollets, les cuisses. Je ne cesse de me gratter le cuir. Et de me pommader, bon Dieu, oui, pour apaiser le prurit.

Aristide chaussa ses lunettes cerclées d'or, rondes et aux verres épais qui lui donnaient un regard de hibou. Pourquoi ai-je épousé un homme aussi laid ? se demandait Xavière chaque fois qu'elle posait les yeux sur son mari. Celui-ci se mit à fouiller dans une chemise rouge et en sortit le devis de Wedding Planner Aranda. Il releva ses lorgnons sur l'arête du nez.

— La bagatelle de 20 000 euros, fit-il. Surtout avec l'ensemble à cordes, ça grève furieusement notre budget.

Xavière étala ses jambes sur un pouf et se prélassa, les yeux clos, face à la baie inondée de lumière.

— Je ne compte pas les toilettes de la mariée, ajouta-t-il.

— Aristide, tu ne veux tout de même pas leur en faire payer la moitié ?

Il se mit à ricaner en pensant à la robe qu'Élise s'était choisie. Un sac en satin avec des fioritures et des falbalas. Au fur et à mesure des essayages, la future faisait enlever les ornements. Elle voulait une parure simple, à son image. Elle jugeait ridicules les fleurs de soie et les serpentines de dentelle que la modiste y avait accrochées. Et de même la taille trop pincée. Élise désirait que ça tombe naturellement sur les hanches avec un flou dans les formes. « Pas assez sexy », avait dit sa mère. Et Élise avait répliqué d'un ton vif : « Je pourrais aussi me marier en sous-vêt'... »

— À notre rendez-vous du mardi 12 à La Borie Haute, je compte lui présenter le devis. J'espère que Romuald comprendra qu'un petit chèque de 10 000 euros serait le bienvenu.

— Oui, admit Xavière, ça lui fera comprendre que nous nous tapons tout le boulot.

Elle parut s'assoupir un peu, et sa trousse à manucure glissa sur le parquet. Elle soupira haut et fort.

— Crois-tu que notre Élise a fréquenté depuis Serge Rondeau, le roitelet de la préfecture ?

Aristide ne répondit pas. C'était le genre de conversation qu'il évitait soigneusement.

— À mon avis, ajouta Xavière, notre fille ne me paraît pas très portée sur le sexe. Elle te ressemble sur ce point, ta fille, ajouta-t-elle. La chose, nous la faisons si peu. La semaine des quatre jeudis.

M. Chanoinet faisait mine de feuilleter les devis, de vérifier les additions pour se donner une contenance.

— Tu as eu de la chance jusqu'ici que je ne prenne pas un amant, dit-elle, les yeux clos, le visage caressé par le soleil du dehors.

— C'est une menace ?

Un sourire teinta le visage de Xavière de douces rides à peine apparentes, grâce aux crèmes miracles anti-âge.

— Avec le petit Geoffroy, ça lui changera son quotidien. Sur ce plan du moins, ajouta-t-elle désabusée. À moins que cette nouvelle expérience la chasse des terres fertiles de l'amour, poursuivit-elle dans une sorte de balbutiement incompréhensible.

*

Chaque fin de semaine, les Chanoinet quittaient la ville pour leur castelet de La Borie Haute. À peine cinq kilomètres séparaient leur appartement de l'allée de Tourny de Champcevinel. Si ce dépaysement était de pure forme, tout le plaisir résidait dans le fait de profiter de la demeure elle-même, une longère en vieilles pierres périgourdines flanquée de deux anciennes granges, l'une consacrée à la piscine couverte et l'autre à la salle de réception.

La rénovation de cette ancienne ferme en avait ôté les aspects rustiques, c'est pourquoi à force de rajouts audacieux, comme des mâchicoulis et des tourelles étrangement anachroniques, La Borie Haute méritait la dénomination de castelet. Alentour, un parc immense abritait toutes les essences d'arbres qu'on pouvait trouver en Périgord et nulle autre qui lui fût étrangère, comme des sapins, des érables ou des chênes américains. M. Chanoinet était un esthète dans son genre, vétilleux et maniaque. Il avait acquis ces qualités dans le négoce qu'il menait depuis trente ans au moins avec un certain bonheur : la vente des châteaux et des chaumières en Périgord. Seules les affaires concernant la pierre du pays, et nulle autre, l'intéressaient. Ses clients, pour la plupart, étaient des Anglais, aussi exigeants que lui sur la belle architecture du passé, stylée et datée, bien que savamment reconvertie aux commodités modernes. C'était un petit accommodement qu'on lui pardonnait volontiers, même si, parfois, cela frisait le mauvais goût. Car bien des fermes anciennes vendues trois fois leur juste valeur ne méritaient pas ce ripolinage forcé.

Au matin du fameux rendez-vous entre les Chanoinet et les Dufournelle, profitant de ce que le temps était au beau fixe, Aristide ordonna à sa cuisinière et à son factotum d'allumer le four à pain pour y cuire sur broche un petit cochon de lait. Dans l'ancien chai, une longue cave voûtée, il alla choisir quelques bonnes bouteilles. M. Chanoinet était un adepte des vins du Médoc. Sur ce point, il se révélait un peu sectaire à ses heures. Ni les bourgognes, ni les cahors ne trouvaient grâce à ses yeux, jugeant ceux-ci trop « paysans et rustiques », tandis que les bordeaux restaient pour lui des « vins nobles et aristocratiques ». Il hésita longuement et à force d'explorer ses étagères se décida enfin pour un choix moyen, estimant sans doute que ses invités n'étaient pas des esthètes en la matière. Il sortit précautionneusement de la poussière qui les recouvrait une dizaine de château-prieuré-lichine 1990 et deux de 1961 avec force hésitation ; ces dernières étant parmi les plus rares de sa collection. Il n'était pas assuré que ses hôtes fussent connaisseurs au point d'apprécier à sa juste valeur ce vin millésimé du maître vigneron de Cantenac. Néanmoins, il estima qu'Élise méritait bien qu'on traitât ses futurs beaux-parents avec délicatesse.

Pendant ce temps, Xavière commandait aux cuisines, et forçait les deux employées à repasser les nappes blanches et à lustrer la porcelaine. Tout devait être parfait, surtout les verres en cristal, sans marque, ni de doigt ni de poussière. Elle examina aussi l'argenterie, dont un plat long qu'elle renvoya à cause de traces noires. Une employée se proposa de le nettoyer au vinaigre blanc, mais la maîtresse de maison exigea qu'on le remplaçât aussitôt.

— Allons, Odile, nous en avons des dizaines dans le vaisselier. C'est ma faute, j'aurais dû vous faire venir hier pour contrôler notre service. Mais je suis distraite en diable. Tout cela, ce micmac, me rend nerveuse, terriblement irritable. Pourtant, quelle affaire ! Ce sont des parvenus, nos invités, ça ne mérite pas toutes ces précautions.

Tandis qu'Odile et Jeanne s'activaient à mettre les couverts, les Chanoinet faisaient le pied de grue sur la terrasse. Aristide consultait sa montre et Xavière fumait cigarette sur cigarette avec nervosité.

— Pourquoi notre Élise n'est-elle pas encore descendue ?

Et dans un même mouvement ils tournèrent le regard vers sa chambre dont les volets étaient toujours clos. Sans concerter son mari, Xavière décida de se rendre auprès de sa fille. Et en effet, elle trouva Élise en train de tapoter sur son MacBook Air dont elle ne se séparait jamais.

— Pas encore prête, ma fille… À quoi penses-tu ?

Celle-ci bascula la tête en arrière pour sourire à sa mère en proie à une excitation qu'elle ne comprenait pas.

— Mais je suis prête. Bien prête, même.

Xavière la toisa avec un regard sévère. Élise avait ramassé ses longs cheveux en un chignon tenu par un crayon. Et sa tunique grège fort chiffonnée lui donnait l'allure d'une jeune femme sortant d'une friperie où elle avait l'habitude de s'habiller au rayon du décrochez-moi-ça. Le jean était passablement élimé, juste idéal pour la campagne, avec des effilochages aux poches et aux genoux. Xavière éclata de rire en songeant que c'était la seule attitude qui convenait pour ne pas vexer sa fille. Car Élise ne se souciait à cette seconde que du travail qu'elle avait entrepris, le rewriting d'un ouvrage intitulé *Comment déceler au premier coup d'œil un pervers narcissique en douze leçons* pour une maison d'édition spécialisée. Elle avait promis de remettre son texte en fin de semaine. Et comme d'habitude, prise de court, Élise Chanoinet mettait les bouchées doubles.

— Tu n'as pas oublié que nous recevons les Dufournelle et de surcroît ton futur mari ?

— Oui et alors ? Devrais-je me faire la tête d'une Lady Gaga et m'habiller en sexy doll ? Tout ça, pour mon futur bonhomme. Ça lui conviendrait bien, du reste. Que crois-tu, maman, je sais ce que j'épouse.

Sur le coup, Xavière fit mine de ne pas comprendre. Elle mettait le cynisme de sa fille sur le compte de l'émotion du moment. Sa vie allait certes changer, mais si peu, croyait-elle, car Élise resterait toujours une indifférente aux émois du sentiment. Et les rares hommes qu'elle avait connus s'en étaient allés au bout d'un mois, six mois, ou un an mais pas plus, en disant qu'ils n'avaient pu percer cette âme-là, solitaire et détachée, d'une Élise assurément préoccupée seulement d'elle-même.

Enfin, Mlle Chanoinct consentit à rafraîchir sa tenue en conservant néanmoins le style décontracté qui lui allait si bien de son point de vue : un gros pull rouge et un pantalon fuseau blanc cassé. L'affaire fut classée en trois mouvements.

— Et les cheveux ? Tu ne peux pas les laisser ainsi, Élise… Tu as une si belle chevelure. Laisse-la retomber sur les épaules.

— Ça non, se défendit la future mariée. C'est agaçant au possible. Et puis j'ai un port de tête élégant. Ne le vois-tu pas, maman ? Non, bien sûr, tu ne le vois pas. Tu m'as toujours classée dans la catégorie des filles ordinaires, sans style, sans grâce, et un brin timorées.

Xavière l'aida à rafistoler son chignon et remplaça le crayon qui tenait l'ensemble par une pince nacrée. Puis, la mère voulut maquiller la fille. Élise se laissa faire au début, puis protesta en se mirant dans la glace de la salle de bains.

— Ce n'est plus moi, ça.

— Peut-être, reconnut Xavière, mais au moins cette peinture sur le visage te rend désirable.

— Crois-tu que j'aie besoin de ces artifices pour faire de l'effet à mon Geoffroy adoré ? Il n'a pas besoin de tout ça. Des seins, des fesses, et le reste, ça suffit à ses yeux. Il coucherait avec n'importe qui, cet oiseau-là.

La mère parut embarrassée par la réaction de sa fille. Elle n'avait jamais abordé encore la question avec elle.

— Est-il aimant avec toi ? Attentif ? Tendre ?

— Il fait l'amour comme un sauvage. À vrai dire, je suis parfois estomaquée de ce qu'une femme doit subir pour satisfaire un homme.

— Sérieusement ? s'exclama Xavière. Tu me fais peur.

— Mais non, maman. Ne crains rien. C'est un amant ordinaire, sans délicatesse, parfois un peu pressé et qui se soucie peu de moi. Je m'abandonne. Et j'attends la marée basse.

Elles éclatèrent de rire ensemble, mais Xavière d'un rire un peu grinçant.

— Vous vous aimez ? Te parle-t-il de ses sentiments ?

— Je ne crois pas que nous nous aimions, à vrai dire. Notre mariage n'est-il pas un arrangement d'intérêt ?

Xavière se détourna puis osa avancer, d'une voix blanche, qu'il n'était pas encore trop tard pour tout arrêter.

— Annuler ? Non. Surtout pas. Après la cérémonie, ce sera une affaire classée. Nous passerons à autre chose. Et puis, dit Élise, ça ferait tellement de peine à papa. Il y tient, à cette alliance des Chanoinet et des Dufournelle.

— Je t'assure que j'aurai la poigne pour briser ceci, si telle est ta volonté.

— Ne brise rien. Allons à Canossa.

Élise enfila ses talons hauts avec difficulté. Elle adorait les belles chaussures fines et élégantes qui lui faisaient un pied gracieux. C'était ce dont elle était le plus fière, ses longues jambes de gazelle, toniques et sveltes.

— Je ne voudrais pas te savoir malheureuse, insista Xavière.

Élise montra alors quelque agacement. Cet état d'âme était bien tardif, après la publication des bans et la mise en branle de toute la machine à marier. M. Chanoinet avait même pinaillé à son aise sur le contrat de mariage. La seule question qui le taraudait était que le futur mari, tout Dufournelle qu'il fût, ne pût dilapider les biens de son épouse. Quant à l'affaire des sentiments, amour ou pas amour, qu'importait. « Ne nous occupons pas de la chambre à coucher », avait-il dit.

— Connais-tu la définition de l'amour proposée par Lacan ?

Xavière était en train de se mettre un peu de brillant sur les lèvres. Elle se retourna, surprise.

— Non, dit-elle. Je n'ai pas l'habitude de fréquenter les écrits de cet homme.

— *L'amour, c'est offrir à quelqu'un qui n'en veut pas quelque chose que l'on n'a pas.*

Élise prit le visage de sa mère entre ses deux mains et nota au passage qu'elle avait abusé de sa crème de jour.

— Je la fais mienne, cette définition. Ainsi me voilà bien armée.

Après cette conversation, Mme Chanoinet se sentait désemparée. Elle venait de découvrir que sa fille était bien plus forte et lucide qu'elle ne l'avait cru.

Les voitures se rangèrent dans la grande allée, l'une derrière l'autre. Il y avait la grosse Mercedes noire de

M. Dufournelle, puis la Cooper rouge de son épouse, ensuite la Porsche 911 cabriolet du futur marié. Et il ne manquait plus que la Coccinelle verte de Huguet. Mais de ce côté-ci de la famille Dufournelle on entretenait le suspense. Viendra, viendra pas ? Le jeune homme en vérité ne s'intéressait guère à ce mariage. Il ne parlait presque jamais à Geoffroy, depuis que Thaïs avait subi des attouchements de ce dernier. Mais il y avait sans doute une autre raison, le récent refus de Romuald d'ajouter une rallonge de 500 000 euros aux tombes connectées. M. Dufournelle avait jugé nécessaire d'arrêter les frais pour ce « projet cornecul » comme il disait.

Geoffroy rejoignit Élise dans la salle de réception où la table avait été dressée. Il se saisit d'une bouteille de champagne dans un seau à glace et se servit, tout en piochant des noix de cajou dans une coupelle. Élise l'observait, bras croisés, avec un sourire amusé. Voici l'homme que je vais épouser, songeait-elle. D'un point de vue physique elle le trouvait plutôt sexy, grand, les épaules larges, les mains vigoureuses, les traits du visage bien proportionnés. Quand nous traverserons un salon, l'un au bras de l'autre, on se retournera en disant : « Mon Dieu, quel couple mal assorti ! Comment un homme aussi séduisant a-t-il pu choisir une femme si insignifiante ? »

Élise attendit qu'il vienne lui poser un baiser sur le front, à tout le moins, et se mit à ausculter sa montre en prédisant qu'il lui faudrait bien trois ou quatre minutes pour se décider.

— Comment vas-tu, Lise ? (Il avait pris l'habitude de la surnommer ainsi.)

Elle ne répondit pas.

— Tu ne m'embrasses pas ? La dernière fois que nous nous sommes quittés j'avais droit à des suçons sur tout le corps.

Il la prit vivement dans ses bras et lui colla un long baiser. Elle se débattit pour lui échapper, car, après une contrariété, il se montrait un peu brutal, le bonhomme.

— Je te trouve d'un négligé élégant, dit-il en la toisant de pied en cap.

M. Dufournelle fils portait un costume gris clair en alpaga, un peu brillant, comme sa chevelure du reste, elle aussi lustrée, par un spray.

— Tu veux toujours bien m'épouser ? demanda-t-elle en saisissant sa main.

— Pourquoi cette question ?

— Avec toi, mon amoureux, je m'attends au pire.

— Au pire ? Que chercherais-tu à me faire dire ? Que je t'épouse sur ordre de mon père ?

— Je ne sais pas.

Geoffroy la saisit vivement dans ses bras et la serra avec force en plaquant ses mains sur ses fesses, comme il en avait l'habitude. C'était un homme qui adorait faire montre avec excès de sa virilité, par des gestes appuyés comme pour signifier que celle-ci, présentement Lise, sa très chère Lise, était déjà sa chose, conquise et dominée.

— Sers-moi donc du champagne, ordonna-t-elle.

L'homme s'exécuta avec mille excuses embarrassées.

— Tu m'apprendras à devenir un type civilisé, dit-il.

— Je ne t'apprendrai rien, prévint Élise. Je n'aspire pas à devenir ta préceptrice. Tu auras une femme, une régulière, comme vous dites, vous, les hommes, et rien de plus. Nous aurons une vie conjugale paisible. Je ne compte pas passer mon temps dans un lit ou sur un divan à discrétion. J'ai tant de choses autrement plus enrichissantes à faire dans ma vie. Deux fois par mois au moins, je me rendrai à Paris, à raison de trois ou quatre jours d'affilée, pour faire de l'édition.

Il hochait la tête. Il approuvait sans réserve. Ça tombait bien, il avait toujours milité pour la liberté dans les couples.

— Tu ne me rendras pas de comptes sur tes activités professionnelles ou privées. Car je me fiche de ce qui ne me touche pas de près. Ainsi découvriras-tu que je suis une femme libre et sans préjugés.

— Des enfants, quand même ?

Elle se mit à rire à gorge déployée.

— Mon petit Geoffroy, tu ne comprends rien ou tu fais semblant ? Je ne veux pas me faire coller un marmot dès le mariage pour me retrouver coincée à la maison. Je n'ai pas la fibre maternelle. Pendant que Monsieur irait à la chasse pour traquer le gibier, moi, je devrais attendre à l'entrée de la caverne le retour du héros en veillant sur le feu pour qu'il ne meure pas ?

M. Dufournelle fils fronça les sourcils.

— J'aimerais tellement que tu me donnes un fils... Ce n'est donc pas envisageable ?

Élise lui caressa la joue du bout des ongles. Elle adorait le voir ainsi, son futur mari, au bord du précipice, hésitant et grognon.

Peut-être ne suis-je pas l'épouse qu'il te faut ? En tout cas, si notre alliance se réalise, tu n'auras pas à te plaindre de moi. Je ne serai jamais une emmerdeuse : jalouse, possessive et captative, comme il en existe tant.

Romuald entra dans la salle de réception avec son épouse. Alice portait un grand chapeau fuchsia et un tailleur vert turquoise bien ajusté. Elle se tenait sur la réserve, sachant qu'on ne requerrait aucunement son avis sur l'organisation de la cérémonie. Xavière lui avait déjà fait comprendre en l'accueillant qu'elle aurait tout aussi bien pu se dispenser de venir à La Borie Haute.

— Nous allons réussir un sacré mariage, pronostiqua M. Dufournelle, volubile.

M. Chanoinet, qui venait juste de faire son entrée dans la salle de réception, se mit à applaudir. Puis, c'était plus fort que lui, il commença un petit discours, sans relief. Belle envolée au début, puis le reste devint une sorte de ronronnement inaudible sur le mariage, la noblesse des sentiments et l'art de construire le bonheur. Monsieur le beau-fils faisait déjà la gueule, tandis que sa future gardait une mine hautaine. Les intentions affichées d'Élise lui restaient sur le cœur. Et cette impression se renforça encore lorsque celle-ci expédia cette petite phrase assassine :

— Nous aurions pu nous réunir une bonne fois pour toutes le 14 mai. C'eût été suffisant, vous ne croyez pas ? Voici des complications inutiles, renchérit-elle. Tout ce qu'il nous faut, désormais, c'est un officier de l'état civil.

Xavière Chanoinet, qui avait l'art de sauver les meubles dans les situations les plus scabreuses, reprit au vol la réflexion de sa fille et insista sur ce rendez-vous avant mariage pour que les deux familles partagent un moment rare de convivialité. Et comme l'une des deux serveuses distribuait les flûtes de champagne et faisait passer les amuse-gueules, Gisèle Lacordais entra en scène dans un tailleur noir strict. Elle salua tout le monde en ignorant M. Dufournelle, et s'attarda du côté de Geoffroy. Tandis que la mère et la famille dans ce moment de retrouvailles se tenaient séparées, un peu à distance de la table, conversant en sourdine, Xavière activait le service.

— Tu fais un mariage de raison, mon petit, souffla Gisèle à Geoffroy. Ça se voit comme le nez au milieu de la figure, mon pauvre petit, ce n'est pas l'épouse qu'il te faut. Tu as toujours rêvé d'avoir une femme à ta dévotion, somptueusement belle et plutôt stupide afin de ne pas te faire de l'ombre. Celle-ci est tout l'inverse, laide, je dirais même un tas d'os peu en chair, et sans doute avec une tête bien pleine. Tu ne t'y retrouveras pas. Mais qu'importe, le divorce ce n'est pas fait pour les chiens. Regarde avec ton père, nous avons vite réglé ça, avant que la haine nous dévore. Nous aurions fini par nous assassiner l'un l'autre.

Devant sa mère, Geoffroy retrouvait ses angoisses de petit garçon gâté et surprotégé. Elle le tenait par la taille, l'attirait vers elle avec force et de même le repoussait avec la même vigueur. D'un œil soupçonneux et égaré, Romuald surveillait discrètement la scène. Il ne savait comment prendre la situation en main avant que son ex-femme ne la fît dégénérer, croyait-il. Mais Gisèle alla chercher Élise et la détailla du regard de la tête aux pieds avec insistance. Elle se résolut enfin à l'embrasser sur les joues, une première fois sèchement, puis elle lui prit les mains, et recommença plus affectueusement. Si Élise s'agaçait fort de ces simagrées, elle ne savait comment en abréger le cours. La future belle-fille avait déjà décidé, dans son for intérieur, de ne pas fréquenter Mme Lacordais.

— Viendrez-vous à notre cérémonie ? s'enquit Élise.

Gisèle se tourna vers son fils, effleura son visage du bout des doigts.

— À la condition que nous ne soyons pas assis sur le même banc, ton père et moi. Puis l'affaire réglée, je partirai aussitôt. J'espère que vous me le pardonnerez, ma chère Élise ? Mais je n'aurai pas le cœur à festoyer en présence de mon ex-bonhomme et de sa gaveuse d'oies.

*

Jamais Alice ne s'était autant tenue sur la réserve. Elle se faisait discrète, comme une étrangère que l'on aurait conviée par obligeance. Et son mari aussi lui manifestait quelque froideur. Une posture de pure forme. À croire que, malgré les années de séparation, la présence de son ex-femme le mettait encore dans l'embarras. Mais ce comportement cessa dès que Gisèle disparut. Alors, Alice soupira un grand coup et se sentit rassurée, comme si un sombre nuage s'éloignait de sa tête.

Xavière sortit avec précipitation de la salle de réception, au moment où les deux servantes apportaient les plats garnis. Elle rejoignit Mme Lacordais au pied de sa voiture.

— Auriez-vous des choses à me dire ? dit Gisèle d'un ton agressif.

— Peut-être estimez-vous n'avoir pas été traitée convenablement. Sachez que les Chanoinet n'y sont pour rien.

— Merci, répondit Mme Lacordais. Mon ex-mari s'était sans doute imaginé que le mariage de mon fils pourrait se faire sans ma présence. Je m'en tiendrai au minimum. Acte de présence. Sans plus.

— Je suis navrée, insista Xavière. Je voudrais tant que les relations s'établissent aimablement entre nous. Vous serez toujours la bienvenue dans notre maison.

Gisèle paraissait s'impatienter tandis que sa voisine maintenait sa portière ouverte.

— Notre Romuald n'est qu'un parvenu. Et il a fait de Geoffroy un petit prétentieux à son image. Mon second, Huguet, lui, a su voler de ses propres ailes. C'est une satisfaction de savoir que pour celui-ci, au moins, je n'ai pas été qu'une génitrice.

Xavière libéra la portière et comprit que les relations deviendraient compliquées, lorsqu'il faudrait réunir la famille au complet.

— Il n'empêche, ajouta Mme Lacordais par la vitre baissée, que votre aimable fille n'a pas fait le bon choix. Je nourris les plus vives inquiétudes. Ce sera un Romuald puissance dix.

Mme Chanoinet détourna le regard pour ne pas montrer la moindre émotion.

— Ce sera quand même un si beau mariage, se força-t-elle à dire.

Après le repas, le propriétaire de La Borie Haute convia ses invités dans le salon. Xavière profitait des circonstances pour faire visiter son châtelet, pièce après pièce, chambres comprises. Romuald s'arrêta au rez-de-chaussée, le défilé devant les collections de dessins – Hans Bellmer et Balthus que Xavière prisait passionnément – l'avait éreinté. Ces créatures désarticulées et ces poupées alanguies n'avaient inspiré en lui qu'une seule réflexion : De la pornographie à gogo. Geoffroy, lui, ne s'était intéressé qu'à la cotation des deux peintres. Et devant leur valeur marchande supposée, il glissa à Élise qu'elle en tirerait un bon petit pactole au moment de l'héritage.

Le père et le fils sortirent dans le parc pour prendre l'air. Le cochon de lait arrosé de château-prieuré-lichine avait apporté des couleurs sur les visages. On se sentait proche de l'apoplexie. Surtout que le cognac, un delamain 1977, avait été de trop selon l'avis de l'industriel.

À pas lents, ils descendirent vers le bosquet de chênes proche de la route des Mazades. L'air printanier était doux pour un mois d'avril, sous un ciel sans tache avec de vives couleurs posées sur une campagne paisible. La douceur périgourdine n'était pas un mot en l'air, lorsque l'œil s'égarait sur les collines faites de champs et de bosquets, le tout harmonieusement réparti. Ici, à Champcevinel, le temps paraissait n'avoir pas altéré l'ordre naturel.

Ils s'assirent sur le gazon, à l'endroit où la vue pouvait se perdre entre ciel et terre.

— Ta mère s'est encore distinguée, déplora Romuald. Je ne suis jamais parvenu à saisir son caractère. Pourtant, nous nous sommes tant aimés.

— Et Huguet s'est fait porter pâle. Est-il jaloux de moi ? Il m'avait pourtant assuré qu'il viendrait à La Borie Haute. Est-ce que notre mère l'en a dissuadé ?

M. Dufournelle haussa les épaules.

— Mais non, défendit-il. Ce n'est pas contre toi. J'ai refusé de lui allonger un demi-million d'euros pour ses excentricités.

Geoffroy poussa un petit rire.

— Vous êtes parfois injuste et cassant, père. Il n'est qu'un caractère comme le mien pour vous supporter.

Surpris, l'industriel toisa son fils avec une moue d'agacement. Depuis deux ans au moins, il avait compris que son aîné ne serait jamais de taille à reprendre l'entreprise. Peut-être le service commercial, à la condition qu'on lui flanquât dans les jambes un bon adjoint, rompu à la vente et à la distribution.

— Tu pourras dire tout ce que tu voudras de moi… Que je suis tyrannique, dominateur, inique et que sais-je encore. Mais sans ma détermination dans nos affaires, ma poigne de fer, lesquelles justifient amplement notre réussite, tu ne serais rien. Peut-être un petit employé dans une usine voisine de la nôtre, ou pis encore un chômeur, un oisif vivant aux crochets de la société… Y as-tu réfléchi ? C'est moi qui t'ai fait et moi, encore, qui pourrais te défaire. Comme ça ! fit-il d'une chiquenaude.

Le jeune homme fixait la ligne bleue des bois de Champcevinel avec amertume. Et à cette seconde, il se sentit soudain inspiré par quelques méchancetés, de celles qui lui tenaient tellement à cœur ces derniers mois sans qu'il ait trouvé la force, jusque-là, de les exprimer.

— Père, je profite de l'occasion pour vous entretenir d'un sujet qui me préoccupe. Je n'osais m'en ouvrir à vous. Mais puisque nous en sommes à vider notre sac, alors faisons-le. Peut-être sera-ce mieux ainsi, pour nous deux ?

— Quoi donc ? releva Romuald d'un ton bourru.

— Cette employée qu'Alice a engagée, il y a six mois… Vous voyez bien de qui je veux parler ?

Geoffroy s'interdisait de prononcer son nom tellement il ressentait du mépris. Et en obligeant son père à la nommer à sa place, à la bien nommer, il lui semblait rapetisser encore plus son importance.

— Tu veux parler de Mlle Coline ? Oui, et alors ?

— N'avez-vous rien remarqué, père ?

Romuald sortit de la pochette de son veston un Montecristo qu'il avait fumé à moitié et, après en avoir rafraîchi l'embout d'un coup d'ongle, l'alluma en aspirant fort.

— Je ne peux pas y résister. C'est plus fort que moi. Alors que ça me détruit, bon Dieu oui, ça me tue à petit feu, les poumons, les artères. Mais qu'importe. Je ne compte pas vivre longtemps au point de finir dans un fauteuil roulant et la gueule de travers à saloper mon costard. Comprends-tu ça ? Mais je me dis qu'à la fin de tout ça, je n'aurai pas à me plaindre. Je me serai amusé, tellement amusé que je n'aurai pas vu le temps filer.

Il regarda son fils avec pitié. Assez durement, lui posa la main sur le bras et ajouta avec tristesse :

— C'est long une vie quand on n'en fait rien. Réfléchis à cette chose terrible : vivre une vie pour rien.

Mais Geoffroy ne l'écoutait pas, tête baissée. L'idée de sa jeunesse lui était tellement chevillée au corps qu'il ne croyait pas que le temps aurait prise sur lui. Il se sentait jeune, éternellement jeune, en papillonnant à droite et à gauche, allant d'une fille à l'autre, sans jamais s'attacher. Et dans le fond, il avait fini par trouver un avantage supplémentaire au fait d'épouser Élise. Un homme marié est encore plus séduisant pour les petites adolescentes.

— Qu'aurais-je dû remarquer ? l'interrogea Romuald.

— L'emprise de cette employée sur votre épouse.

— De quoi viens-tu parler ? Joëlle Coline est pour elle une dame de compagnie. C'est très bien ainsi. Alice aurait voulu avoir une sœur, pour se confier, pour quérir un avis, partager quelques petits divertissements, comme le shopping à Bordeaux ou à Paris, pour aller voir des expositions, des concerts, que sais-je encore. Mais elle n'a jamais eu d'enfance. Et pour cause, je l'ai cueillie au berceau, avant que Rézani ne la détruise. Je l'ai tirée de sa fange, et j'en ai fait une dame. Toi, fit-il en posant un doigt sur la poitrine de son fils, tu ne l'as jamais appréciée à sa juste valeur. Et que voudrais-tu me dire ?

— Cette Coline a une telle influence sur elle que j'imagine le pire.

— Quel pire ?

— Une pernicieuse émancipation.

Romuald répéta le mot en s'amusant. Mais Geoffroy poursuivait son idée sans désemparer.

— La Coline en fera une rebelle, de votre femme, père. Elle lui apprendra le pire de l'existence, l'adultère, le vol, le vice, tous les vices. Et vous restez là, bouche bée, à contempler ce spectacle, béatement.

M. Dufournelle avait été suspicieux en son temps. Et il s'en félicitait en lisant les rapports de cette fameuse Joëlle. Il n'y avait dans la vie de sa femme que d'innocentes occupations. Et de même, Loucheur, le petit détective de l'avenue Barbusse dont il avait loué les services, n'avait rien trouvé sur les supposées turpitudes de son épouse. Mais il ne pouvait raisonnablement mettre son fils dans la confidence, tout en déplorant que ce dernier fût aussi stupide pour croire que ces noires pensées ne l'avaient pas effleuré, lui aussi, à quelque moment…

— Je vous en supplie, père, chassez-la. Au plus vite. Virez-la. Je vous en conjure.

Devant tant d'insistance, Romuald se mit à sourire. Et à ce moment une autre pensée l'effleura : Peut-être que mon petit Geoffroy aura voulu la séduire, Mlle Coline, et sans succès. Il n'est que le dépit pour inspirer autant de haine.

Puis Romuald expédia son cigare dans la nature et se redressa en prenant appui sur ses poings dans l'herbe rase et sèche. Son fils voulut l'aider.

— Merde alors, je ne suis pas à l'article de la mort.

Il se frotta les mains pour effacer les salissures de la prairie.

— Tant que tu n'auras pas compris, mon petit Geoffroy, que j'ai besoin d'Alice pour vivre, pour me lever le matin et aller au boulot, pour affronter les petits bureaucrates qui occupent mes bureaux de

Trélissac, pour tenir les gens du conseil d'administration par les couilles, alors tu seras à côté de la plaque. Si ma femme me demande de licencier sa conseillère, alors je m'exécuterai sans discussion. Mais tant qu'elle a besoin de cette Coline, je ne bouge pas.

Dufournelle rejoignit la route en sautant le fossé. Il faillit se vautrer, certes, mais il se récupéra de justesse. Le fils resta sans bouger en priant que son vieux se cassât la binette. Mais pour le coup, il fut déçu, et pensa que son père ne passerait pas la main avant longtemps. Geoffroy croyait qu'il avait les épaules assez larges pour diriger l'entreprise, qu'il lui suffisait de flanquer des claques sur les fesses des secrétaires et de rudoyer les ouvriers pour en avoir l'étoffe. Et bien que son copain journaliste à *Sud Ouest* ne cessât de répéter dans ses articles louangeurs que Dufournelle fils était un manager-né, un futur grand capitaine d'industrie, un talentueux gestionnaire promis à un destin européen, ces envolées lyriques ne trompaient personne. Fils à papa, amateur de jolies filles et de voitures de sport, sa réputation était faite depuis longtemps.

Et M. Dufournelle, lorsqu'il avait envie de se faire plaindre par sa précieuse collaboratrice Mathilde, disait sur le ton des intimes confidences qu'il n'avait décidément pas de chance avec ses enfants. L'aîné : un imbécile. Son second, un farfelu, un iconoclaste qui n'aurait pas dépareillé à côté des surréalistes… Restait Mariza, la petite dernière, dont il n'était pas encore parvenu à cerner le caractère… Celle-ci, il lui faudrait attendre pour se prononcer. Quelquefois, M. Dufournelle se disait que tous ses espoirs d'avenir reposaient sur elle, tant il est vrai qu'après la crise d'adolescence et les déboires sentimentaux, le caractère se révèle sur une pente conquérante.

Pour faire la nique à son aîné, Romuald renvoya son chauffeur et sa Mercedes.

— Joseph ? Emmenez mon fils à l'usine. Tandis que moi, je prendrai la voiture de ma femme.

Geoffroy contempla la scène avec agacement.

— Pourquoi irais-je à l'usine ? Je n'ai rien à y faire, dit-il à Joseph.

Le chauffeur triturait nerveusement sa casquette dans ses mains.

— Je suis censé appliquer les ordres, lui susurra-t-il.

— Non, j'en prends la responsabilité, Joseph. Conduisez-moi plutôt au *Snook-Bowl Palace.* Pour m'y soûler, copieusement.

M. Dufournelle s'engouffra dans la minuscule Cooper en se pliant en quatre et en grimaçant de douleur. Il posa la main sur le genou de sa femme et lui dit qu'il l'aimait passionnément et que, si souvent, il se sentait délaissé. Et dans ses moments de spleen, il y avait toujours la même question qui revenait et à laquelle elle répondait généralement par un soupir las. Il la lui posa une fois encore :

— As-tu couché avec Philippe Serinet ?

— Cessez de me seriner avec ce Serinet !

Il éclata de rire. Et Alice en profita pour lui glisser quelques mots qui réveillèrent en lui d'anciennes craintes.

— C'est un bel étalon, ce garçon. Ce que vous n'êtes plus, mon pauvre ami.

Ils roulèrent jusqu'aux portes de Périgueux sans un mot. Puis, soudain, Romuald se prit la tête dans les mains.

— Je crains que nous n'allions même pas jusqu'au mariage. Cette Élise est trop intelligente pour mon fils. Et Xavière, telle que je la connais, va finir par nous jouer un vilain tour.

16

L'appréhension de M. Dufournelle tourna court. Le si joli mariage dont les gazettes locales se faisaient l'écho fut célébré en temps et en heure. La société organisatrice prit possession du petit château de Mémise à une vingtaine de kilomètres de Périgueux trois jours avant la cérémonie. C'était l'endroit idéal pour un tel événement : une demeure dans le plus pur style périgourdin, cachée dans un écrin de verdure, tout au bout d'une large allée bordée de platanes.

La directrice de l'événementiel, Barbara Piwi, une petite femme sèche et nerveuse, habillée d'une combinaison blanc et rouge avec dans le dos la raison sociale de la société qui l'employait, Wedding Planner Aranda, mit en mouvement sa petite armée composée d'une douzaine de garçons et de filles. La troupe vida le camion de tout son contenu, tables rondes, chaises et coffres. Puis Barbara Piwi déplia son plan de bataille et distribua ses ordres.

L'organisation avait prévu d'embellir subtilement le parc en tirant parti du décor naturel, arbres, murets, fontaines et autres. Il y aurait des cascades lumineuses et des alignements de photophores afin de baliser les abords dès la montée du soir.

On édifia une scène devant le salon de verdure et ses petites tables rondes disposées savamment afin qu'on pût aisément circuler jusqu'au buffet où les invités viendraient se servir. L'espace fut balisé par des tentures en voile blanc, montées sur des supports en gros bambou. Chaque détail de la décoration était soigneusement noté sur le plan auquel il fallait incessamment se référer. La directrice de l'événementiel prit soin à chaque fois d'énumérer l'emplacement des lumignons et des potences fleuries avec des grappes généreuses de roses blanches, des pompons de corête du Japon, du gardénia, de l'ornithogale sur les tables en petits bouquets, des bancs de coronille festonnant les potences…

Du blanc partout. C'était la volonté des Chanoinet à laquelle il avait fallu se soumettre contre l'avis du futur marié qui eût aimé, lui, un peu de rouge, tels des tulipes ou des buissons d'azalées… Mais Xavière avait hurlé de rire : « Ce serait d'un vulgaire ! » Non, décidément, le blanc immaculé, pour toutes les raisons qui demeurent attachées à cette couleur nuptiale. M. Dufournelle père avait cédé aussitôt. Lui, ses avis et ses critiques, il les réservait seulement à la table. Des langoustes à la bordelaise plutôt qu'à la mayonnaise, et du turbot garni à la sauce aux câpres plutôt qu'à la sauce hollandaise, etc. Tandis que Xavière bataillait sur les décors du mariage, côté parc et côté salons, Romuald imposait ses choix dans les menus successifs. Et pour le banquet lui-même, on ne lésinerait sur rien : au premier service, six hors-d'œuvre froids avec deux relevés et quatre entrées, et pour le second service : deux rôts et quatre entremets, comme dans les banquets somptueux du temps jadis.

En examinant le menu, M. Chanoinet avait poussé un haut cri.

— Ce sont des folies de nouveaux riches, s'était-il écrié devant son épouse aux anges.

— Laissons faire, avait ajouté Mme Chanoinet. Si ça ne te convient pas, mon ami, tu rendras ton assiette sans y toucher. C'est un luxe que l'on peut se permettre devant nos invités. Histoire de leur montrer que nous n'avons pas approuvé cette débauche.

Mais Aristide se permit, tout de même, de rectifier quelques châteaux, et de la sorte, d'un petit trait de plume, il imposa du pichon-longueville, du brane-mouton, du romanée-conti et du cantemerle à la place de vins moins prestigieux. Lorsqu'on se permet de doubler les services, on peut aussi ajouter quelques queues aux zéros sur de bons crus millésimés, pensait-il. Et du reste, ses rectifications passèrent comme une lettre à la poste. « Qu'importe si l'on accroît la facture de 10 000 euros de mieux », dit-il à Xavière. Cette dernière avait l'habitude de répondre à son mari par un délicat hochement de tête, tout en pensant à autre chose de plus intéressant, comme les petits speechs dont on émaillerait la journée avec tous les synonymes du bonheur et de la prospérité qui défileraient en longues phrases ennuyeuses comme une litanie.

À mesure que les employés d'Aranda peaufinaient le décor, la tension montait par crans. Et tandis que Xavière exigeait des parures de siège blanches et des nappes de table tombantes jusqu'au gazon, Alice, qui avait été conviée par politesse, paraissait s'amuser de tant de préciosité.

— En fin de partie, dit-elle, nous lirons les menus sur vos parures.

Et elle montra d'un geste comment les invités confondraient les housses avec les serviettes. Ce détail amusa Xavière. En vérité, Mme Chanoinet se fût passée volontiers des avis de cette gaveuse d'oies. Mais lorsque ceux-ci fleuraient l'humour, elle les jugeait au passage fort distrayants.

— Je suis comme vous, Alice, j'ai hâte que toute cette comédie s'achève. Les attentes sont assommantes. Que pensez-vous du fleurissement, ce blanc partout, ce déluge incroyable ? Nous y avons mis un camion entier de fleurs. De toutes espèces.

— *Celui qui baise la rose épouse l'épine*[1].

— Oh, mon Dieu, ce que vous êtes méchante, Alice. Je ne vous imaginais pas ainsi. D'où tirez-vous tant d'aigreur d'âme ?

— De mes origines modestes.

— En tout cas, ma chère, ne vous plaignez pas. Votre vie est une réussite pleine et entière.

Alice frôla les guirlandes de verdure qu'on avait installées au grand escalier du château. Cette surcharge printanière, sauvage et bucolique : lierres, lauriers, noyers, acanthes et linaigrettes, masquait la sobre architecture du fronton dont la grâce se suffisait à elle-même.

— Les nouveaux époux franchiront ce petit arc de triomphe de verdure. Ils se tourneront alors vers

1. Jean Dypréau.

nos invités. Et ce sera un joli moment, tout de même, expliqua Xavière.

À cet instant, Alice ne parvint pas à discerner si Mme Chanoinet était sérieuse ou si elle plaisantait. Et la jeune femme baissa la tête pour éviter d'accrocher son chapeau aux hampes généreuses et envahissantes.

— Venez dans le salon jaune. Nous avons bien mérité de boire une coupe de champagne, proposa Xavière.

Un des serveurs d'Aranda alla chercher un Pommery et servit les dames. Alice ôta un de ses gants et voulut trinquer, mais Xavière refusa en prétextant que ce geste porterait la poisse avant la cérémonie.

— Avez-vous lu le contrat de mariage ?

— Non, dit Alice.

— C'est fâcheux.

— Peut-être que ce privilège fut réservé à l'ex-épouse de mon mari ? Je ne me sens pas concernée. Comprenez-vous cela ?

Mme Chanoinet fronça les sourcils.

— J'aurais aimé que vous fussiez consultée, ma chère.

— Peut-être que Gisèle Lacordais ne le fut pas non plus.

— Oh, s'exclama Xavière, ce serait un comble.

Les deux femmes se mirent à déambuler entre les grandes tables rondes qu'on avait revêtues de nappes jaunes. On y avait déjà posé les couverts en vrac. Et de même les cartons du plan de table.

— Vous m'avez mis l'eau à la bouche, madame. Que contient ce fameux contrat de mariage ?

Xavière hésita, puis lui fit jurer de n'en rien dire. Mais cette gaveuse d'oies tiendrait-elle sa langue ? Elle jugea alors qu'il lui fallait résumer la question en quelques mots.

— Nous fournissons une dot confortable à notre fille. Et de même, votre mari y ajoute une confortable somme. Ce que je puis vous dire, tout de même, c'est que la question n'a soulevé aucun embarras. Nous fondons de grands espoirs sur cette alliance entre nos deux familles. Avez-vous lu les articles dans *Sud Ouest* et dans *La Gazette du Périgord* ?

— Non, dit Alice en vidant sa coupe d'un trait. Et je compte le faire dès que j'aurai une seconde à moi.

Mme Chanoinet éclata de rire en songeant que cette délicieuse petite épouse à la cervelle de moineau ne lisait jamais aucun journal, et que seule sa personne lui importait ainsi que son image de petite parvenue dans un monde trop compliqué pour elle.

*

Les dernières heures précédant le grand jour, Xavière Chanoinet les passa intégralement à Mémise. Et contrairement à ce qu'elle avait affirmé – ne jamais se mêler de l'organisation – elle y prenait une part active, sentant que Wedding Planner Aranda ne maîtrisait pas les infimes détails qui font la différence, selon elle, entre une cérémonie ordinaire et le reste, le prestige, la beauté, la magnificence. Barbara Piwi, la directrice de l'événementiel comme elle se faisait appeler fort pompeusement, se sentait chapeautée sur chacun de ses choix. Une guerre d'autorité, larvée et insidieuse, perturba singulièrement la manœuvre. Mais la directrice d'Aranda comprit assez vite que les préventions de Mme Chanoinet – ce qui la rassurait en partie – n'atteignaient point les principes de base d'un événement de cette sorte où tous les invités sont traités d'égal à égal.

Cependant, en fin de parcours, à la surprise de Barbara Piwi, Xavière s'empara de la liste des invités, une centaine au moins, et ajouta devant chaque nom une croix, tantôt bleue, tantôt rouge. Une fois l'examen terminé, elle lui rendit le document.

— Les bleus sont les VIP et les rouges les ordinaires. Les VIP auront un droit d'accès aux salons du château, les autres, vous m'avez comprise, resteront dans le parc.

— Est-ce bien raisonnable ? s'étonna la directrice d'Aranda. Si un rouge, comme vous dites, veut entrer dans la zone réservée aux bleus, que faut-il faire ? En interdire l'accès par nos serveurs ? Oh, madame, nous allons vers des complications.

— Nous garantirons l'accès aux commodités, certes, ainsi qu'au premier salon jaune, mais pas au-delà. Comprenez-moi. Est-ce si difficile à comprendre ? Nous souhaiterions préserver quelque intimité à nos invités de qualité. Quant aux autres, ils comprendront assez vite que la fête est finie. Je donnerai des ordres au petit ensemble Ringo Jam Sessions, pour que les musiciens rangent leurs instruments vers les dix heures du soir. Ce sera un signal suffisant, me semble-t-il.

Par acquit de conscience, Mme Chanoinet parcourut les trois salles à manger au pas de charge. Elle vérifia que les employées essuyaient convenablement les porcelaines et les verres en cristal. Elle fut impressionnée par le professionnalisme des gens de service. Elle voulut les féliciter, comme si elle avait quelque chose à se reprocher, sa maniaquerie obsessionnelle par exemple, et ainsi se racheter à peu de frais. Mais elle sentit tellement d'hostilité qu'elle se retira aussitôt.

C'est bien vrai, marmonna-t-elle, que je suis sur des charbons ardents, surtout après ma conversation avec cette Alice. Je ne la supporte pas, se répétait-elle en martelant les parquets. Et dire que je vais devoir l'inviter allée de Tourny. Elle empoisonnera par sa vulgarité mes soirées mondaines. Et les Jauvert, les Brucelot, les Fitz, surtout les Fitz, finiront par se moquer d'elle en lui posant des petites questions tordues. Et au final, ça finira par retomber sur moi. Il me semble entendre d'ici Brigitte Molka me dire d'un ton pince-sans-rire : « Ton Élise aurait pu se forcer un peu pour dégoter un mari dans une famille convenable. » Mais je lui clouerai le bec à cette grande dinde en lui répliquant que l'argent embellit tout ce qu'il touche. N'est-ce pas vrai ?

Elle se tenait au seuil du couloir, accompagnant du regard les allées et venues du personnel. Elle repéra un beau brun à la fine moustache, et le dévora des yeux sans désemparer. Il était grand comme elle les aimait, bien bâti, le port de tête distingué. Au passage, Xavière harponna une petite soubrette et lui demanda, le plus discrètement du monde, le nom du fameux jeune homme. La fille lui répondit avec un sourire sournois. Et Mme Chanoinet se mit à rougir comme une jouvencelle. C'était incommodant en diable, tout de même, que sa question pût ainsi dévoiler ses désirs. Mais elle avait de la suite dans les idées pour sa défense.

— Ce jeune homme me rappelle quelqu'un que j'ai connu l'été dernier au casino de Deauville. Mais non, se défendit-elle, ce n'est pas lui. Ça ne peut pas être lui ?

— Bien sûr, madame.

Elle passa dans le salon jaune, se faufila entre les tables, trouva que les bouquets de fleurs étaient trop fournis, mais se résigna à ne pas en faire la remarque.

Il faudrait tout de même que je songe à prendre un amant, se dit-elle en grillant une cigarette. Comme dirait mon psy, c'est excellent pour tordre le cou à vos angoisses. Mais c'est assommant aussi de passer ses jours et ses nuits dans le mensonge. Pour dix minutes de plaisir, on le paye au centuple. Et ensuite, la cérémonie des aveux avec ses lamentos larmoyants : « Plus jamais, mon mari, plus jamais… Juré, craché. » Ou alors, il faudrait être assez rusée pour n'en rien montrer jamais, chasser de sa tête la tentation d'orgueil et se dédoubler : être la maîtresse de maison irréprochable dans ses murs et la dévergondée à l'hôtel des Amériques à l'extérieur. Mais une double vie ne peut se vivre décemment, comme dirait mon psy, sans le mensonge, aussi nécessaire pour les folies françaises que les glaces Berthillon…

Mme Chanoinet retourna dans la pièce où le beau jeune homme sur lequel elle avait jeté son dévolu était tout entier mobilisé par ses occupations. Elle l'observa attentivement en se demandant si elle allait passer à l'attaque. Elle savait y faire, Xavière, avec ses petites touches du bout des doigts, sur l'épaule, le bras, la main. Et bien sûr, le regard qui ensorcelle. Conquérant d'abord, puis abaissé ensuite. À toi, mon beau, de faire le reste, ton métier d'homme… Elle s'éloigna un peu, se retourna pour mieux le contempler sans qu'il en parût, puis se dit, en écrasant son mégot dans une coupelle : Non, décidément non, ça n'en vaut pas la peine.

En descendant les marches du grand escalier, elle se retourna et mesura, en effet, le ridicule de la décoration. Ce fouillis de verdure avait amusé Alice. Et Xavière reconnut amèrement que, pour une fois, la gaveuse d'oies avait bien raison. Elle fit un signe à la directrice. Une fois, deux fois, sans succès. Barbara Piwi en avait assez des conseils et remontrances de la Chanoinette, comme elle se plaisait à la surnommer devant son petit personnel. Et pourtant, la directrice de l'événementiel se rendit quand même à elle, mielleuse et résignée.

— Cette verdure me paraît bien excessive, dit Xavière. Je ne crois pas que cela soit d'un très bon goût. Ça fait mariage de pauvres. Vous ne trouvez pas ?

— Que voulez-vous qu'on fasse ? On enlève tout. Et on laisse l'entrée à nu.

— L'architecture de ce seuil ne mérite pas qu'on la cache derrière une forêt. Regardez, les feuilles s'étiolent déjà. Et d'ici à demain, tout cela sera fripé. Mon Dieu, quelle horreur !

La directrice appela ses employés et leur dicta ses ordres.

— Est-ce bien fini, madame ?

— Quoi donc ?
— La revue de détail.

*

Pour une fois, les Dufournelle avaient partagé la même couche. Et Joëlle en pénétrant dans la chambre fut saisie par les odeurs qui imprégnaient l'atmosphère : un mélange de musc, d'eau de toilette, de sueurs aigres et de copuline. Elle alla ouvrir les fenêtres. Mais M. Romuald en robe de chambre lui fit signe de les refermer. Alice sortit de la salle de bains en nuisette, elle regarda son employée d'un regard sombre et fit signe à son mari d'aller prendre un bain.

— Il s'est donné tellement de mal, le pauvre homme, souffla-t-elle à Joe.

Mais celle-ci l'arrêta aussitôt d'un geste de défense.

— Je vais revenir dans un moment. Et encore une fois, je vous prie de bien vouloir m'excuser d'avoir envahi votre intimité. Je ne savais pas…

— Il est venu gratter à ma porte, et je me suis dit : un jour comme ça, tu ne peux rien lui refuser…

Joe tapota sur le verre de sa montre.

— Le temps presse, Madame. J'ai repassé votre robe de cérémonie. Il faut que tout soit parfait, n'est-ce pas ?

Elle adressa un clin d'œil à Alice.

— Peut-être sommes-nous devenues trop proches, dit celle-ci. Vous savez tout de moi : mes manies, mes angoisses, mes lâchetés… Et je ne sais rien de vous.

— Il faudrait que vous deveniez ma femme de ménage pour cela, répliqua Joe. Allez, Madame, cessons ce petit jeu. Mon sort n'est pas enviable. Je serais prête à échanger ma vie contre la vôtre…

— Vous la jugez si intéressante que cela ?

— J'y apporterais quelques correctifs, ajouta Joe d'un air espiègle.

— Lesquels ?

— Ne m'obligez pas, Madame.

L'employée fit le tour du lit, ramassa la couette et deux oreillers, puis une serviette de bain qu'elle prit du bout des doigts.

— Il nous faudrait aérer un peu, vous ne croyez pas ?

— Oui, reconnut Alice. Ça sent le vieux mâle.

Pour une fois, M. Dufournelle se montra efficace.

— Je suis prêt.

— Et moi non, déplora Alice.

Il se tenait immobile devant son épouse en petite tenue, les bras croisés sur la poitrine, l'air satisfait.

— Tu ne regrettes rien ?

Alice commença à chantonner la ritournelle d'Édith Piaf, d'une voix éraillée. Puis il se mit à applaudir.

— Sortez de ma chambre, monsieur Dufournelle, ordonna Alice. Je dois me préparer. Sinon, j'arriverai en retard à la cérémonie.

— Vous me jetez dehors ? Quelle ingratitude !

Puis Romuald se tourna vers Joëlle Coline. Il lui prit le bras pour l'attirer vers lui, mais elle résista à ce geste qui passait les bornes de la trivialité.

— Que me voulez-vous, Monsieur ?

L'industriel la toisa d'un air hautain, comme si l'ordre social s'en revenait bien vite après les bouffonneries domestiques.

— J'ai réfléchi, dit-il.

Joe détestait son regard insistant et supérieur. Elle avait plutôt tendance à croire que son service à La Barbecane se cantonnait à Madame. Sur la réserve, Alice observait la scène, le regard en biais.

— Je compte sur vous, mademoiselle Coline. Aujourd'hui, plus que jamais.

Joe se tourna vers Alice. Elle attendait sa réaction, mais en vain.

— Je vous ai fait ajouter sur la liste du personnel. Vous ferez le service au château, comme les autres. Et compte tenu de votre expérience, vous serez attachée en priorité à Élise et Geoffroy. Pour la durée des cérémonies, bien entendu. Vous veillerez à ce que nos mariés ne manquent de rien.

M. Dufournelle se retira aussitôt. Joe resta immobile, au milieu de la chambre. Puis, elle rejoignit sa maîtresse dans la salle de bains. Cette dernière se prélassait langoureusement dans sa baignoire, sous une épaisse couche de mousse qu'elle activait avec des gestes lents.

— Avez-vous entendu, Madame ?

— Oui. Et je n'aime pas cela. Pas du tout, même. Voici que mon mari empiète sur vos prérogatives. J'en suis navrée. Vous n'avez rien à faire à Mémise.

— Je ne connais pas votre future belle-fille. Nous n'avons jamais été présentées.

Alice soupira en l'écoutant. Elle se sentait impuissante et s'en voulait de n'avoir pas eu la sagacité de lui donner son congé pour la durée des noces.

— Par contre, M. Geoffroy, lui, je le connais trop bien, ajouta Joe. Je crois qu'il ne me porte guère dans son cœur.

— En effet, admit Mme Dufournelle. Et vous auriez raison de vous en méfier. Il vous déteste. Et il a déjà demandé à son père de vous évincer de notre maison. Vous rendez-vous compte ? De quoi se mêle-t-il, ce petit con ?

— Vous pensez, Madame, que cette décision de m'attacher à son service pour la durée du mariage vient de lui ?

— Non, je ne le crois pas. Mon mari fait sa petite crise d'autorité. Peut-être lui ai-je montré trop d'intérêt soudain ? Les hommes sont ainsi. Ils profitent de la moindre faille que nous leur concédons. La vie d'un couple est comme un champ de bataille, où chaque partie tente de gagner des positions, par la ruse, par l'intimidation, et quelquefois par la force.

— Je ne crois pas, Madame, que je demeurerai longtemps à votre service…

— Allons, se défendit Alice. Ne le prenez pas ainsi. Après le mariage, nous règlerons tout cela. Je vous le promets.

Joe alla chercher la toilette de sa maîtresse dans le dressing puis la posa sur un fauteuil délicatement. D'un commun accord avec sa conseillère, Alice avait opté pour une robe longue plissée en tulle avec dentelle appliquée et perles cousues. À la vérité, Mme Dufournelle l'avait choisie dans une boutique parisienne de luxe afin d'être mieux habillée que la pauvre Élise dont l'accoutrement, à ses yeux, ferait très provincial.

Au moment du maquillage, alors que Joe s'activait pour trouver sur sa palette les tons les mieux adaptés à la carnation naturelle de sa maîtresse, Mme Dufournelle prit soudain la main de son employée et la serra avec force pour attirer son attention.

— Mon beau-fils est un goujat de la pire espèce, prévint-elle. Un garçon impossible, sans principe ni raison, qui salit tout ce qu'il touche. Comprenez-vous ? Avec lui, demeurez sur vos gardes…

17

Geoffroy Dufournelle eut un mot terrible à l'adresse de son père : « Maintenant le plus dur est fait… » Ce dernier considéra son fils de toute sa hauteur, l'étonnement figé dans le regard, et la carcasse chancelante, tout de même, sous les coups portés par les alcools forts.

— Mon Dieu, s'exclama le père, comment peux-tu dire cela ?

L'industriel se retourna aussitôt afin de vérifier que les beaux-parents n'étaient pas dans les parages.

— D'où sors-tu ? Est-ce moi qui ai fait de toi ce que tu es, un jeune homme hautain, méprisant, sans émotion ?

Le nouveau marié desserra du bout des doigts son nœud papillon afin de dégager le col cassé de sa chemise de soie blanche sur le plastron de laquelle, sans guère forcer son attention, on décelait de fines éclaboussures de vin.

— Je suis tel que vous m'avez fait, père. À votre image. Je vous obéis en tout point. Pour mon mariage et le reste, j'ai fait ce que vous m'avez demandé. Sans rechigner. La conscience tranquille. Pour la suite, ajouta-t-il en pointant un index en l'air, qu'il fixait de ses yeux bigles, n'en exigez pas trop. Je crains que vous n'attendiez longtemps une progéniture. Si c'est à cela que vous pensez, père…

Le vieux Dufournelle haussa les épaules. Puis il promena un regard triste sur le mobilier du boudoir, une commode Louis XV en marqueterie précieuse, une petite table servant d'écritoire avec ses minuscules tiroirs pour doigts de fée du temps jadis, les panneaux en or argenté figurant des bouquets précieux nimbés de nacre lumineuse. Ce décor l'ennuyait prodigieusement. Il s'y sentait à l'étroit avec un fils rebelle et des bourdonnements de voix venant des pièces voisines. Partout, sans précaution, on s'était délesté des coupes de champagne, des gros verres ballon à cognac et des dernières pâtisseries collantes de sucre dans leur collerette de papier sulfurisé. Il ressentit un haut-le-cœur, un renvoi gastrique fort désagréable. M. Dufournelle comprit alors qu'il avait assez bu, que son estomac criait grâce, et que les mots de son fils lui faisaient tant de peine à l'endroit de sa bru.

L'industriel prit son fils par l'épaule pour lui susurrer à l'oreille : « Tu n'arriveras pas à l'honorer ? » Le jeune homme desserra les deux boutons du bas de son gilet.

— Si vous l'exigez, papa…

— Certes oui. Pour Xavière et Aristide, au moins.

— Et vous, papa, que me donnez-vous en échange ?

— Je te fais confiance, petit con, pour trouver toi-même des compensations. À la condition que ça ne fasse pas tache d'huile. Fais comme les renards, va chasser loin du terrier.

Romuald flanqua une tape sur l'épaule de son fils. Depuis qu'il s'était remarié avec Alice, l'industriel avait pris des libertés avec ses enfants, surtout lorsque la gaveuse d'oies lui avait confié, outrée et blessée, que son beau-fils la courtisait à ses heures. « Ce serait plaisant tout de même de coucher avec la nouvelle femme de papa. » M. Dufournelle père en avait même éprouvé une fierté imbécile. Ça lui donnait une sacrée classe, malgré tout, ce rôle de coq dominant dans la basse-cour de La Barbecane.

Soudain, Élise parut dans sa robe-sac froissée, en trois pas déhanchés elle vint saisir son nouveau mari par le cou et chercha un baiser.

— Tu es tendre comme un bloc de granit.

Elle éclata de rire en laissant courir sa main sur la poitrine de Monsieur.

— Je voudrais bien profiter de toi, un peu. Pour ce soir, du moins ?

Elle le fixa d'un regard chaviré. Geoffroy se dit qu'elle était sans doute un peu grise. On attendra un peu, pensa-t-il. Il la repoussa délicatement, en lui tapotant les fesses. Elle gloussa et disparut.

M. Dufournelle père détourna les yeux de ce spectacle affligeant. Le bonheur ne s'achète pas, pensa-t-il en faisant quelques pas vers Aristide. Il se tenait, lui, près de sa femme, sérieux comme un pape. Xavière éclusait des flûtes de Dom Pérignon, les unes après les autres. Elle se sentait au bord des larmes. Jusqu'à la dernière minute, elle avait tout fait pour que ce mariage fût annulé. « Je ne le sens pas, bon Dieu non, pas du tout… », n'avait-elle cessé de répéter à Aristide. Mais Chanoinct n'avait en tête que les contrats, les arrangements entre deux petites fortunes, et l'effet boule de neige de la capitalisation. Du reste, M. Malterre, le président perpétuel du Club des industriels vésonais, après une brève apparition à la cérémonie, n'avait-il pas dit à Romuald : « Ce beau mariage est un coup de maître. Bravo, mon cher Dufournelle. On ne parle plus que de ça à Périgueux… »

— Maintenant, nous sommes entre nous, n'est-ce pas ? clama Xavière. Tous les pique-assiettes ont quitté le château. Il reste les langoustes et le caviar. On va pouvoir se gaver un peu.

Alice entra dans le boudoir sur la pointe des pieds. Chaque fois qu'elle apparaissait devant les Chanoinet, on arrêtait de parler, comme si les propos les plus anodins étaient farcis de secrets. Xavière lui ôta des mains une bouteille de dom pérignon pour se servir. « Que vous importe ! Vous ne connaissez rien au champagne… »

Il semblait que Romuald prenait plaisir à ces humiliations. Jusqu'au départ de Gisèle, il s'était contenu pour ne pas montrer à sa première femme que le couple était à la dérive ; elle en eût ressenti bien trop de contentement. La tempête passée, on pouvait se lâcher et admettre enfin que le vieil industriel des fameux Foie gras prestige n'avait épousé, jadis, que la jeunesse et la beauté. C'était l'impression que M. Dufournelle voulait laisser à ce moment, que l'alliance des deux familles était le signe tangible de son triomphe personnel et rien d'autre.

*

En éclusant un fond de chartreuse verte, Geoffroy Dufournelle se sentait seul et abandonné. Il but jusqu'à la dernière goutte et chassa d'un mouvement de main méprisant l'un des serveurs d'Aranda, lorsque ce dernier se proposa pour lui apporter une autre bouteille. Puis il fouilla dans le répertoire de son téléphone pour joindre quelques copains du côté du *Blue Angel*. Il ne trouva que le barman du club. Et ce dernier lui apprit une bien mauvaise nouvelle : Marina l'avait attendu jusqu'à deux heures trente du matin puis avait fini par partir avec Jacobi. De rage, Geoffroy expédia son téléphone contre les tentures du boudoir. Le serveur le ramassa pour le poser sur l'angle de la commode. Il n'osait pas le lui remettre en main propre. Trois fois dans la soirée, Marco s'était fait traiter de «petite raclure». Sans raison apparente. Mais Miss Piwi l'avait prévenu qu'il fallait toujours faire le dos rond devant un client.

Seul, le nouveau marié se mit à tourner en rond dans le petit salon vert comme un lion en cage. Il savait qu'Élise l'attendait dans la fameuse chambre nuptiale. C'était ainsi qu'on avait baptisé la grande pièce garnie de bouquets de roses blanches, jusqu'à l'extravagance, et de même du lilas double sur les murs, des pétales de camomille répandus sur les draps de lit, et en divers endroits de la chambre des brûle-parfums aux senteurs aphrodisiaques.

À vrai dire, Geoffroy ne se sentait guère d'attaque pour se glisser dans le lit d'Élise. Il n'avait jamais voulu consommer avant le mariage, bien que la jeune femme se fût offerte quelquefois par des allusions pressantes. Dufournelle avait feint de ne rien comprendre, tant cette affaire lui paraissait compliquée. Il n'aimait pas son visage, ni son corps, ni ses rires, ni ses paroles précieuses, et de surcroît son odeur. Il n'aimait rien d'elle. Et à cette seconde, assis sur une chaise Louis XV au dossier canné, un verre de chartreuse verte posé sur le tapis entre ses jambes écartées, il pensait à Marina, à ses petits seins ronds et fermes et au fin duvet qu'elle entretenait au creux de son ventre. Il aimait à la regarder se mouvoir nue dans cette chambre d'hôtel où il avait l'habitude de la retrouver. Et finalement ces belles pensées langoureuses le mirent en état de forniquer. Il monta à l'étage, jusqu'à la porte de la chambre nuptiale, l'ouvrit sans bruit, se glissa à pas feutrés jusqu'au lit, en piétinant les pétales de roses rouges que les filles d'Aranda avaient semés en généreuses poignées. Là, Geoffroy s'arrêta net. Élise était couchée en travers du lit, sur le ventre. Elle n'avait même pas pris le temps de se dévêtir. Sa robe blanche de mariée en satin était troussée sur ses cuisses. Il comprit alors que la mariée n'avait pas attendu son arrivée. Il se pencha pour examiner sa nuque blanche, tout en relevant un peu des mèches de cheveux en désordre. Puis il se recula d'un bond. Marina était trop présente dans sa tête pour qu'il restât là près d'Élise à attendre… Mais attendre quoi ?

Il descendit dans le boudoir. Des éclats de voix et des rires venaient des pièces voisines. Geoffroy n'aimait décidément pas cette joyeuse ambiance. Je me sens comme un étranger qu'on aurait abandonné en cet endroit, un brin feutré, avec l'expresse recommandation de n'en pas bouger. Cette étrange sensation le reconduisit dans les zones anciennes de sa petite enfance, lorsque sa mère l'enfermait dans l'alcôve pour le punir. Souvent, on l'y avait oublié, et il avait été ainsi livré à lui-même et au silence, à la vacuité lancinante. Jamais, il n'avait osé rompre cet interdit. S'évader de la prison dorée. Il finissait par s'endormir avec des larmes sur le visage, des larmes qui lui brûlaient la peau à force d'être essuyées, tant sa peur était grande que quelqu'un les surprenne.

« *— Tu as pleuré, petit idiot ? — Non, maman. Je n'ai pas pleuré. — Tu as cru que je ne te délivrerais jamais ? Tu as imaginé encore ces bêtises ? Tu n'es pas très intelligent pour ton âge. Mais quand donc seras-tu un homme, enfin ? Ah mon Dieu, que c'est long d'attendre. Je voudrais tellement que tu grandisses dans ta tête. — Oui, maman. Je veux grandir. Je veux être un homme comme papa.* (La mère riait avec des gloussements.)

Tu te moques de moi, maman ? — Non, Geoffroy, tu me fais pitié. Jusqu'à quand me feras-tu pitié ? Bon Dieu, oui, j'en ai marre de cette maison. Je crois que je vais finir par partir avant que ton frère soit en âge de comprendre. Comme cela, tu seras tranquille. Plus jamais puni. Plus jamais enfermé dans cette pièce. (La mère s'amusait à enrouler les boucles de cheveux de son fils autour de son index, puis soudain, tirait d'un coup sec.) *— Je ne pleure pas, maman. Tu n'arriveras pas à me faire pleurer… — Je vais partir parce que je ne vous aime pas, ton père, toi et Huguet. — Partir où,* *maman ? — Dans un endroit où on ne me retrouvera pas. — Jamais ? — Jamais.* »

Marco, le petit extra engagé pour les circonstances du mariage, entra à pas feutrés, craintif à cause des insultes qu'il avait essuyées toute la soirée.

— Demande à Mlle Coline de m'apporter une Corona. Et sur un plateau, je te prie.

— Je peux le faire moi-même, monsieur ?

— Non. Je veux la conseillère de Madame. Rien qu'elle. Allons ! On ne discute pas. Fissa ! Fissa !

*

Il y avait de la fébrilité dans l'air. Geoffroy ne savait pas encore et même en arrivait à douter que Mlle Coline lui apportât enfin son plateau alors que les secondes s'égrenaient sur la trotteuse de sa Rolex. Dufournelle imaginait déjà, dans sa petite tête, que cette pimbêche aurait l'outrecuidance de refuser. Ça, ce serait un acte de rébellion, se disait-il en agitant son index en direction de la vestale du tableau dans son drapé à l'antique qui lui faisait face, une infâme croûte pompière. Enfin un argument de poids pour que père l'exécute, la petite insolente.

Il traça du bout du doigt le *z* de Zorro, tout en hoquetant d'un petit rire nerveux.

Pourquoi n'ai-je pas rassemblé mes vieux potes, Mistik, Rodolphe, John et surtout Carpentier, afin d'enterrer ma vie de garçon au *Blue Angel* ? Peut-être, se dit-il, à cause de la fameuse réflexion de papa… « Ça fait dix ans au moins que tu l'enterres chaque soir, ta vie de garçon… » Et Geoffroy se découvrit une fois encore d'une lâcheté incommensurable pour n'avoir pas fait front à la parole du commandeur. Pourtant, diable oui, je n'ai que de bonnes idées, murmura-t-il, comme celle d'ouvrir un magasin de foies gras vegan à Manhattan… Mais le vieux est toujours présent lorsqu'il s'agit de me couper les ailes. Aussitôt dit, aussitôt fait.

On frappa à la porte du boudoir et Joe Coline apparut avec un plateau.

— Pas de verre. La bière mexicaine, je la bois au goulot comme les *vaqueros*.

Pour être dans la tonalité générale des employés de service Aranda, Joe portait une robe noire, étroite et assez courte, nimbée d'un col Claudine un peu ridicule avec sa frise de dentelle. Avant d'entrer, la jeune femme avait pris soin d'ôter son minuscule tablier blanc, lui aussi festonné. Elle s'avança jusqu'au guéridon pour poser la boisson ainsi que la coupelle garnie de rondelles de saucisson et de viande des Grisons. Geoffroy profita de l'occasion pour lui saisir le poignet.

— Que voulez-vous, monsieur ? demanda Joe.

— Tu ne sais pas ce que je veux ?

— Pourquoi me tutoyez-vous ?

Il lâcha son bras, surpris par la vivacité de la réplique. Il s'attendait à ce que la fameuse conseillère de sa belle-mère se montrât plus accorte à son endroit. N'avait-il pas suffisamment fantasmé sur cette étrangère pour ne plus discerner la réalité ? Il la croyait attirée par lui, comme toutes les soubrettes qui avaient passé dans la maison. Pourtant celle-ci n'avait montré qu'indifférence voire même hostilité à son égard. Sans doute mettait-il cette attitude sur le compte de sa timidité, ainsi exacerbée par quelque sursaut de pudeur outragée. Mais à la vérité, Geoffroy était trop ivre pour en juger sereinement.

— Je te tutoie, mademoiselle Coline, parce que je suis le maître ici. C'est à moi d'en décider. Tu ne me refuseras pas cet honneur.

— Il n'y a pas d'honneur là-dedans, répliqua Joe, que de l'effronterie, une bien vilaine hardiesse.

Dufournelle se mit à ricaner, puis prit une lampée de bière. Il s'essuya les lèvres d'un revers de main et posa la fiole d'un coup sec, ce qui précipita hors du goulot une giclée de mousse.

— Vous aurez fini par oublier que je ne suis pas à vos ordres, monsieur Geoffroy ?

— En effet.

— Et je sais par madame Alice que vous souhaitez vivement qu'on se passe enfin de mes services.

Il se tourna vers elle en balançant la tête en arrière. Il cherchait son regard. Mais celui-ci se dérobait obstinément, à mesure qu'elle allait vers la porte pour sortir enfin du boudoir. Il se leva, lui fit signe de se rapprocher. Mais Joe n'obéit point. Il fut obligé alors de faire un pas vers elle.

— Tu n'as rien compris, ma petite, dit Geoffroy. Je ne te veux aucun mal, bien au contraire. Ce serait si simple, si nous trouvions un terrain d'entente.

Joe Coline tenait le plateau circulaire plaqué contre sa poitrine. C'était comme une sorte d'armure qu'elle s'était fabriquée ainsi. Une défense armée. Elle soupira à plusieurs reprises.

— Vous n'aurez rien de moi. Je ne suis pas celle que vous imaginez, monsieur Geoffroy.

— Qui sait ! répondit-il. Elles nous disent toutes cela, que nous ne leur faisons aucun effet, jusqu'à l'instant où un déclic se fait. Une sorte d'attirance mutuelle.

Joe s'était reculée jusqu'à la porte, un pas après l'autre, en gardant l'œil sur Dufournelle. Quand elle fut le dos à la porte, sa main chercha la poignée.

— Non. N'y comptez point. Je ne suis pas une de vos gourgandines. Et le droit de cuissage que vous voudriez exercer sur moi me soulève le cœur.

Ces quelques mots, droit de cuissage, éveillèrent soudain en lui une rage possessive. Oui, c'était cela qu'il attendait.

— Je voudrais bien l'exercer. Je te trouve d'une beauté pathétique. Mais tu ne saurais pas, tu n'oserais pas me le refuser. Ce sera rien qu'un instant. Un bref instant.

Elle entrouvrit la porte, mais Dufournelle bondit pour la refermer à clé.

— Tu n'es rien qu'une petite garce. Je sais d'où tu viens, de la boue dont on t'a tirée, nous, les Dufournelle. Tu nous dois quelque chose. Un peu de reconnaissance. Et d'ailleurs, tu n'aurais pas à t'en plaindre. J'aimerais tellement faire de toi ma maîtresse. Oh ! Joe. Tu entends ça ? Ce désir qui me porte vers toi ? Voici qui devrait t'émouvoir.

Joëlle Coline se sentit vaciller sur ses jambes, puis d'un geste vif elle le frappa à la tête avec le plateau. Celui-ci rebondit sur le crâne de Geoffroy sans produire l'effet escompté avant de rouler sur les tapis.

Maintenant, Dufournelle avait prise sur elle. Il la tenait à la gorge, et plaqua ses lèvres sur celles de Joe. Elle agita la tête de droite à gauche, pour échapper à la terrible emprise dont elle ne pouvait se défaire.

Geoffroy avait déjà commencé à lui arracher sa robe. Et de force, tentait-il de s'emparer d'elle. À force de gesticulations, elle parvint à se libérer de la main qui lui couvrait la bouche. Alors elle se mit à hurler, hurler de toutes ses forces, ses petits poings martelant la poitrine de Dufournelle. Il la tenait au ventre, d'une poigne ferme.

— Si tu continues, salope, je t'étrangle. Je te veux et je t'aurai.

Les cris se firent de plus en plus violents, traversant les cloisons, se répandant dans les couloirs et pour finir dans toute la demeure.

Alice vint à son secours, promptement, avec Marco. Ce dernier enfonça la porte d'un vigoureux coup d'épaule. Le spectacle qui s'offrit à eux les sidéra. Dufournelle avait le pantalon sur les chaussettes, tandis que Joe était renversée sur la table, à moitié dénudée.

— Tu as perdu la tête, dit Alice.

Geoffroy se retourna :

— Je t'emmerde. J'ai bien le droit de m'amuser, non ? Après tout, ta conseillère, ce n'est qu'une petite putain comme les autres.

Mme Dufournelle lui flanqua une gifle en plein visage. Puis une autre. Et une autre encore.

— Sors d'ici.

— Je suis chez moi. Et toi, tu n'es rien, rien du tout, qu'une gaveuse d'oies.

— Sors, sans discuter. Je ne veux plus te voir.

Alice emmena Joe dans l'appartement voisin, juste à l'étage. La jeune fille tremblait de colère. Puis après quelques instants de silence, elle lui raconta la scène dans le détail, sans omettre leur conversation.

— Au début, expliqua Joe, j'ai pensé que cet idiot voulait jouer avec moi, au chat et à la souris. S'amuser à me faire peur, à m'humilier…

— Vous auriez dû quitter le boudoir séance tenante, Joe, dit Alice. Fuir sans écouter ses propos. Je vous avais prévenue, ce garçon est dangereux. Il a déjà tenté la même chose avec moi, au début. Je connais à fond son système : au début la douceur, la tendresse même, puis le ton monte crescendo, jusqu'à l'inéluctable…

— Écoutez, Madame, je n'ai pas envie d'entendre vos histoires. Les Dufournelle, j'en ai ma claque.

Alice s'était assise sur le bras d'un fauteuil, les mains jointes, le regard éperdu.

— Les choses vont finir par s'arranger. Nous exigerons, Romuald et moi, que ce petit con vous présente ses excuses…

— Ah non. Surtout pas. Je ne veux pas d'excuses.

— Et pourquoi ?

— Ce qu'il a fait est inexcusable. C'est un crime. Un crime.

— Oui, admit Alice. Un crime, certes. Un petit crime. Il n'a quand même pas réussi son entreprise…

Joe poussa un juron de colère, les poings serrés au creux des joues.

— C'est l'intention qui compte. Si vous n'étiez pas arrivés, Marco et vous, il m'aurait violée, ce petit salaud. D'ailleurs, il m'a violée. Oui, ajouta Joe, c'est comme s'il l'avait fait.

Mme Dufournelle hochait la tête.

— Je n'ai jamais eu de chance avec ce genre de bonhomme, reprit la jeune fille. J'aurais dû me méfier, ne pas me trouver seule avec lui, refuser de lui porter sa putain de bière mexicaine.

— Peut-être était-il sous l'empire de la mescaline ? Je croyais qu'il n'en prenait plus... C'est fâcheux, vraiment fâcheux. Avec ça, on perd le sens de la réalité. On se croit un surhomme, on...

— Ça va, coupa Joe. J'ai compris. On veut sauver le petit niqueur de la famille, le dégénéré des Dufournelle...

— Ce mariage forcé ne convient pas. Il n'aimera jamais Élise. Je le sens bien. Il la rendra malheureuse.

— Pauvre Élise, déplora Joe. Je la plains.

— Il ne la touchera pas. Je le sais. Je connais les hommes. Ce qu'il veut, ce sont des gamines à la sortie des lycées. Ou cette Marina du *Blue Angel* qui ne cesse de l'obséder, jour et nuit.

— Et moi, moi donc, en l'occurrence. Mais là, bon Dieu oui, ça va lui coûter un max...

*

Au petit matin, de retour à La Barbecane, Romuald prit sa femme par le bras et la conduisit d'autorité dans sa chambre. À peine assis, l'un en face de l'autre, dans la lumière froide de l'aube qui filtrait à travers le fin voilage, l'industriel annonça d'une voix rauque :

— Pas de scandale chez les Dufournelle.

— Trésor du goût, ironisa Alice.

— On étouffe. Sinon, nous sommes perdus, n'est-ce pas ? Je compte sur toi, Alice, pour nous sauver la mise. Tu as toujours été irréprochable, claire, nette et précise, avec cette femme de ménage. Même s'il faut en allonger un peu. On étouffe. Pas le choix. Le silence.

Il posa son index sur sa bouche, les traits du visage crispés.

— Tu as assez d'autorité pour lui imposer ça. Sans discussion.

— On étouffe, ironisa encore Alice.

Elle poussa un soupir.

— Pauvre Romuald. Votre fils est un dégénéré. Faire ça le soir de son mariage. Comment voudriez-vous qu'on n'en sache rien ?

— Bien sûr. Il suffit de l'acheter, ce silence.

— Ignoble, dit-elle.

— Vous gardez vos commentaires pour vous. Vous les mettez dans votre poche et le mouchoir par-dessus.

— Acheter, acheter, toujours acheter. Vous m'avez bien achetée, moi aussi. Aurais-je pu l'oublier? Le fameux matin à Montagrier où vous êtes venu, Romuald, prendre la livraison. J'ai été chargée dans la voiture comme un sac. Je m'en souviens encore. Vous avez posé la main sur mon genou, une main caressante, insistante. Et vous avez dit : « Vous serez sage et obéissante, Alice chérie. Et vous n'aurez rien à regretter. Au contraire, vous connaîtrez la grande vie, ma petite. »

M. Dufournelle l'écoutait, tête basse. Ça l'ennuyait de revivre ça. Mais en ce temps-là à Montagrier le désir avait été plus fort que tout. Avec le désir, on perd tout sens de la réalité, pensa-t-il. On s'humilie, on s'avilit, on s'abaisse jusqu'à toucher la fange.

— Tu m'as rendu heureux, dit-il d'une voix blanche.

Alice l'observait avec tristesse, ne sachant si elle devait à partir de cette seconde le plaindre ou le mépriser. Mais elle avait deviné, néanmoins, avec le temps, que ce ne serait rien de plus, au bout du compte, que du mépris. Il s'en viendrait les recouvrir tous deux d'un glacis indissoluble.

— Est-il une chose dans ce bas monde, une toute petite chose, que vous ne pourriez pas acheter ? Le silence de Joe. Maintenant. Joe est ce que j'ai de plus cher. Une amitié. Une belle amitié. Je ne pourrais pas, Romuald. Vous ne pouvez pas me demander ça. Faites-le vous-même. Comme vous l'avez fait pour moi. Vous lui poserez la main sur le genou, n'est-ce pas ? Et vous lui direz : votre fortune est faite, mademoiselle Coline. Parce que, je ne le sais que trop hélas, vous nous tenez par les couilles.

Elle sortit en claquant la porte.

18

La suite – l'affaire – fut remise à trois jours. D'un commun accord, Romuald et Alice convinrent qu'il fallait un peu de repos et de réflexion à la petite Coline. Rien ne devait être évoqué à chaud, désormais. Le temps, paraît-il, serait réparateur, comme un baume versé sur les plaies vives.

Entre-temps, bien sûr, on allait punir le nouveau marié en l'expédiant avec sa nouvelle épouse à l'autre bout du monde, pour une croisière de trois semaines dans les Caraïbes, d'une île à l'autre, de la Guadeloupe à la Jamaïque en passant par les Bahamas et Cuba… Tant de distance et de temps laisseraient de quoi se retourner et aviser, jusqu'à ce que la tempête s'apaise… Tel était l'avis de l'industriel, qu'il fallait de toute nécessité, quoi qu'il en coûtât, préserver l'alliance des Chanoinet et des Dufournelle. On avait besoin d'une entente sacrée entre les deux familles pour préparer les opérations immobilières et financières futures.

Joe se claquemura dans le silence de son appartement de la rue Lamartine. Elle refusait toutes les visites, fût-ce celle d'Arnold, et de même les appels téléphoniques incessants de Florence, dont elle avait listé le numéro en « indésirable ». Joe avait simplement dit à son amant avant de le prier de partir que quelque chose de grave était arrivé. Bourrelé d'inquiétude et celle-ci amplifiée par les mutismes entourant la fameuse soirée, le peintre téléphona à Alice. Il sentit à ses phrases hésitantes et contournées qu'un événement fâcheux était intervenu au château de Mémise. Mais Mme Dufournelle ne voulut en dire plus. Arnold s'imagina alors qu'une algarade avait dû coûter sa place à Joe. Cette éventualité le laissait assez froid en vérité, ainsi le bel amoureux aurait tout le temps de s'occuper de son amante.

Le troisième jour, Joseph vint frapper à la porte de Joe. Elle était en peignoir de bain et promit au chauffeur qu'elle lui ouvrirait dans une heure. Depuis la tentative de viol, elle ne cessait de prendre des douches et des bains, comme si malgré toutes ces ablutions elle ne parvenait pas à effacer de sa peau et de sa chair le contact du porc qui l'avait assaillie. Elle flairait les endroits où il avait plaqué ses mains, les seins, le pubis, les cuisses – celles-ci portant encore quelques griffures.

Heureusement que le salopard a hésité à me prendre, sinon j'aurais dû supporter son sexe en moi. Pouaaah ! Et cette hésitation lui a été fatale, se dit-elle en se remémorant la scène. J'ai pu me débattre, gagner quelque vingt ou trente secondes, le temps qu'Alice et Marco interviennent. J'ai encore dans le nez son haleine de babouin, sa sueur aigre… Et sur ma peau, la salive qu'il y a répandue, tant l'animal bavassait son aise sur mes seins. Ai-je connu une seule fois un homme en rut de cette sorte ? Jamais, se dit-elle en frottant son corps avec vigueur d'une serviette imprégnée d'eau de Cologne.

Elle alla se servir un Pippermint Get avec un glaçon et s'abandonna sur le sofa. Joe était inquiète pour elle-même, mais pour Arnold aussi. Comment lui dire ? se questionnait-elle. Et après, les heures et les jours après, et peut-être plus encore, aurai-je envie de faire l'amour avec lui ? Accepterai-je qu'il me touche, là où l'animal a posé ses sales pattes ?

Joe se mit à sangloter, doucement, les mains plaquées sur son visage. Les larmes coulaient entre ses doigts. Résidus et déchets de ma nuit qui se purgent, se dit-elle. Il me faut tout purifier en moi. Et tant que je ne l'aurai pas accomplie, cette purgation, mon désir ne saurait renaître…

Puis Joe alla mettre une musique qui la réconciliait avec la vie, celle qu'elle écoutait après les mille reproches de sa mère, *Verklärte Nacht*[1]. Et peu à peu, ainsi qu'on émerge des profondeurs abyssales de l'angoisse, reprit-elle pied sur la grève. Elle alla entrouvrir fenêtre et rideaux pour faire entrer la lumière du jour, les odeurs et le bruissement de la ville.

Quand le chauffeur revint frapper à sa porte, Joëlle Coline était prête. Elle avait revêtu un tailleur rouge avec une écharpe noire autour du cou. Son maquillage était par trop piquant, tel qu'elle l'avait désiré pour paraître devant les Dufournelle. Peut-être

1. Arnold Schoenberg.

même seraient-ils surpris de découvrir, soudain, une autre image de Mlle Coline ? À croire que la femme de ménage d'hier, la larbine comme eût dit Thaïs, avait définitivement abandonné ses miséreux oripeaux.

Et de fait, Alice en resta bouche bée. Sur l'instant, Mme Dufournelle se sentit rassurée en se disant : Tant mieux, notre Joe a passé l'épreuve, et nous en sortirons par le haut, de cette triste affaire... Elle l'emmena aussitôt dans son cabinet. La gouvernante et Marraine se tenaient à distance, soupçonneuses, comme si, déjà, les employées de la maison avaient pris le parti de leurs maîtres. Joe s'en amusa en soupirant, sans même leur adresser un geste. On dira que je l'ai provoqué, le malheureux Geoffroy, se dit-elle, avec mes insolents sourires et mes manières hautaines, les deux alternativement employés à dessein bien sûr. Du reste, on ajoutera même que je n'ai jamais été intégrée dans la maison, et que je faisais pièce rapportée, anachronique dans le décor. Et forcément, cette posture m'aura été fatale...

En entrant dans le bureau de Madame, Joe se revit quelques mois plus tôt lors de son engagement. Elle en éprouva une certaine nostalgie, comme si, hormis ce dernier fait, elle ne regrettait rien, ni les humiliations domestiques ni les engouements stupides qu'elle avait témoignés à sa maîtresse. Conseillère en image et en *relooking*... Elle en rirait encore, bien des années plus tard, en y pensant comme à un des épisodes les plus saugrenus de son existence, du temps où Mlle Coline était encore dans une situation sociale difficile.

— Ces trois jours ont-ils été mis à profit ? J'ose le croire, dit Alice d'un ton pincé. En vérité, ajouta-t-elle après un court silence d'hésitation, j'aimerais connaître vos intentions.

Joe la contempla d'un regard las.

— J'ai deviné, aisément deviné.

— C'est-à-dire ?

— On voudra éviter une plainte, une inculpation pour tentative de viol, un procès retentissant. Pourtant, ce n'est pas une éventualité qui me chagrine. Bien au contraire. Non point pour vous, Alice, alors que je vous conserve mon estime, mais pour le reste de la famille, votre mari cynique et pontifiant, votre méprisable beau-fils. Je les verrais bien tous deux sur le banc d'un tribunal avec des avocats qui feraient mon procès pour éviter le leur. L'on dirait que cette Joëlle Coline n'était rien de plus qu'une bonniche, que l'usage veut dans ce milieu que les rejetons abusent de leurs servantes. Un troussage de soubrette, pourquoi en faire un procès ? Mon portrait de victime sera aisé à esquisser d'un trait : une malheureuse instable, élevée dans un milieu défavorisé… Écoutez cela, mesdames et messieurs les jurés : Parents séparés. Père alcoolique. La prétendue victime, déjà violentée dans sa petite enfance par le concubin de sa mère. Une mère qui a laissé faire, du reste…

Alice l'arrêta d'un geste. Ce n'était pas non plus une histoire étrangère pour elle. On eût pu aussi lui faire le même procès. Sur ce point, elle se sentait assez proche de Joe, trop peut-être, en découvrant insidieusement qu'elle n'avait jamais été, elle non plus, une Dufournelle pleine et entière. Sa notoriété d'épouse d'industriel, elle l'avait gagnée par des dissimulations, des mensonges, et mille autres supercheries, tant la marque infamante de « gaveuse d'oies » était incrustée dans sa chair.

— Combien voulez-vous ?

Elle avait extirpé, fébrilement, un chéquier de son sac.

— Pour acheter mon silence, fit Joe d'une voix attristée.

La jeune femme se recula sur son siège, les bras croisés sur sa poitrine.

— Vous vous rendez compte de ce qu'on vous fait faire ? Intercéder en leur faveur pour acheter mon silence. Profiter de notre pure amitié pour sauver leur honneur.

— C'est l'honneur des Dufournelle et je suis une Dufournelle, répliqua Alice.

Après un long silence, elle ajouta :

— Peut-être auriez-vous préféré que Romuald se charge de cette besogne, qu'il rédige lui-même son chèque ? Mais il pense que, compte tenu de nos relations, nous parviendrons mieux à un compromis satisfaisant pour les deux parties.

Joe hocha la tête. Elle posa les yeux sur les petites statuettes figurant des geishas et éprouva une envie de rire.

— Quel souvenir me restera-t-il de La Barbecane ? Je crois que j'oublierai très vite.

— De notre amitié, tout de même, il restera quelque chose. Sinon, ce serait à désespérer du monde.

— Notre amitié, reprit Joe, elle est en train de partir en lambeaux.

Puis elle vit des larmes éclore sous les paupières de Mme Dufournelle. Joe en fut touchée, bien plus qu'elle ne l'eût cru. Ce sentiment si soudain la tortura quelques instants. Alice voudrait-elle me jouer un vilain tour, se demanda-t-elle, me le faire au sentiment ? Puis elle chassa cette pitoyable pensée. Elle voulait croire encore qu'Alice n'était pas totalement une Dufournelle, qu'il lui restait quelque part en son âme un peu d'elle-même, un peu de Rézani, un peu de la gaveuse d'oies.

— Pour moi, elle restera vive en mon cœur, notre amitié, se défendit Alice.

Joe ne sut lui répondre. Sa douleur était trop prégnante à cet instant pour qu'elle n'y mêlât pas Alice, pour qu'elle l'affranchît du clan des Dufournelle. Car elle avait compris, quoi qu'il lui en coûtât, qu'Alice resterait toujours de leur côté. Sinon, elle se fût révoltée bien plus tôt, elle eût pris la poudre d'escampette. Le choix de la liberté est souvent une souffrance, un saut dans le vide.

— Je vous plains, Alice. Vous ne méritez pas l'homme qui a décidé de votre vie, ni le rôle qu'il vous fait jouer.

Mme Dufournelle ouvrit son chéquier et proposa un chiffre.

— 200 000, dit-elle.

— Non, 400, renchérit Joe.

Alice hocha la tête.

— Ce sera difficile à faire accepter. Romuald me reprochera d'être une mauvaise négociatrice.

Joe éclata de rire. Et Mme Dufournelle poursuivit :

— Il dit que l'acte n'a pas eu lieu. Une tentative, seulement.

La jeune femme voulut se rebiffer, mais Alice l'arrêta aussitôt d'un geste apaisant.

— Ce n'est pas ce que je pense. Cette réflexion est à mettre sur le compte d'un homme pour qui le viol ne peut être considéré que lorsqu'il y a eu pénétration. Moi, sur ce sujet, je pense comme vous, Joe. C'est l'intention qui compte.

— Merci. C'est de l'argent des Dufournelle qu'il s'agit et non du vôtre. Alors raison de plus.

— Comment cela ? demanda Alice en fronçant les sourcils.

— De demander 400 000 euros. Puisque dans cette maison on mégote sur mon honneur, alors je suis encline à camper fermement sur mes positions.

— 200, ce sera le maximum, Joe, je le crains.

— Alors, j'irai déposer une plainte.

— Vous iriez jusque-là ? J'ai du mal à le croire…

— Oui, dit Joe, je le ferai sans hésitation.

Alice se prit la tête dans les mains.

— Le marchandage, déplora-t-elle, je n'avais pas imaginé qu'on en arriverait là entre nous deux. Cependant, ajouta-t-elle après une courte réflexion, les Dufournelle ne peuvent pas se permettre une telle publicité. Un scandale public. Les journaux faisant leurs gros titres : *Le fils d'un industriel de Périgueux tente de violer une employée le soir de son mariage…* Un procès à la clé. Une condamnation.

— Quinze ans de réclusion criminelle, ajouta Joe.

Après qu'Alice eut acquis la conviction que Joëlle Coline ne reviendrait pas sur ses exigences, elle décida d'en référer à son mari par téléphone. Pendant ce temps, Joe se rendit au salon. Elle savait que l'attente serait brève. Lorsqu'il y a péril en la demeure, les décisions sont promptes.

La gouvernante se décida enfin à la saluer. Joe n'avait guère envie de s'apitoyer sur son sort, à supposer que le personnel eût été mis au parfum. On fit quelques pas ensemble dans le salon, allant et revenant.

— Tu quittes la maison ?

— Il semblerait, oui.

— J'ai toujours pensé que tu ne ferais pas long feu à La Barbecane, soutint Louisette.

Joe Coline se tourna vers elle, la considéra avec pitié.

— C'est une pensée qui vous honore. Vous ne m'avez jamais aimée. Pourquoi ? Le saurai-je un jour ? Si toutefois cette question a la moindre importance entre nous deux. De toute évidence, nous ne nous reverrons jamais.

La gouvernante parut soudain embarrassée. Encore plus lorsque Marraine, la cuisinière, vint l'embrasser, comme elle avait l'habitude de le faire.

— Je suis de tout cœur avec toi, Joëlle. Attristée, vraiment, par tout ce qui t'arrive…

Joe comprit à la seconde que, déjà, toute la maison était au courant de l'affaire. Elle sortit sur la terrasse, contempla Joseph en train de lustrer à la peau de chamois la carrosserie de la Mercedes. Il lui fit un petit signe auquel elle répondit.

— On vous regrettera, mademoiselle Coline, dit-il.

— Non, fit-elle. Je ne crois pas.

*

Durant les semaines précédant son départ définitif de Périgueux, Joe Coline faisait son jogging journalier, dès la pointe du jour, entre le jardin des Arènes et la tour de Vésone. Puis elle s'arrêtait au *Globe* pour prendre un petit déjeuner copieux, seule dans un coin de la salle où elle avait ses habitudes. Ensuite, elle s'attardait à la lecture de trois ou quatre quotidiens tandis qu'elle paraissait indifférente à l'agitation autour d'elle. Lorsqu'on lui adressait la parole, elle ne répondait pas ; son regard glissait sur les visages sans les voir.

Un samedi matin, Florence tenta de lui parler. Mais Joe Coline l'écouta sans attacher la moindre importance à ce qu'elle avait à lui dire : les premiers succès de Julien au *Black Room*, sa nouvelle affectation chez *Miss Fashion* en tant que première vendeuse, les ennuis de Vic avec la justice... Comme Joe ne l'invitait pas à s'asseoir à sa table, elle le fit d'autorité.

— Et toi, ma petite Joe, que deviens-tu ? On ne te voit nulle part. On s'inquiète. Es-tu sûre de n'avoir besoin de rien ?

Mlle Coline esquissa un léger sourire.

— Je vais partir à Barcelone. Oui, sans doute Barcelone, pour y rejoindre Arnold.

— Toujours amoureuse ?

Joe ne répondit pas.

— Tu nous donneras de tes nouvelles ?

— Non, je ne crois pas.

— Tu m'inquiètes !

— Tout va bien. Tout va très bien, dit Joe.

Elle se leva de table et sortit, Florence sur ses pas. Elles se quittèrent sans même s'embrasser. Florie en ressentit quelque amertume. Nous qui avons été si proches, pensa-t-elle, voici qu'elle me quitte, sans un mot, sans un geste, à croire que tout ce que nous avons vécu ensemble n'a compté que pour du beurre.

Florie se mit à courir derrière Joe pour la rattraper, sur la place Bugeaud, à hauteur du Monoprix.

— On ne peut pas se quitter comme ça, Joe. Tout de même. As-tu une adresse où je puisse t'écrire ?

Joe Coline haussa les épaules.

— Arnold a loué un appartement sur les Ramblas, où il installera son nouvel atelier. Je t'écrirai peut-être…

— Et toi, que vas-tu faire ? Après La Barbecane ? La vie continue.

— Je vais rester deux années au moins sans rien faire, si on peut dire. Peut-être écrirai-je enfin mon essai critique sur Virginia Woolf ? Je me sens de plus en plus proche de Mrs Dalloway.

— Je ne comprends rien à ce que tu me dis, Joe.

— Ça ne fait rien.

— Il faut de l'argent pour vivre à Barcelone, à Barcelone comme ailleurs, précisa Florence.

— Aucun souci, dit Joe. Mes indemnités de départ de chez les Dufournelle m'assurent la sécurité pour un sacré bout de temps…

*

Pampuche errait souvent entre la tour de Vésone et le jardin des Arènes. Il demandait dans les cafés, si on ne l'avait pas aperçue ces derniers temps, sa petite fille adorée. Mais à la longue, Paul Coline se résigna enfin à ne jamais plus la revoir. Qu'importait, en vérité il ne souffrait guère de cette absence, puisque la pension qu'elle lui avait allouée était régulièrement versée sur son compte.

Du même auteur :

Le Vent mauvais, L. Souny, 1993
Les Caramels à un franc, L. Souny, 1995
Le Domaine de Rocheveyre, Presses de la Cité, 1999
Jours de colère à Malpertuis, Presses de la Cité, 2001
Les Vignerons de Chantegrêle, Presses de la Cité, 2002
Quai des Chartrons, Presses de la Cité, 2002
Les Compagnons de Maletaverne, Presses de la Cité, 2003
Le Carnaval des loups, Presses de la Cité, 2004
La Tradition Albarède, vol 1. Les Césarines, Presses de la Cité, 2004
La Tradition Albarède, vol 2. Grand-mère Antonia, Presses de la Cité, 2005
Une maison dans les arbres, Presses de la Cité, 2006
Une reine de trop, Presses de la Cité, 2006
Une famille française, Presses de la Cité, 2007
Les Eaux profondes, L. Souny, 2007
L'Homme qui rêvait d'un village, Presses de la Cité, 2008
La Rosée blanche, Presses de la Cité, 2008
Les Fruits verts, L. Souny, 2009

L'Auberge des Diligences, Presses de la Cité, 2009
Le Notaire de Pradeloup, Presses de la Cité, 2009
L'Or des Borderies, Calmann-Lévy, 2010
Soleil d'octobre, Calmann-Lévy, 2011
Les Encriers de porcelaine, Presses de la Cité, 2011
Les Noces de soie, Calmann-Lévy, 2012
La Villa des térébinthes, Calmann-Lévy, 2012
Rendez-vous à Fontbelair, Calmann-Lévy, 2013
L'Armoire allemande, Presses de la Cité, 2013
Histoires de familles, Omnibus, 2013
La Folie des Bassompierre, Calmann-Lévy, 2014
La Retournade, Presses de la Cité, 2014
Chronique des Strenquel, Calmann-Lévy, 2014
La Bastide aux chagrins, Calmann-Lévy, 2015
Les Sœurs Querelle, Calmann-Lévy, 2015
L'Honorable Monsieur Gendre, Presses de la Cité, 2016
Les Larmes de la pinède, Calmann-Lévy, 2016
La Belle Étrangère, Calmann-Lévy, 2017
Adélaïde au bord de la falaise, Calmann-Lévy, 2017
Les Gens de Combeval, Calmann-Lévy, 2018
La Souveraine en son domaine, Calmann-Lévy, 2018
Rue de la Fontaine-Bleue, Calmann-Lévy, 2019
Un cœur solitaire dans une maison trop grande, Calmann-Lévy, 2020
Un été sous les tilleuls, Calmann-Lévy, 2020
La Vallée des eaux amères, Calmann-Lévy, 2021
L'Héritière des sables fauves, Calmann-Lévy, 2022
Par un étrange été à Marteline, Calmann-Lévy, 2023.

PAPIER À BASE DE FIBRES CERTIFIÉES

Le Livre de Poche s'engage pour l'environnement en réduisant l'empreinte carbone de ses livres. Celle de cet exemplaire est de :
250 g éq. CO_2
Rendez-vous sur www.livredepoche-durable.fr

Composition réalisée par Lumina Datamatics, Inc.

Achevé d'imprimer en France par
CPI BRODARD & TAUPIN (72200 La Flèche)
en septembre 2023
N° d'impression : 3054216
Dépôt légal 1re publication : septembre 2023
LIBRAIRIE GÉNÉRALE FRANÇAISE
21, rue du Montparnasse – 75298 Paris Cedex 06

10/9566/4